OHSAMA BUNKO

眠れないほど面白い『枕草子』

岡本梨奈

三笠書房

○はじめに

「春はあけぼの」しか覚えていない……そんなあなたにこそ、絶対読んでもらいたい！

岡本梨奈

みなさんは『枕草子』にどのようなイメージをお持ちでしょうか。

正直にお話すると、私が高校生だった頃には、「『をかしをかし』とうるさい、雅《みやび》ぶっている女の自慢話満載本」というイメージしかなく、作者である清少納言のこともあまり好きではありませんでした。

ところが！　思いがけず古典講師になってからきちんと読んでみると、「え!!『枕草子』ってこんなこと書いてるの!?　そら、こんな話、学校では教えられないわ」というう、けっこう〝どぎついこと〟も書かれているのに驚きました。

そして、『枕草子』が書かれた頃の背景を知ると、「あの数々の自慢話にもこんな理由が隠されていたんだ……」と気づくこともでき、清少納言のイメージが一気にガラッと変わったのです。

「こんなに面白いのに知らずにいたとは、なんともったいなかったことか！」

私と同じように、学生時代に習った以上のことを知らない人も多いと思います。そんな方にも、『枕草子』って、こんなに面白かったんだ！」と思っていただけるように、ぜひとも読んでいただきたい段を厳選、順番などを工夫しながら書き上げました（見出しの頭の数字は段数です）。


申し遅れました。私は「スタディサプリ」で古文・漢文を担当している岡本梨奈と申します。

先ほど「思いがけず古典講師」と書いたのは、私は大学はピアノ科を卒業していて、高校生の頃は古文が苦手。まさか、自分が古典講師になるとは思ってもいなかったのです。

浪人時代に古文の面白さに気づき、就職活動時に、「自分のように古文が苦手な生徒さんの力になりたい！」と予備校講師になることを決意し、新卒で予備校講師になりました。素晴らしい学歴の方が多い予備校界での異端児的人間です。

予備校講師らしく、一応『枕草子』の概要にサラッと触れておきます。
『枕草子』は、平安時代中期（一〇〇〇年頃）に清少納言（＝中宮定子《ちゅうぐうていし》に仕えた女性）によって書かれた随筆で、約三〇〇の段からなり、次のように三分類されます。
日記段：定子や貴族との宮廷生活
類聚《るいじゅう》段：「うつくしきもの」「山は」などの「〇〇もの」「〇〇は」で始まるもの
随想段：「春はあけぼの」などの自然や人事
とまあ、〝文学史的〟なことを書きましたが、本書はお固い勉強用ではありません。
『枕草子』の世界を気楽にお楽しみください。
自慢もしますが、落ち込んだり毒を吐いたり、時には自虐も言ったり、おもいっきり血の通った清少納言を身近に感じていただけたならば、著者としてとても嬉しく思います。

本書の楽しみ方

超現代語訳

より身近に感じていただくため、清少納言本人が語っているノリで、できるだけ噛み砕いて現代風口語に超訳しています。解釈しやすいよう一部を削除、もしくは誇張したり、解説をつけ足したりしました。さらに理解を深められるよう、〔超現代語訳〕の後に著者による解説を掲載しています。内容には諸説ある場合もあります。

原文

古典文学をより楽しんでいただくために〔原文〕を抜粋して掲載しています。話の流れを理解したうえで原文を読むと、新たな発見があるかもしれません。音読するのもおすすめです。解釈しやすいよう一部改訂し、ふりがなに関しては現代仮名遣いにしている部分もあります。

現代語訳

古文を現代語に訳しました。原文と比較しながら読むと、さらに理解が進むでしょう。

ワンポイントレッスン

その段に関係する用語などをミニ解説しています。学び直しや受験にも役に立つ内容です。

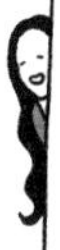

目次

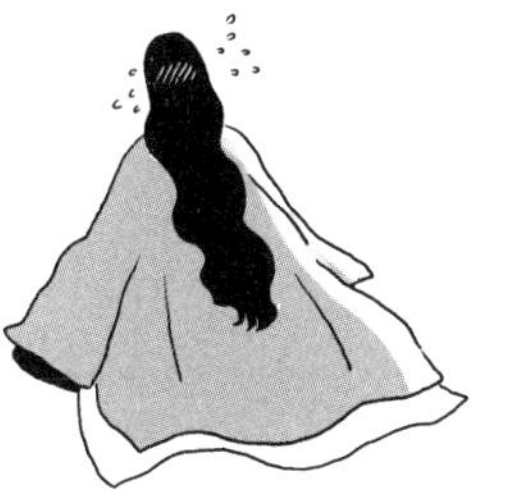

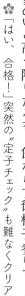

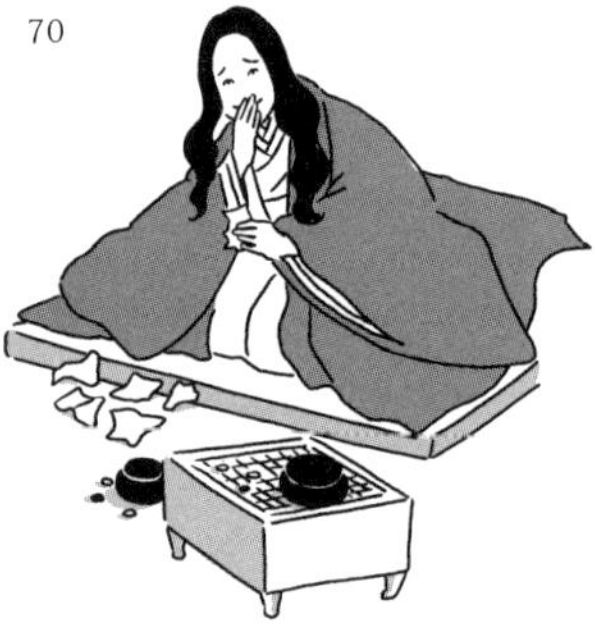

第二章 「個性溢れる魅力的な貴族たち」とのエピソード
平安時代のリアルな日常

第三章 毒舌？ 言いたい放題？ エッセイスト・清少納言の本領発揮「ものづくし」

しまったぁ!!

第四章

感性が光る文章を味わう！
清少納言の「美意識」と「心意気」

本文イラスト＝くぼあやこ

一　春はあけぼの

超現代語訳

春は夜明けが最高よね。だんだん白くなっていく山際《やまぎわ》の空が少し明るくなってきて、そこに紫がかった雲が細くたなびいているのなんて本当にステキ！

夏は断然夜ね、夜！　明るい月がある頃なんて、言うまでもなく最高よね～。だけど、月がない闇夜も捨てがたいわ。蛍がいっぱいあちこち飛んでいたり、もしくは、一匹二匹がほのかに光って飛んでいたりするのも風情があるわよね。雨が降るのも趣《おもむき》があるわ。

秋は何てったって夕暮れよ。夕日が映えて山の端《は》に近づいた頃に、カラスがねぐらに帰ろうとして、三羽四羽、二羽三羽と、飛び急いでいる様子までグッと心がひかれちゃうの。赤と黒のコントラストがもうたまらない！　ましてや、雁《かり》などが列をつくって飛んでいるのが、とても小さく見えるのなんてホント最高。日が沈んでから聞こえてくる風の音《おと》や虫の音《ね》とかも、言うまでもなく情趣が溢れているわ。

冬は早朝がいいわね。雪が降っている早朝は、言うまでもなく素敵よね。霜《しも》が真っ白に降りていても、また、そうじゃなくても、すっごく寒い早朝に火を急いで起こして、炭をいろんな部屋に持って行くのも、まさに「冬の朝」って感じ！　お昼になって、だんだん寒さが薄らいで暖かくなっていくと、火鉢《ひばち》の火も白い灰になってしまって、これはよくないわね。

ずっと「ステキ・最高！」と褒《ほ》めてきた私が最後にダメ出しするなんて思ってなかったでしょ？

フフフ。良い意味で期待を裏切る構成にしてみたの。どうだった？

「暗記させられた！」であろうこの段には、実は工夫がたくさん！

言わずと知れた『枕草子』の初段です。

原文では各段落の冒頭部分が、**「春はあけぼの」**のように「季節＋時間帯」のみで表現されています（20ページ）。「春はあけぼのがとても趣がある」ということですが、あえて簡潔に表現していてインパクトがありますね。

そして、四季にはそれぞれ「天象《てんしょう》」を記しています。

春は「紫がかった雲」、夏は「月・闇・雨」、秋は「夕暮れ」、冬は「雪・霜・寒気」です。

四季にはそれぞれ「光」もあります。

春は「明け方の空」、夏は「月の光・蛍」、秋は「夕日」、冬は「雪・炭火」です。

ただし、光の種類は様々ですね。ほのぼのと白んでくる優しい光、闇の中、明るく輝く月の光や、小さいながらも生命を感じさせる尊い虫の光、闇がやってくる前の情緒あふれる光、白く輝くまぶしい光や、温かい光。

秋に関しての描写は「視覚」から「聴覚」へと変わっていきます。まず、夕暮れにカラスや雁《かり》が飛んでいる様子が書かれています。夕日の赤とカラスの黒の色のコントラスト〔＝対照〕がとっても美しいですね。目に浮かぶような情景で、色のコントラストを【超現代語訳】にも入れてしまいました。このように、まずは「視覚」です。それが、日没になると風の音《おと》や虫の声などに変わっていき、「聴覚」に焦点が移っています。

様々な「光」にしても、焦点の移行にしても、清少納言の観察眼の鋭さや、感受性の豊かさがひしひしと伝わってきますね。

冬のみ、自然描写だけではなく、宮廷での日常生活が描かれています。先ほど秋の解説で述べた「視覚」や「聴覚」だけではなく、寒さなどの「皮膚感覚」まで出てきています。様々な感覚器官が研ぎ澄まされていたことが読み取れます。

さらに、ずっと**「をかし」「をかし」**と言い続けてきたのに、最後は**「わろし」**で終わるというオチも、意外性があり面白いですね。

清少納言のお茶目な一面を感じてしまいます。

【超現代語訳】の最後の段落も、ついつい私が勝手に追加してしまいました。きっとこんなふうに思いながら書いていたのではないのかな、と、妄想を膨らましています。

原文

春はあけぼの。やうやう白くなりゆく山ぎは、すこしあかりて、紫だちたる雲の細くたなびきたる。

夏は夜。月のころはさらなり、闇もなほ、蛍のおほく飛びちがひたる。また、ただ一つ二つなど、ほのかにうち光りて行くもをかし。雨など降るもをかし。

秋は夕ぐれ。夕日のさして山の端《は》いと近うなりたるに、烏《からす》の寝どころへ行くとて、三つ四つ、二つ三つなど飛びいそぐさへあはれなり。まいて、雁《かり》などのつらねたるが、いと小さく見ゆるは、いとをかし。日入りはてて、風の音《おと》、虫の音《ね》など、はた言ふべきにあらず。

冬はつとめて。雪の降りたるは言ふべきにもあらず、霜のいと白きも、またさらでもいと寒きに、火などいそぎおこして、炭もてわたるも、いとつきづきし。昼になりて、ぬるくゆるびもていけば、火桶《ひおけ》の火も、白き灰がちになりてわろし。

現代語訳

春は夜明け（がいい）。だんだんと白くなってゆく山際の空が、少し明るくなって、紫がかった雲が細くたなびいている（のがいい）。

夏は夜（がいい）。月の（明るい）頃は言うまでもない、闇もやはり、蛍が多く乱れ飛んでいる（のがいい）。また、ほんの一匹二匹など、ほのかに光って飛んでいるのも趣がある。雨が降っているのも趣がある。

秋は夕暮れ（がいい）。夕日が映えて山の端《は》にぐっと近づいたころに、烏がねぐらに帰ろうとして、三羽四羽、二羽三羽と飛び急いでいるのまでも心がひかれる。まして、雁《かり》などが列をつくって飛んでいるのが、とても小さく見えるのは、たいそう趣がある。日が沈んでしまって、（聞こえてくる）風の音《おと》や、虫の音《ね》なども、また言うまでもない。

冬は早朝（がいい）。雪が降っている早朝は言うまでもない、霜が真っ白におりたのも、また、そうでなくてもとても寒い早朝に、火を急いで起こして、（いろいろな部屋へ）炭を持って行くのも、（冬の朝に）大変似つかわしい。（しかし、）昼になって、（寒さが）だんだん薄らぎ暖かくなってゆくと、丸い火鉢《ひばち》の火も、白い灰になって（しまっているのは）よくない。

ワンポイントレッスン

「山ぎは」と「山の端《は》」とは

「山ぎは」（山際）は「空と山の境目の線で、空のほう」です。一方、「山の端《は》」は「空に接する山の部分」。漢字から「山の端っこ」と覚えておくと便利ですね。

「空のほう」か「山の端っこ」か

第一章

『枕草子』に隠された秘密とは？

定子との「きらめく宮中生活」

一七七

宮にはじめて参りたるころ❶

超現代語訳

私がはじめて定子《ていし》様のところに参上した頃のこと、お話しするわね。

とにかく私、こう見えて超恥ずかしがり屋だったの……ちょっと誰!? 「信じられない」なんて言った人! まぁ、いいわ。

でね、涙も落ちてしまいそうなほどで、昼間になんてとてもじゃないけど参上できなくて、いつも夜に参上していたの。

定子様は絵を見せて、「この絵はこうよ」などと説明もしてくださったわ。灯火《ともしび》の光で、髪の毛の筋なども、かえって昼よりハッキリ見えちゃって恥ずかしかったけど、我慢して見てたなぁ。

そうそう! すごく寒い頃だったから、お袖《そで》からチラっと見えている定子様の手が、すごく美しい薄紅梅《うすこうばい》色……えっと、ほんのり赤い色ね、で、一般人の私なんかからしたら、「こんな美しい人が世に実在しているなんて！」と、もう、ついじっと見ずにはいられないくらいだったわ。

夜明け頃には、「早く自分の部屋に戻らなきゃ」と気持ちが急《せ》いてきてしまって。定子様ったら、そんな私に「葛城《かづらき》の神も、もうちょっといなさいよ」なんておっしゃるの。

あ！「葛城の神」なんて言っても、きっと皆様には意味がわからないわよね。「葛城の神」というのは「葛城の一言主神《ひとことぬしのかみ》」という女神。自分の容姿容貌が醜《みにく》いことを恥じて、昼間は隠れていて夜だけ働いた伝説の女神よ。

その伝説を踏まえて、私のことを「葛城の神」って。定子様がそうおっしゃったのは、もちろん私が「恥ずかしがり屋で夜しか出仕《しゅつし》しない」からよ。間違っても、私のことを「このブサイクちゃん」なんてイジメたわけじゃ決してないわよ。定子様はそんな方じゃないから、そのへんは誤解しないでちょうだいね。

まあ、でも私は「自分の姿を定子様にご覧に入れることなんてできない」と思って臥《ふ》していたので、格子《こうし》〔＝上げ下げする窓。46ページ参照〕を上げることもできなくて。そんなときに、格子の管理をしている女官たちがやってきて「格子を上げなさいませ」なんて言うから、他の女房が上げようとしたの！

格子を上げたら光が入ってくるから、自分の姿がはっきり見えてしまうし、どうしていいかわからない心地だったんだけど、定子様はそんな私の気持ちを、言わなくてもわかってくださる優しいお方なの。格子を上げようとしている女房に、「ダメよ」と言ってくださったのだから！　女官たちも事情を察して、笑って帰っていったわ。

そこからも、定子様はいろいろとお話をされて、長い時間が過ぎたの。それで、定子様は私に「早く部屋に戻りたいでしょうね。それならば早く戻りなさい。でも、夜になったらまた早く来てね」と言ってくださったわ。ね、定子様って本当に優しくて観察力もあって、頭の回転も速い素晴らしい方なのよ。


その日、雪が降っていたの。だから、定子様が「今日やっぱり参上しなさい。雪で曇ってよく見えることもないはずよ」と、たびたびお呼びがかかったのよね。同室の女房からも「何をもたもたしているの、見苦しいわね。せっかくのご好意に背くのは憎らしいことよ」とせき立てられちゃうし……。

我を失う気持ちで参上したわ。恥ずかしくって、とっても辛かったナ。

「こんな時代もありました！」

清少納言28歳、定子17歳。初々しい出会いの頃

清少納言が仕えていたのは中宮定子《ちゅうぐうていし》です。

中宮とは、天皇の妻です。当時は一夫多妻ですので、天皇にも妻はたくさんいます。「中宮」は、その中の正妻です。簡単に言うと、現在の皇后をイメージしてください。

定子の旦那様は、一条天皇《いちじょうてんのう》です。定子のほうが一条天皇よりも3歳年上でした。現代で言う「姉さん女房」ですね。

この段では、清少納言が定子にはじめて仕えた頃のことが書かれています。清少納言が28歳頃だと言われています。定子は当時17歳（つまり、当時一条天皇は14歳）。定子は、清少納言よりもほぼひと回り年下です。

一条天皇と定子は、いわゆる政略結婚［天皇に娘を嫁がせ、男子を生んで、その子が皇太子になれば、父親は、母方（娘）の親族「外戚《がいせき》」として権力が握れる］でしたが、清少納言が書いているように、定子はとても美しく、さらに才女であったため、

一条天皇は定子が大好きでした。

定子は、その場の状況に合わせて、伝説を引用していますね。このように、即座にその場に適応して機転をきかせることを「当意即妙《とういそくみょう》」といいます。たくさんの知識があることが前提で、それをその場に合わせて、すぐに記憶の引き出しから出すのは至難の業。

わずか17歳の定子はそれをやってのける才女です。中学生くらいの男の子〔＝一条天皇〕が、とても美人で頭がよく、周りの人のことを考えられる、とても優しい高校生のお姉さん〔＝定子〕に憧れの気持ちを持つのは、当然と言えば当然ですね。

原文

宮にはじめて参りたる頃、物のはづかしき事の数知らず、涙も落ちぬべければ、夜々《よるよる》参りて、三尺《さんじゃく》の御几帳《みきちょう》の後ろに候《さぶら》ふに、絵など取り出《い》でて見せさせ給《たま》ふを、手にてもえさし出づまじうわりなし。「これはとあり、かかり。それか、かれか」などのたまはす。高坏《たかつき》に参らせたる御殿油《となぶら》なれば、髪の筋《すぢ》なども、なかなか昼よりも顕証《けそう》に見えてまばゆけれど、念じて見などす。いと冷たきころなれば、さし出でさせ給へる御手のはつかに見ゆるが、いみじうにほひたる薄紅梅《うすこうばい》なるは、限りなくめでたしと、見知らぬ里人心地《さとびとごこち》には、「かかる人こそは、世におはしましけれ」と、おどろかるるまでぞまもり参らする。

暁《あかつき》には、とく下りなむといそがるる。「葛城《かづらき》の神もしばし」など仰せらるるを、「いかでかは筋《すじ》かひ御覧ぜられむ」とて、なほ臥《ふ》したれば、御格子《みこうし》も参らず。女官ども参りて、「これ放《はな》たせ給へ」など言ふを聞きて、女房の放つを、「まな」と仰せらるれば、笑ひて帰りぬ。物など問はせ給ひ、のたまはするに、久しうなりぬれば、「下りまほしうなりにたらむ。さらばはや。夜《よ》さりはとく」と仰せらる。

雪降りにけり。昼つ方、「今日はなほ参れ。雪に曇りてあらはにもあるまじ」など、たびたび召せば、この局《つぼね》の主《あるじ》も、「見苦し。さのみやは籠《こも》りたらむとする。あへなきまで御《お》前《まえ》許されたるは、さおぼしめすやうこそあらめ。思ふにたがふはにくきものぞ」と、ただいそがしに出だし立つれば、あれにもあらぬ心地すれど、参るぞいと苦しき。

現代語訳

中宮定子様の御所にはじめて参上した頃、何かと恥ずかしいことが数多くあり、涙も落ちそうなので、夜ごとに参上しては、三尺の御几帳《みきちょう》の後ろにお控えしていると、（定子様が）絵などを取り出して見せてくださるのを、（私は）手を差し出すこともできないぐらいどうしようもない。「この絵は、こう、ああ。それか、あれか」などと（定子様は）おっしゃる。高坏《たかつき》におともししてある灯火《ともしび》なので、髪の毛の筋なども、かえって昼間よりもはっきり見えて恥ずかしいけれど、我慢して見たりする。たいそう冷える頃なので、差し出していらっしゃるお手が（袖口から）わずかに見えるのが、たいそうつややかな薄紅梅《うすこうばい》色であるのは、この上なく素晴しいと、（宮中のことを）見知らない里人の（私の）気持ちには、「このような方が、この世にいらっしゃるのだなあ」と、はっと気づかずにはいられないほど、お見つめ申し上げる。

明け方には、早く退出しようと自然と気が急《せ》く。「葛城《かづらき》の神（＝作者のこと）もしばらく（ここにいなさい）」などと（定子様は）おっしゃるが、「どうして斜めからでも（私の顔を）御覧に入れることができようか」と思って、そのまま伏せているので、御格子もお上げしない。格子の上げ下げを管理する女官たちが参上して、「これ（＝格子）をお開けください」などと言うのを聞いて、（他の）女房が上げるのを、「いけません」と（定子様が）おっしゃるので、（女官たちは）笑って帰った。（定子様は）何かと質問をなさったり、お話をなさったりするうちに、長い時間がたったので、「退出したくなっただろう。それならば、早く（下がりなさい）。夜になれば早く（来てね）」と（定子様が）おっしゃる。（その日は）雪が降っていた。お昼頃、（定子様から）「今日はやはり参上せよ。雪で曇って丸見えでもないだろうから」など、たびたびお呼びになるので、この部屋の主人（＝同部屋の最古参の女房）も、「見苦しいこと。そうばかり（部屋に）こもろうとするのは。あっけないほど簡単に定子様の御前に伺候することが許されたのは、（定子様が）そうお思いになる理由があるのだろう。ご好意に背《そむ》くのは憎いものよ」と言って、ひたすら急がせて出仕させるので、自分が自分でない心地がするけれど、参上するのはとても辛い。

ワンポイントレッスン

「局《つぼね》」とは

宮中などで、仕切られている部屋。女房たちの自分たちの部屋。女房たちはそこから出仕します。通常、複数人で同室のため、最古参の女房が指示役となります。

一七七　宮にはじめて参りたるころ❷

超現代語訳

それからしばらく経つと、高く先払い（41ページ参照）の声がするので、「定子様のお父様、道隆《みちたか》様がいらっしゃるようよ」と女房たちが騒ぎ出したの。「部屋に下がらなきゃ」と思うけど、足がすくんじゃって身体が動かなくて……。ちょっとだけ奥に引っ込むのが精一杯だったわ。とは言いつつ、見たいと思う気持ちもやっぱりあったので、几帳《きちょう》のほころびからちょっとのぞいちゃった。

そうしたら、道隆様じゃなくて、定子様のお兄様、大納言《だいなごん》伊周《これちか》様だったの！　ファッションセンスもバッチリ！

伊周様が「昨日と今日物忌《ものいみ》（200ページ参照）なんだけど、雪がすごく降ってるし、気がかりでやってきたよ」と定子様に申し上げたので、「『**道もなし**』と思ったのにどうやって」とお返事されてたわ。伊周様は笑って「『**あはれと**』も私をご覧になるかと思って」とおっしゃたんだけど……皆様、この素晴らしさわかるかしら!?
定子様のお返事の『**道もなし**』は、平兼盛《たいらのかねもり》が詠《よ》んだ和歌、
「山里は雪降り積みて道もなし今日来《こ》む人をあはれとは見む」
の前半部分から即座に引用なさったものよ。そして、伊周様もすぐにそれに気づいて、
同じ和歌の後半部分から、また引用してお返事されているの！
もう、なんてオシャレなやり取りなの!!
本の中の話か、ドラマかと思ってしまうくらいだったわ、ハァ～素敵！

定子の兄・伊周登場！　キラキラオーラがまぶしい兄妹

定子と兄伊周《これちか》とのやり取りも素晴らしいですね。
雪が降っている中、わざわざ訪ねてくれた伊周に対して、平兼盛が詠んだ「山里は
雪が降り積もって通れる道もない。今日訪ねて来てくれるような人を『しみじみ嬉し
い』と思おう」という同じような状況の和歌を即座に思い出して、「**道もなし**」の言

この兄妹、まぶしすぎる!!

葉だけを引用して伊周に話しかけています。そして、伊周もその**「道もなし」**の言葉だけで、兼盛の和歌だとわかったからこそ、同じ和歌から引用して返事をしているのです。定子だけではなく、伊周もまた物知りな男性だったということです。

そんな伊周が着ていた服の色は紫色。紫色は、当時天皇・皇族以外の者が着ることを禁じられた色です（ただし、天皇の許可がおりれば着用可）。そんな素晴らしい色である紫色が、雪の白い色に映《は》えていて、とても美しかったようです。

『枕草子』には、今回のように定子の父や兄もよく出てきますので、定子の人間関係図を次に示しておきます。

人物関係図

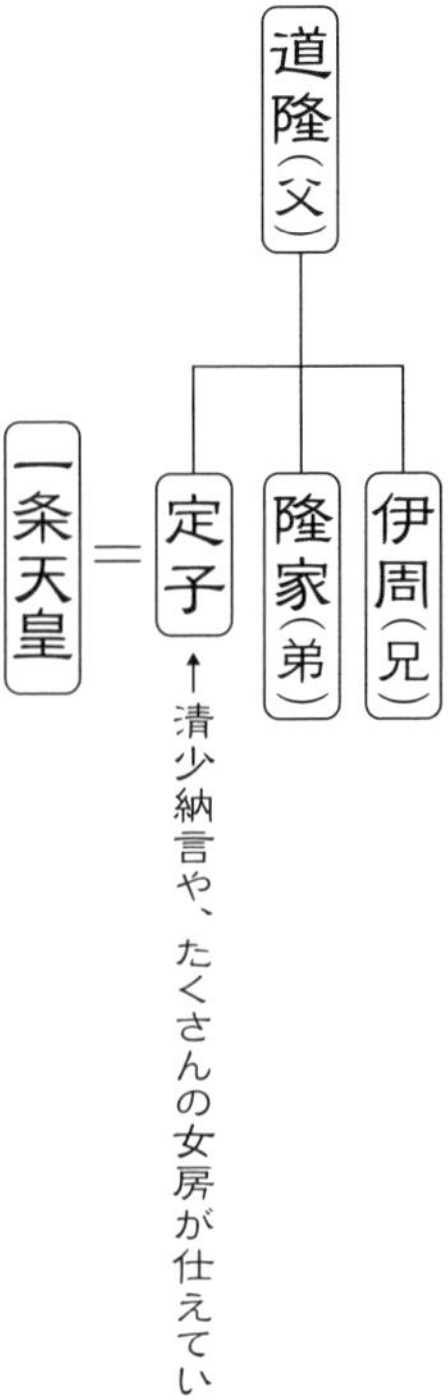

原文

しばしありて、さき高う追ふ声すれば、「殿参らせ給ふなり」とて、散りたる物取りやりなどするに、いかで下《お》りなむと思へど、さらにえふとも身じろかねば、今少し奥に引き入りて、さすがにゆかしきなめり、御几帳《みきちょう》のほころびよりはつかに見入れたり。

大納言殿の参り給へるなりけり。御直衣《のうし》、指貫《さしぬき》の紫の色、雪に映《は》えていみじうをかし。柱もとにゐ給ひて、「昨日今日、物忌《ものいみ》に侍《はべ》りつれど、雪のいたく降り侍りつれば、おぼつかなさになむ」と申し給ふ。「『道もなし』と思ひつるにいかで」とぞ御いらへある。うち笑ひ給ひて、「『あはれと』もや御覧ずるとて」などのたまふ御ありさまども、これより何事かはまさらむ。物語にいみじう口にまかせて言ひたるに、たがはざめりとおぼゆ。

現代語訳

しばらく経って、先払いの高い声がするので、「殿（＝定子の父道隆様）が参上なさるようだ」と言って、散らかっているものを片付けなどするので、何とかして部屋に下がろうと思うが、思うように身動きもできないので、もう少し奥の方に引っ込んで、そうは言ってもやはり見たい気持ちがあるのだろう、御几帳のほころびからわずかに覗き込んだ。（道隆様ではなく）大納言殿《だいなごんどの》（＝定子の兄伊周様《これちか》）が参上されたのだった。御直衣《のうし》や指貫《さしぬき》の紫の色が、雪に映えてとても美しい。

（伊周様は）柱の側に座りなさって、「昨日今日、物忌《ものいみ》でございましたが、雪がひどく降りましたので、こちらが気がかりで（参上しました）」と申し上げなさる。

（定子様は）「『道もなし』と思ったのに、どうして（いらっしゃったのか）」とお答えになった。

（伊周様は）微笑みなさって、「（こんなときに参上した私を）『あはれと』もご覧になられるかと（思いまして）」などとおっしゃる（お二人の）御様子は、これにまさるものは何があるだろうか、いや、何もない。物語で（作者が）口から出まかせで（あんなに美しく）言うのと、（この素晴らしいお二人のご様子は）違わないようだと思われる。

ワンポイントレッスン

「先払い」とは

貴人が外出しているときに、道の前方にいる人々を追い払うこと。「先追う」「前駆《さき》払い」などとも。先払いの声が聞こえると、誰か貴人が来たということになるので、この段のように「誰が来たのだろう」と女房たちは騒ぎ出します。

二八〇 雪のいと高う降りたるを、例ならず御格子《みこうし》参りて

超現代語訳

雪がすっごく降り積もった日、いつもとは違って御格子《みこうし》を下ろしたままだったの。炭櫃《すびつ》に火をおこして、女房たちと雑談などをして集まって伺候《しこう》していたら、定子様が突然、「少納言、香炉峰《こうろほう》の雪はどうだろう」とおっしゃるので、私は御格子を上げさせて、御簾《みす》を高く巻き上げたら、定子様は満足そうに笑いなさったの。

他の人たちも「そのようなことを知っていて、和歌などにまで歌うけど、まさか実際にしようなんて思いつかなかったわ。やはり、この宮にお仕えする人として、しかるべき人であるようね」と言ってくれたわ。

あ〜、よかった。

「はい、合格！」突然の〝定子チェック〟も難なくクリア

説明がないと、まったく意味がわからない段だと思われます。

定子が言った**「香炉峰《こうろほう》の雪」**とは何か。そして、定子のその問いに対して、清少納言が簾《すだれ》を巻き上げたことを、周りの女房たちがどうして絶賛しているのか？

まず**「香炉峰」**というのは、中国にある廬山《ろざん》という山の北峰で、形が香炉に似ているらしいです。「そこに降っている雪はどうだろう」というのが、定子の質問ですね。日本にいるのに、中国の山の雪の様子などわかるわけがないのに、そう言われた清少納言は格子を上げさせて、簾《すだれ》を巻き上げました。そんなことをしても、見えるわけがありません。

なぜ清少納言はこんなことをしたのでしょう。

当時の日本人貴族たちが、ものすごく影響を受けた中国の白居易《はくきょい》（別名：白楽天《はくらくてん》）という詩人がいます。その白居易が書いた『白氏文集《はくしもんじゅう》』という詩文集の中に、**「香炉峰の雪は簾を撥《かか》げて看《み》る」**という詩句があるのです。

そもそも定子は、本当に香炉峰の雪の様子を知りたかったわけではありません。清少納言が、この『白氏文集』の詩句を知っているかどうかを試したのです。清少納言はその詩句を知っていただけではなく、見事に、その定子の意図を見抜いたということです。よって、返事をするのではなく、御簾《みす》を巻き上げたのです。思い通りの行動をしてくれた清少納言に、定子は心の中で「合格よ」と思いながら、笑顔で応えたのでしょうね。

周囲の女房たちは思いもつかなかったようですが、清少納言は察知できた。だから、女房たちも清少納言のことを絶賛したのです。

これを『枕草子』にわざわざ書き入れた清少納言、自慢じゃないかと思われてもしかたがないとは思います（何を隠そう、学校ではじめてこれを習ったとき、私はそう思いました）が、おそらく「定子様がたくさんの女房の前で試問してくれたことで、他の女房たちに認められた」という、定子の思いやりや思慮深さをきっと伝えたかったのでしょうね。

定子は「清少納言ならわかるはず」と思ったからこそ、こういうことをしたはずです。参上したばかりの頃は、恥ずかしがってばかりの清少納言ですが、才能があることを他の女房たちにちゃんと知らせたかったのでしょうね。この段の出来事は、清少納言が宮仕えをして、まだ間もない頃のことだと考えられています。

原文

雪のいと高う降りたるを、例ならず御格子《みこうし》まゐりて、炭櫃《すびつ》に火おこして、物語などして集まりさぶらふに、「少納言よ。香炉峰《こうろほう》の雪いかならむ」と仰せらるれば、御格子上げさせて、御簾《みす》を高く上げたれば、笑はせ給ふ。人々も「さることは知り、歌などにさへ歌へど、思ひこそよらざりつれ。なほこの宮の人にはさべきなめり」と言ふ。

現代語訳

雪がとても高く降り積もっているのを、いつもと違って御格子をお下げ申し上げて、炭櫃に火をおこして、皆で話などをして集まって伺候《しこう》していると、（定子様が）「清少納言よ。香炉峰の雪はどうだろうか」とおっしゃるので、（私は）御格子を上げさせて、御簾を高く巻き上げたところ、（定子様は）笑いなさる。（他の）女房たちも、「そのようなことは知っており、歌などにまで詠むが、思いつかなかった。（あなたは）やはりこの宮にお仕えする人としてしかるべき人のようだ」と言う。

ワンポイントレッスン

「格子」とは

角材を縦・横に組み合わせて作ったもので、上下二枚で柱と柱の間にはめます。上げ下げ式の窓を想像するとよいでしょう。開けるときは、上をつりあげ、上下とも取り外すこともできるようです。平安女流文学では「御格子まゐる」という表現がよく出てきます。「格子をお上げ申し上げる」か「格子をお下げ申し上げる」の意味で、どちらかは文脈判断が必要です。

二九三　大納言殿参り給ひて

超現代語訳

大納言《だいなごん》伊周《これちか》様が参上して、一条天皇に漢籍《かんせき》〔＝中国の書物〕のことなどを申し上げなさっていたら、いつものように夜が更《ふ》けてしまったから、伺候《しこう》していた女房たちが一人ずつ姿を消して、屏風《びょうぶ》や几帳《きちょう》の後ろに隠れて寝てしまったことがあったのね。

私、完全に隠れるタイミングを逃してしまったのよ。だから、逆に眠たいのを我慢して、ただ一人で伺候していたら、天皇に時刻を告げに来る人が「午前二時半」だと。

私が「そろそろ明けそうだわ……」とボソッと言ってしまったのを、伊周様ったら、しっかり聞いてて「今さら寝ようとするなよ」なんてツッコんでくるんだから。「なんであんなことつぶやいちゃったんだろ」って思っても時すでに遅し。他に誰かいれば紛れて寝に行けるだろうけど、無理だったわ。

一条天皇を見たら、柱に寄りかかって少し眠ってらっしゃったの。そしたら、伊周様が定子様に「ちょっと、ちょっと、あれをご覧なさい。もう明けてしまったのに、こんなに寝なさってよいのでしょうか!?」なんておっしゃるから、定子様も「本当に」なんて、笑ってらっしゃったわ。一条天皇は、そんな風に言われて笑われてるなんて、まったく知らずにお眠りになったまま、フフ。

そのときよ！　鶏が、ものすっごい声で鳴き騒いだの！　「何事!?」ってびっくりしたわよ。昼間に召使いの童女《どうじょ》が、鶏を捕まえて持ってきて、「翌朝に里に持って行こう」と言って隠していた鶏がいたらしいのよ。それを犬が見つけて追いかけたので、逃げて、恐ろしく鳴き騒いだというわけ。それで、寝てた人みんな起きちゃった。

一条天皇も目が覚めなさって、「なんで鶏!?」なんて尋ねてらしたわ。そこで、またまた伊周様が**「声明王《こえめいおう》のねぶりをおどろかす」**と声高らかに漢詩を朗詠なさったの。

あまりの素晴らしさに、今までの眠気が嘘のように吹っ飛んだわ。私だけじゃなく、みんなそうだったみたい。一条天皇も定子様も「ぴったりな朗詠だね」なんて感心なさっていたわ。

天皇と貴族たちの楽しい日常の１コマ

伊周の華麗なヨイショに感動！

文中で伊周《これちか》が朗詠した**「声明王《こえめいおう》のねぶりをおどろかす」**。

これは、『和漢朗詠集《わかんろうえいしゅう》』に収録されている都《みやこの》良香《よしか》という平安前期の漢詩人が詠んだ、次の漢詩から引用したものです。

「鶏人《けいじん》暁に唱ふ、声明王の眠りを驚かす。鳧鐘《ふしょう》夜鳴る、響《ひびき》暗天《あんてん》の聴きに徹《とお》る」

「鶏人」は宮中で時刻を知らせる役人、「鳧鐘」は時を告げる鐘です。

訳は「宮中で時刻を知らせる官人が、暁の時刻を知らせる。その声は聡明な王の眠りを覚ます。時を告げる鐘が、夜に鳴る。その響きが暗い夜空に響きわたり、人々の耳に聞こえ渡る」です。

この二九三段では、鶏人ではなく、本物の鶏が一条天皇や他の人々の目を覚まさせたわけですが、一条天皇から「なんで鶏（がこんなところにいるの）?」と聞かれた瞬間に、この場の状況にぴったりなこの漢詩が浮かんだ伊周は、**「声明王のねぶりをおどろかす」**と声高らかに朗詠したのです。この漢詩を朗詠することによって、「一条天皇は聡明な天皇ですよ」というヨイショまで、できてしまっているのです。

清少納言は女性ながら、男性の教養である漢籍の知識がとても深く、数々の男性とやりあったり言い負かしたりするほどです。ですが、この段では、伊周に対して素直に絶賛・感動しています。そして、「隠れて寝ることもできない」と言って、最後まで一人で起きて伺候していますね。よって、この段の出来事は、清少納言がまだ出仕してそれほど年数は経っていない新人の頃だと考えられています。

ここまでで、まだ初々しい清少納言のお話をご紹介しました。

原文

大納言殿参り給ひて、文《ふみ》の事など奏《そう》し給ふに、例の、夜いたく更けぬれば、御前《おまえ》なる人々、一人二人づつ失《う》せて、御屛風《びょうぶ》、御几帳《きちょう》のうしろなどに、みな隠れ臥《ふ》しぬれば、ただ一人、ねぶたきを念じてさぶらふに、「丑四《うしよ》つ」と奏すなり。「明け侍りぬなり」とひとりごつを、大納言殿、「今更にな大殿籠《おおとのごも》りおはしましそ」とて、寝《ぬ》べきものともおぼいたらぬを、「うたて、何しにさ申しつらむ」と思へど、また、人のあらばこそはまぎれも臥さめ。

上の御前の柱に寄りかからせ給ひて、すこしねぶらせ給ふを、「かれ見奉らせ給へ。今は明けぬるに、かう大殿籠るべきかは」と申させ給へば、「げに」など、宮の御前にも笑ひきこえさせ給ふも知らせ給はぬほどに、長女《おさめ》が童《わらわ》の、鶏《にわとり》を捕へ持て来て、「あしたに里へ持て行かむ」と言ひて隠し置きたりける、いかがしけむ、犬見つけて追ひければ、廊《ろう》の間木《まぎ》に逃げ入りて、恐ろしう鳴きののしるに、皆人《みなひと》起きなどしぬなり。上もうち驚かせ給ひて、「いかでありつる鶏ぞ」など尋ねさせ給ふに、大納言殿の、「声明王《こえめいおう》の眠りを驚かす」といふことを、高うち出だし給へる、めでたうをかしきに、ただ人のねぶたかりつる目もいと大きになりぬ。「いみじき折の事かな」と、上も宮も興《きょう》ぜさせ給ふ。なほかかる事こそめでたけれ。

現代語訳

大納言殿（＝伊周《これちか》）が参上なさって、漢籍のことなどを天皇に申し上げなさっていたところ、いつものように、夜がすっかり更けてしまったので、御前にいる女房たちは、一人二人ずつ姿を消して、御屏風や御几帳の後ろなどに、皆隠れて寝てしまったので、（私は）ただ一人、眠たいのを我慢して伺候していたところ、「二時半」と（係の者が時刻を）天皇に申し上げているようだ。「夜があけてしまったようね」と（私が）独り言をいうと、大納言殿が「今さらお休みなさいますな」と言って、当然寝るものだと思っていらっしゃらないので、「ああ困ったな、どうしてそのように申し上げたのだろうか」と思うが、他の人がいるならばそれに紛れて寝てしまうのに。

天皇が柱に寄りかかりなさって、少し眠っていらっしゃるのを、（大納言殿が）「あれを見申し上げなさいませ。今はもう夜が明けてしまったのに、このようにお休みになってよいのでしょうか、いや、よくない」と、（定子様に）申し上げなさったところ、「本当に」などと、定子様はお笑い申し上げるのを（天皇は）ご存知ないうちに、長女《おさめ》（＝雑用係の下級女官のトップ）の召使いの童女が、鶏を捕まえて持ってきて、「明日になれば里へ持って行こう」と言って隠して置いていた鶏が、どうしたことか、犬が見つけて追いかけたので、廊《ろう》の長押《なげし》の上の棚に逃げ込んで、恐ろしく鳴き騒ぐので、皆、起きなどしてしまったようだ。天皇も目をお覚ましになって、「どうして（こんな所に）鶏がいるのか」などとお尋ねになると、大納言殿が、「声明王のねぶりをおどろかす」という漢詩を、声高らかに吟じなさったのが、すばらしく面白いので、臣下である（私の）目までもたいそう大きく開いた。「素晴しくピッタリ状況にあったことだなあ」と、天皇も定子様も面白がっていらっしゃる。やはり、このようなことは素晴らしい。

ワンポイントレッスン

「時刻」の表し方

当時は、時刻を干支《えと》で表しました。現在の時刻を求めるには、「2×（N－1）」のNには干支の何番目かを入れるとわかります。この文に出てきた「丑《うし》」であれば2番目。「2×（2－1）＝2」。よって、「丑」は午前2時。干支の後ろに数字（一つ～四つまで）がついている場合があります。たとえば、

「草木も眠る丑三《うしみ》つ時」など聞いたことはありませんか？　こういう場合は、まず「丑」の時刻（＝午前2時）を±1時間した2時間分を出しましょう（＝午前1時〜3時）。2時間（＝120分）を四つに分けると、一つ＝30分ですね。丑一つ〜丑四つは、午前1時〜3時までを30分ずつわけたものです。つまり、丑一つ＝1時〜1時半、丑二つ＝1時半〜2時、丑三つ＝2時〜2時半、丑四つ＝2時半〜3時です。「丑三つ時」とは、「2時〜2時半」のことです。

九七 御方々《おかたがた》、君達《きんだち》、上人《うえびと》など、御前に

超現代語訳

定子様のお身内や、若君たち、殿上人《てんじようびと》（106ページ参照）など、御前に人がとてもたくさん伺候《しこう》しているので、私は廂《ひさし》の間の柱に寄りかかって女房たちと雑談して座っていたら、定子様がポーンって何か投げてくださって。開けて見たら、「（私がそなたのことをかわいがろうと）思おうか、どうしようか。一番じゃなかったらどうする？」と書かれていたの。

なんでこんなことを定子様が書いたかというと、実はね……、定子様の前でお話をするときに、私が「なんでも人に一番に思われなきゃ、どうにもならないわ。そうじゃないなら、もうすっごく嫌われちゃってるほうがマシ。二番目や三番目なんて死んでもイヤよ。私は一番がいいの！」って言ってたから。それを聞いていた女房たちも

「**『一乗の法』**であるようね」なんて言って笑ってたわ。

「一乗の法」というのは、『法華経《ほけきょう》』の中に**「十方《じっぽう》の仏土《ぶつど》の中には、唯一乗《ただいちじょう》の法有り。二も無くまた三も無し」**とあって、「二番や三番なんかイヤ」っていう私のセリフを聞いた女房たちが、これと一緒ということで**「一乗の法」**と言った、ってわけ！

とまあ、こんなことがあったから、なのよね。私はお返事にこう書いたわ。

「九品蓮台《くほんれんだい》の間《あいだ》には、下品《げぼん》といふとも」

皆様お察しの通り、これも引用よ。『和漢朗詠集《わかんろうえいしゅう》』から引っ張ったの。**「十方の仏土の中には、西方《さいほう》をもって望《のぞみ》となす。九品蓮台の間には、下品といふともまさに足《た》るべし」**の部分からよ。

女房たちが私に対して言った「一乗の法」の『法華経』にも**「十方の仏土の中には」**と同じことが書かれているでしょ？　女房たちもそこはカットしているから、私もカットしたけど。わかる人にはわかる、隠れたオシャレ的な感じよ。ウフフ。

で、肝心のお返事**「九品蓮台の間には、下品といふとも」**の意味を説明するわね。

極楽浄土は「上品《じょうぼん》・中品《ちゅうぼん》・下品《げぼん》」の三段階があって、さらにそれぞれが「上生《じょうしょう》・中《ちゅう》生《しょう》・下生《げしょう》」に分かれていて、合計「九階級」があると考えられているの。

「下品」というのは三段階の中では最下位。だけど、最下位だとしても、一応「往生」の中には入っているわけ。だから、**「九品蓮台の間には、下品《げぼん》といふとも」**は、「九階級の極楽浄土の中の最下位ではあるけれど、極楽往生をとげられるのであれば、その最下位の『下品』でも満足だ」ってことなの。

もちろん、今は、極楽往生の話なんてしてないわよ。これを踏まえて、「定子様にかわいがってもらえるのであれば、一番でなくても、二番目や三番目だろうと満足です」と伝えたつもり。わかっていただけたかしら。

定子様がそれを見て、何て言ったかですって？

「ひどくへこんでしまったのね。すっごくよくないわ、ダメダメじゃない。一度断言したことは、そのままでいなきゃ！」とおっしゃってくださったわ。

だから、「それは、人によります。定子様にかわいがってもらえるならば、やっぱり二番目三番目でもアリです」と申し上げたら、「それがダメなのよ。一番好きな人に、一番に思われようと思わなきゃ！」って。定子様ったら、ご自身を私の「一番好きな人」って……あ〜、全部見抜かれちゃってるの。さすが定子様！　面白いわ。

「私のこと一番好きなんでしょ♡」

当時の貴族や、その召使いたちは、有名な書物から「いかにうまく引用できるか」が、知的アピールだったのでしょうね。〝定子サロン〟もご多分に漏れず、『枕草子』には引用でのやりとりがたくさん出てきます。当時の人であれば、誰でも知っているようなことであったとしても、現代の私たちには、ほとんどもう知られていません（たとえば、現代でも、50代の大多数の人が知っていることでも、10代の人たちにはチンプンカンプンなこと、山ほどありますよね）。ですから、その前提知識がない状態で読むと、何を言っているのか、何が面白いのか、さっぱりわからないので、悲しいかな、「古文わけわからん」となってしまうのです。

先ほどの【超現代語訳】も、【原文】にはない部分が、かなりあります（清少納言本人に説明してもらう形をとりました）。本当は、もっとテンポよく会話が繰り広げられています。間に説明を入れることによって、長ったらしくなってしまった感が否めないのですが、「原文のまま」ですと、やはり「何が面白いんだ?」となりますよね。本当は、芸人さんのやり取りのように、とても面白くポンポンやり取りをしているのでしょうが、現代の私たちにはいかんせん説明がないとわからないという。

何はともあれ、あんなに恥ずかしがって、夜にしか出仕できなかった清少納言が、女房たちや定子と、こんなにも堂々とやり取りができるようになったことを感じ取っていただけると嬉しいです。

定子の最後のセリフも相変わらずお茶目ですよね。ちゃっかり、「私のこと、一番好きなんでしょ」と言っています。

原文

御方々《かたがた》、君達《きんだち》、上人《うえびと》など、御前に人のいと多く候《さぶら》へば、廂《ひさし》の柱に寄りかかりて女房と物語などして居たるに、物を投げ給はせたる、あけて見たれば、「思ふべしやいなや。人、第一ならずはいかに」と書かせ給へり。

御前にて物語などするついでにも、「すべて人に一《いち》に思はれずは、何にかはせむ。ただいみじうなかなかにくまれ、あしうせられてあらむ。二、三にては死ぬともあらじ。一《いち》にてをあらむ」など言へば、「一乗《いちじょう》の法ななり」など、人々も笑ふ事の筋《すじ》なめり。

筆、紙など給はせたれば、「九品蓮台《くほんれんだい》の間には、下品《げぼん》といふとも」など、書きて参らせたれば、「無下《むげ》に思ひ屈《くん》じにけり。いとわろし。言ひとぢめつる事は、さてこそあらめ」とのたまはす。「それは人にしたがひてこそ」と申せば、「そがわろきぞかし。第一の人に、また一《いち》に思はれむとこそ思はめ」と仰せらるるいとをかし。

現代語訳

（定子様の）お身内の方々、若君たち、殿上人など、（定子様の）御前に人がとても多く伺候しているので、（私は）廂《ひさし》の間の柱に寄りかかって女房と雑談などをして座っていると、（定子様が）物を投げて与えてくださった（ものがあり）、（それを）開けて見たところ、「（そなたを）可愛がってあげようか、どうしようか。人が、一番でないならばどう思うか」と書いていらっしゃる。

御前で雑談などをする時に、「万事、人に一番に愛されないならば、いったい何になるというのか。ただひどくかえって憎まれ、悪く扱われたほうがいい。二番目、三番目では死んでもいやだ。一番でいたい」などと言うと、「（彼岸に至らしめる乗り物で、第一の乗り物である）一乗の法であるようね」などと、人々が笑う筋であるようだ。

筆や紙などをくださったので、「九品蓮台《くほんれんだい》の間では、下品《げぼん》といふとも」などと書いて差し上げたら、（定子様が）「ひどく思いが弱い感じね。とてもよくない。言い切ってしまった事は、そのまま初志を貫くべきよ」とおっしゃる。「それは相手の人によることで」と申し上げると、「それがよくないのよ。一番好きな人に、一番に思われたいと思うのがよい」とおっしゃるのは、とても面白い。

ワンポイントレッスン

「君達《きんだち》」とは

「貴族の子供たち」のことで、「きんだち」と読みます。「公達」と書く場合も。現代人であれば「きみたち」と読んで「あなたたち」の意味だと思ってしまいますよね。古文の時代でも、同じ意味で使ってはいましたが、入試などで意味を問われたならば、現代とは違う「貴族の子息」の可能性が高いです。

九八

中納言の参り給ひて

超現代語訳

私の大好きな定子《ていし》様には、これまた素敵な弟・隆家中納言《たかいえちゅうなごん》がいらっしゃるのね。その隆家様が定子様のところにやってきたときに、「僕さ、姉さんに扇《おうぎ》のプレゼントをしようと思ってるんだよね」と、なぜか、くれる前に嬉々として言ってきたのよ。

それがどうやら、珍しいほど素敵な扇の骨を手に入れたみたいで、「それを言いたかったのかしら」なんて思っちゃったんだけど、それくらい素敵な骨だったんでしょうね。

中納言様ったら「僕、隆家は、素晴らしい骨を手に入れちゃいましたよ。だから、その骨に扇作りの職人に紙を張らせて、プレゼントしようと思うんだ。だけど、だからこそ、いいかげんなダッサダサの紙を張るわけにはいかないから、その素敵な骨に見合うくらいの素晴らしい紙を探してるんだ」と定子様に嬉しそうに話しているの。

そんなふうに言われたら「どんなにか素敵な骨なんだろう」って気になっちゃうわよね。定子様もやっぱりそう思ったみたいで「どんなふうなの？」と中納言様に聞いたら「全部だよ！　全部!!　それを見た人たちも『未だかつてまったく見たことがない骨のようだ』って言うくらいなんだ。本当に、僕も今まで見たことがないくらいスゴイんだよ！」と、それはもう得意げに答えてたわ。

「やっぱりそれが自慢したいんじゃない」なんて、そんな隆家様をかわいらしくも思ったけど、私ったらついついツッコみたくなっちゃって、黙って聞いていればよいものを「そんなに見たこともないくらい素晴らしいなんて、それはどうやら『くらげ』の骨のようですね」なんて茶化して言っちゃったの！

それが隆家様に思いのほかにウケたみたいで、「これは僕が言ったギャグにしちゃおう。それ、いただきっ！」と笑ってくれたのよ。

私のギャグセンスがツボったみたい。隆家様にギャグの横取りされそうになっちゃったわ、ウフフ。

すばらしい骨って
くらげの骨？
みたいな？
うけた…
くらげって骨ないよ～

「私もジョークを言えるようにまでなりました」

こんな風に隆家様に認められちゃった話をわざわざ書いて皆さんにお聞かせするなんて、なんだか自慢してると思われてしまいそうでイヤだし、書くならば「私ごときが聞き苦しい恐縮過ぎた話」として紹介すべきなんだろうけど、定子様や中納言様とのやり取りを「何一つ漏《も》らさずに書いてね」と言われてるから、どうしようもなくて……。

ホント自慢してるわけじゃないんだけどね、しょうがないから書いとくわ。

＊

自慢話多めの〝平安のブロガー〟!?

「隆家の自慢話かと思わせておきながら、結局自分の自慢話じゃないか！」となってしまいそうなエピソードですね。

ですが、清少納言本人もそれは自覚していたようで、自分で最後に「なぜ、この話を書いたのか」という理由を書き加えているのです。「一つも書き漏らさないように」というセリフから、『枕草子』は「誰かに見せる」ことが前提で書かれているものだということがわかります。「自分だけの秘密の日記」ではなかったようですね。「私は、本当はこんな自慢めいたことを書くのは気が引けてしまう」と言い訳をしつつ、結局書いていますから、なんとなく「清少納言」＝「自慢話が多い」のようなイメージがついてしまうのだろう、と思われます。私も高校生の頃は、『枕草子』を習うたびに、「はい、また出た！　自慢話～」なんて思っていましたから。

ちなみに、「扇《おうぎ》の骨」というのは、「扇の芯となる細い薄い竹の部分」のことです。ですが、ここをわかりやすいように「扇の芯となる竹」と訳してしまうと、後ろの

「くらげの骨」のギャグがまったく意味のわからないものになってしまいますので、「(扇の)骨」のまま訳すのが必須となる部分です。

「誰も見たことがないほどの骨」=「もともと骨などないくらげの骨」だと、清少納言は秀逸のギャグを返したのです。頭の回転が速い女性ですね。大喜利でキラリと光る回答センスを持っている芸人さんのような回転の速さだったのでしょう。

清少納言が、中宮定子や、その弟の隆家中納言の前でも、そういうことが言えるくらいの立場だったということもわかりますね。どれだけ面白いことを思いついても、あまりにも手が届かないほどの大御所の前では、口を挟むことなど許されず黙っているしかない人もいるであろう中で、定子と隆家の会話にわざわざ割って入ってボケをかましていますので、「そうしても許される」と本人もわかっている上での言動のはずです。

もはやギャグを褒められたことだけではなく、「ね、私って、こんな大物たちと一緒になって笑って話せるほどなのよ自慢」もあるような気すらしてきます。おそらく本人は、中宮定子の周りの華やかな明るく楽しい雰囲気を思う存分に伝えたいだけなので、そんなレッテルを張り付けてしまうのはかわいそうですが、高校生の私には

「自慢大好き女性」に映っておりました。
「どうしようもないから書く」という最後の言葉さえ、「白々しいわ～」と。清少納言さん、もし本気で「これじゃ自慢していると思われてしまう……」と悩んでいたならごめんなさい。

原文

中納言参り給ひて、御扇奉らせ給ふに、「隆家こそいみじき骨は得てはべれ。それを、張らせて参らせむとするに、おぼろけの紙はえ張るまじければ、求めはべるなり」と申し給ふ。「いかやうにかある」と問ひ聞こえさせ給へば、「すべていみじう侍り。『さらにまだ見ぬ骨のさまなり』となむ人々申す。まことにかばかりのは見えざりつ」と言《こと》高くのたまへば、「さては扇のにはあらで、くらげのななり」と聞こゆれば、「これは隆家が言にしてむ」とて、笑ひ給ふ。

かやうの事こそは、かたはらいたき事のうちに入れつべけれど、「一つな落としそ」と言へば、いかがはせむ。

現代語訳

中納言（＝隆家）が参上なさって、（定子様に）扇を献上なさるときに、「私隆家は素晴らしい骨を手に入れています。それに、（紙を）張らせて差し上げようと思うが、いいかげんな紙は張ることができないので、（ふさわしい紙を）探しているのです」と申し上げなさる。

（定子様が）「どのようなのか」とお尋ね申し上げなさると、（中納言は）「すべてが素晴らしいです。『まったく今まで見たことのない骨の様子だ』と人々が申し上げる。本当にこれほどのは見られなかった」と声を大きくおっしゃるので、（私が）「それでは扇の（骨）ではなくて、くらげの（骨）であるようだ」と申し上げると、（中納言が）「これは私隆家が言ったことにしてしまおう」と言って、笑いなさる。

このようなことは、聞き苦しいことの中に入れておくべきだが、「一つも書き漏らさないでくれ」と（周囲の人々が私に）言うので、どうしようもない（ので書き記しておく）。

ワンポイントレッスン

『枕草子』の主語把握法

原文には書かれていない主語を、どうやって把握しているのか。「会話文以外」だと次の法則を知っていると、グンと読みやすくなります。

二重尊敬や最高敬語⬇ほぼ定子。一条天皇や道隆などの場合もある。
敬語⬇定子や一条天皇ほど偉くはない貴族(伊周・隆家なども)。
敬語なし⬇ほぼ作者。同僚の女房などの場合もある。

もちろん例外もあるので、あてはめて確認することは必要です。

二三七

殿などのおはしまさで後《のち》、世の中に事出《いき》で来❶

超現代語訳

道隆様が亡くなってしまい、その後、いろいろと定子様の周りが騒がしいことになってしまって……定子様は、宮中に参内《さんだい》なさらず、小二条殿という場所にいらっしゃるんだけど、なんとなく私も憂鬱《ゆううつ》で嫌なことがあって、長いこと自分の里に下がったの……。だけど、やっぱり定子様のことが気がかりで、このまま里にいるわけにもいかないとも思ったりね……。

そんな中、右中《うちゆうじよう》将が私を訪ねてきたの。

「今日、定子様のとこへ行ってきたよ。なんとなくしんみりしてたな。でも、女房たちは、きちんとした格好で気を抜かずに伺候《しこう》していたよ。

ただ、庭の草がすごく茂っていたから、それが気になっちゃってね。『ちゃんと手入れしたほうがいいよ』って言ったんだよ。そしたら、あれは宰相《さいしょう》の君〔＝定子付きの女房〕の声だな、『あら、わざとよ。草の葉に露があるのを、定子様がご覧になりたいからよ。風流もわからないの？』と言われて、面白かったなあ。

そうそう、それから多くの女房たちが、君の里下がりのことをあまりよくなく思っているみたいだよ。

『本当に清少納言ったら、情けないわよね。定子様がこういうところに住んでなさっているときに、自分もつらいことがあったか知らないけど、定子様の傍にいるべきでしょ。定子様だって、きっとそうお思いだわ』などと声々に言ってて。まあ、きっと、わざとだね。僕から君に言わせようとしてるんだと思う。

ま、そんなわけだからさ、ちょっと行ってみなよ。風情のあるところだよ。牡丹《ぼたん》の花も趣《おもむき》があったな」ですって。

わざわざ言われなくても、私もいつまでもこのままってわけにはいかないこと、わかってるわよ。定子様のことだって心配よ。

でも、私がこうなっている原因が自分たちにあること、女房たちはわかってないのかしら。あの人たちが私のこと疎ましく思っているのよ。だから、私も嫌なの！

あ、ごめんなさい。私ったら取り乱してしまったわ。何があったのか、お話しするわね。

私が道隆様や定子様とは政敵となる左大臣道長様とつながっているんじゃないか、なんて、そんな噂を立てられていたの！

私を見たら急にピタッと話をやめたり、もう、悪口言ってるのがバレバレな感じで。こんなイジメのような扱いを受けるなんて、一度もなかったことだから、もう腹が立っちゃうし、辛いし、だから、私も定子様のお傍にいられなくなってしまって、里に下がったってわけ。もちろん定子様は私のことをそんなふうには思っていなくて、「来なさいよ」って何度もおっしゃってくださったわ。だけど、行けなくて……。

そしたら！　それをまた、定子様の傍の人たちが「やっぱり道長様側の人間なんだわ」なんて決めつけちゃって。もう、根も葉もないようなことを言われてそう……。ハァ、どうすればいいのよ……。

＊

「華やかな姿だけを後世に！」清少納言の切なる願い

定子の父道隆は、その父兼家《かねいえ》から関白〔＝天皇の補佐をする最高位の官〕の地位を譲られました。その同じ年に、一条天皇に入内《じゅだい》していた定子が中宮となります。

先にも述べたように、政略結婚ではあったものの、一条天皇は定子をとても愛していました（道隆が定子以外の入内を許さなかったこともあるかもしれませんが……）。

このまま道隆一家の将来は安泰に見えていたはずですが、道隆は、この五年後に病気でこの世を去ってしまいます。

自分の死を予期した道隆は、当時、まだ20歳ちょい過ぎの息子・伊周《これちか》に関白を譲ろうとしました。その意を汲《く》んで、一条天皇は、まず、内覧《ないらん》〔＝天皇である自分への文書を先に確認して処置すること〕に関して、「先に関白である道隆が行い、その次に伊周にさせる」と宣旨《せんじ》〔＝天皇からの命令の文書〕を出しました。

しかし、これに対して伊周が、「親父〔＝道隆〕からはオレに任せると聞いている。なんで次なんだよ！」と反論し、なんと、宣旨を突き返したのです。翌日、再度宣旨が出ました。「関白が病気の間は内覧を伊周に任せる」と。なのに、伊周は、これにすら納得しませんでした。伊周が望んでいたのは、「病気の間」ではなく「病気の替」だったのです。「病気の間」であれば、まさにその文字の通り「道隆が病気の間」だけの代理ですから、道隆の病気が治ったり、最悪亡くなったりしたら、その宣旨は効力が消えてしまいます。「病気の替」は「道隆が病気のため、替わりに伊周が関白になりなさい」ということなので、関白の権限が失効する恐れはなくなります。

そこで、伊周は「病気の替」に訂正するよう、宣旨を作成した人に圧力をかけたのです。宣旨を突き返しただけでも異例のことなのに、さらなる訂正まで求めるのは、傲慢すぎますよね。百歩譲って、実力がきちんと伴っている人物が言うのであればまだわかりますが、弱冠20歳過ぎの父親の力を借りている人物の、こんなワガママが通るはずがなく、訂正はされませんでした（『枕草子』では定子の兄である伊周を、清少納言は絶賛していますが、実際の評判はこういうわがままであまりよろしくなく、拒否されました）。

一条天皇もさすがにイラッとしたでしょうね。結局、このような伊周のわがままな暴走のせいで、道隆の願いは叶いませんでした。これが、道隆一家の運のツキで、この後、失墜していきます。

道隆の死後、道隆の弟の道兼《みちかね》が関白となりましたが、それから道兼はすぐに病気になり、わずか数日後に亡くなります。よって、道兼は「七日関白」と言われています。その後、道隆や道兼の弟である道長と、伊周との政争勃発です。つまり、叔父（道長）vs. 甥（伊周）ですね。

一条天皇は、あんなことがありましたが、それでも伊周推しでした。完全に定子のためですね。ここで、伊周が負けてしまうと、定子一家の衰退は目に見えています。愛する定子のために、定子の兄である伊周を応援したかったのでしょう。

一方、一条天皇の母親の詮子《せんし》（「あきこ」とも）は、弟である道長推しだったのです（詮子は、道隆・道兼の妹で、道長には姉にあたります。79ページの人物関係図参照）。宣旨を突き返すような傲慢な伊周には任せられないと考え、道長のほうが、実力も性格も優れていると判断したのです。

ほぼ伊周に心を決めていた我が子・一条天皇に、泣いて説得したそうです。その結果、道長が勝者となり、藤原氏全体のトップ［＝藤氏長者《とうしのちょうじゃ》］となりました。

◎恋愛の勘違いから発展「花山法皇《かざんほうおう》襲撃事件」！

その後、伊周と隆家が共謀して、花山《かざん》法皇に矢を射かけるというトンデモナイ事件を起こします。原因は、恋愛関係だったのですが、これがまた伊周の完全なる「勘違い」。伊周の彼女は、藤原為光《ためみつ》の三女。花山法皇は為光の四女のもとに通っていました。それを伊周が、三女のもとへだと勝手に勘違いをし、花山法皇を待ち伏せし、元天皇〔＝花山法皇〕に向かって（隆家の従者がですが）矢を射たのです。伊周、やはり性格は難アリですね……。この事件で、伊周・隆家の没落が決定的となります。不敬罪で、それぞれ流罪となりました。

これが、冒頭あたりで書かれている「定子の周りで起きた騒がしいこと」です。定子の悲しみはどれほどだったでしょう。その頃、なんと、定子は妊娠していました。よって、宮中ではなく、里の二条宮に移っていたのですが、不敬事件が起こったのです。ですから、定子は宮中に参内もできなくなり、二条宮で自ら髪を切って出家をしました（その後、二条宮は焼失。本文中の「小二条殿」はどの場所のことをさすか明らかではありません）。

宮廷を揺るがす前代未聞のスキャンダル！

これらの出来事が重なり、道隆一家は没落の一途をたどり、道長の家系が栄えていくのです。

◎清少納言がどうしても書き残したくなかった「悲しい実態」

以上のように、道長は伊周（定子側）の政敵ですが、清少納言は、どうやら女房たちに、「道長側の人間」「道長の味方」＝「定子の敵」と思われてしまい、陰口を言われてしまったようです。

定子も辛いときなのに、誰よりも傍にいたかったはずですが、定子の傍にいると、女房たちから露骨ないじめのようなことをされ、「道長側の人間」なんて思われているんだ、と思うと、そこにはとてもいられないような気持ちになり、ギブアップしてしまったのでしょうね。

『枕草子』では、定子を中心として、キラキラ華やかで賑やかな話が多く収録されていますが、実は、本当にそんな風に華やかだったのは数年間だけで、あとは、どんどん没落していました。

ですが、清少納言は、自分のご主人様である定子のそんな姿を後世に残したくなかったのでしょう。どれだけ没落していても、昔の、あの華やかだった、キラキラしている定子の姿を残しておきたかったのです。

そんなことを知らない高校生の頃は、「清少納言なんてただの自慢話ばっかりする女」のようなイメージを持っていて、正直好きではなかったのですが、大人になり、その事実を知ったときに、弱いところを見せず、自分のご主人様のイメージまで守り抜いたその強さに感動しました。

そんな清少納言が珍しく、定子の不遇のことに触れたのがこの段です。

しかも、本人も落ち込んでしまっているという。

ですが、そんな中でも、定子が風流を忘れない素晴らしい人間だということも、サラッと書かれていますね。

そして、周りの女房たちも気を抜かずに頑張っていたことも（肝心な本人は里に下がっちゃっていますが）。

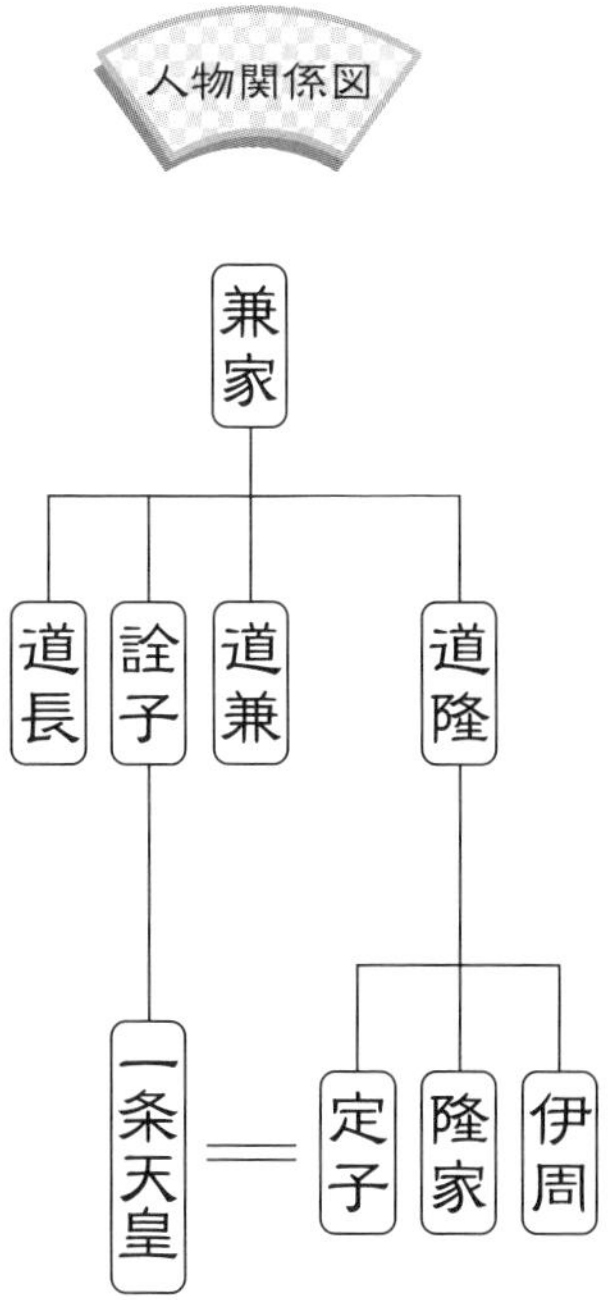

原文

殿などのおはしまさで後《のち》、世の中に事出《い》で来《き》、騒がしうなりて、宮も参らせ給はず、小二条殿といふ所におはしますに、何ともなくうたてありしかば、久しう里に居たり。御前わたりのおぼつかなきにこそ、なほえ絶えてあるまじかりける。

右中将おはして物語し給ふ。「今日、宮に参りたりつれば、いみじう物こそあはれなりつれ。女房の装束、裳《も》、唐衣《からぎぬ》折にあひ、たゆまで候《さぶら》ふかな。御簾《みす》のそばのあきたりつるより見入れつれば、八、九人ばかり、朽葉《くちば》の唐衣、薄色《うすいろ》の裳に、紫苑《しおん》、萩《はぎ》などをかしうて居並《な》みたりつるかな。御前の草のいと茂きを、『などか。かき払はせてこそ』と言ひつれば、『ことさら露置かせて御覧ずとて』と、宰相《さいしょう》の君の声にていらへつるが、をかしうもおぼえつるかな。『御里居《おんさとい》、いと心憂《こころう》し。かかる所に住ませ給はむほどは、いみじき事ありとも、必ず候ふべき物に思し召されたるに、かひなく』とあまた言ひつる。語り聞かせ奉れとなめりかし。参りて見給へ。あはれなりつる所のさまかな。台の前に植ゑられたりける牡丹《ぼうた》などの、をかしき事」などのたまふ。「いさ。人のにくしと思ひたりしが、またにくくおぼえ侍りしかば」といらへ聞こゆ。おいらかにも笑ひ給ふ。

げにいかならむと思ひ参らする御けしきにはあらで、候ふ人たちなどの、「左の大殿方《おおとのがた》の人知る筋《すじ》にてあり」とて、さしつどひ物など言ふも、下《しも》より参る見ては、ふと言ひ止み、放ち出《い》でたるけしきなるが、見ならはずにくければ、「参れ」など度々《たびたび》ある仰《おお》せ言《ごと》をも過ぐして、げに久しくなりにけるを、また宮のへんには、ただあなたがたに言ひなして、虚言《そらごと》なども出《い》で来《く》べし。

現代語訳

殿（＝道隆）がお亡くなりになって後、世の中に事件が起こり、騒がしくなって、定子様も参内なさらず、小二条殿という所にいらっしゃる頃、（私は）どうという理由もないが嫌な気分だったので、長く里に下がっていた。定子様の周辺が気がかりで、やはり里にばかり引き下がってはいられそうになかった。右中将がいらっしゃって雑談をなさる。

「今日、中宮の御殿に参上したところ、とてもしんみりされている様子でした。女房の衣裳も、裳《も》や唐衣《とうぎぬ》が季節に合っていて、きちんとした身なりでお仕えしていたよ。御簾の脇の開いているところから覗き見をすると、八、九人ほど、朽葉《くちば》の唐衣、薄紫色の裳に、紫苑や萩など、美しい衣裳で並んで座っていたよ。

お庭の草がとても生い茂っているので、『どうして（こんなままなのか）。刈り取らせればよいのに』と言ったところ、『わざと（草に）露を置かせて（定子様が）御覧になろうと（おっしゃるので）』と、宰相の君の声で答えたのが、風情があると思われたなあ。『あの人（＝清少納言）が里に下がっていらっしゃることが、とても情けない。（定子様が）このような所に住みなさる時には、たとえ（自分に）どんなに大変なことがあっても、（定子様は）必ずあなたが傍に仕えてくれるものとお思いになられているのに、そのかいもなく』と大勢の女房たちが言っていた。（私からこれをあなたに）語って聞かせ申し上げよということであるようだよ。参上して御覧なさいませ。しみじみとした風情のある所の様子だよ。台の前に植えられていた牡丹などが、風情のあること」などとおっしゃる。（私は）「さあ、どうしましょう。皆さんが（私のことを）憎らしいと思っていたことが、また（私も）憎らしく思いましたので」とお答え申し上げる。（右中将が）おだやかに笑いなさる。

本当に（定子様が私を）どうお思いだろうと懸念するようなご様子でもなくて、仕えている女房たちなどが、「左大臣（＝道長）側の人で知っている人がいる」と言って、集まって話などをしている時でも、（私が）下局から参上するのを見ると、急にその話をやめて、私を仲間外れにする様子が、慣れないことで憎らしいので、（定子様から）「参上せよ」などと何度も仰せ言をそのまま過ごして、本当に長い時が経ってしまったが、また定子様の周辺では、ただ（私が）左大臣側の者と決めつけて、事実無根な嘘の話まで出てきそうだ。

ワンポイントレッスン

宮中では「出産」も「死」も厳禁！

「死」は忌《い》み嫌われるもので、宮中で「死ぬ」のはもってのほかでした（天皇は除く）。出産も命がけのことですから、やはり、宮中では出産できません。里に帰って産むのです。

定子が出産のために里帰りしている間に、不幸なことが連続して起こったのです。この時がはじめての出産なので、ただでさえ不安だったことでしょう。そんな中の失意や悲しみは、尋常ではなかったと思われます。

一三七

殿などのおはしまさで後《のち》、世の中に事出《いで》来《き》❷

超現代語訳

右中将が訪ねてきてから数日後。それでも、やっぱり私は参上する決心がつかなくて。そのうちに、定子様からの仰せ事もこなくなって、さらに気力もなくなりぼんやりしていたところに、長女《おさめ》［＝雑用係の下級女官のトップ］が手紙を持って来たの。「定子様が宰相の君を通して、こっそりくださったものです」と言うから、もう、ドキドキしてすぐに開けたわ。そしたら、紙には何も書かれていなくて。超焦ったわよ。でも、山吹《やまぶき》の花びらが一枚包んであって、そこに**「言はで思ふぞ」**って書かれていたの！　定子様からもご連絡がこなくなって、ぼんやりしていた数日間のことが一気に吹っ飛ぶくらい嬉しかったわ。

「言はで思ふぞ」はもちろん引用よ。

「心には下《した》行く水のわきかへり言はで思ふぞ言ふにまされる」

という『古今和歌集』に収録されている和歌が元ネタ。

「私の心の中では、表面ではわからない地下水が湧きかえっているように（思いがあふれている。それを）口には出して言わないけれど思っているほうが、口に出して言うより思いは深くまさっている」という意味ね。つまり、「言わなくても深く思っているのよ」と伝えてくださったの。そして、それは、「言うよりも深い思いだ」って。

でも、何よりもオシャレなのが、これを紙に書かないで、山吹の花びらに書いてくださっていたこと！「山吹」も『古今和歌集』の中に、

「**山吹の花色衣**《はないろごろも》**ぬしや誰**《たれ》**問へどこたへずくちなしにして**（＝山吹の花の色の衣の持ち主は誰？　問うけど答えない。くちなしだから）」

という和歌があって、それに起因しているの。

「山吹の花の色」は黄色ね。黄色の染料は「梔子《くちなし》の実」。「くちなし」に「梔子」と「口無し」をかけているのに気づけたかしら。定子様は、「言はで思ふ（言わないで思う）」から「口無し」につなげて、「梔子」つながりの「山吹の花びら」に書いたってわけ。なんて高度な!!　さすがだわ、定子様！

そんな私の嬉しそうな様子を見て、長女《おさめ》が「定子様は、なにかにつけてあなたのことを思い出していらっしゃいます。女房たちも、みんな、あなたの長い里下がりの訳がわからないと言ってますよ。どうして参上なさらないのですか」と言ったの。

その後、もちろん長女を介して、お返事を差し上げたわ。

この日の出来事で、再出仕の決心がついたこと、言うまでもないわよね。

再出仕の初日は、さすがにドキドキしたわよ。几帳《きちょう》に隠れて伺候《しこう》していたら、定子様が「あれは新人?」なんて笑って、以前とまったく変わりなしに接してくださったの。頭も良くて優しくて、そんな定子様にお仕えできていることが、私はとっても幸せよ。

不遇でも輝きを失わない定子の「底力」

前回あったように、この段は定子が不遇だった時のことです。ですが、この中の定子は、そんなこと微塵も感じさせませんね。

話の内容も、『枕草子』らしく、オシャレな引用などもあり、「不遇」だと知らなければ、文面に明るい雰囲気すら漂っている気がしますよね。

久しぶりの出仕に気まずかったであろう清少納言に、冗談めかして声をかけてあげることもしっかりやっている定子。

【超現代語訳】の最後の一文は、原文にはありません。ですが、絶対にそう思って書いていることだろうな、と思わずにはいられない、定子の強さと優しさが溢れ出ている話だと感じます。

そんな定子だからこそ、周りの女房にいろいろ疑われたとしても、清少納言は再出仕の決心ができたのでしょう。

そして、定子も、「清少納言ならわかる」と絶対的な信頼があるからこそ、山吹の花びらにあの文言だったのでしょう。わからない相手にやっても、通じません。

不遇になっても、出仕しないまま長い時間が経ってしまったとしても、この二人の絆はしっかり結ばれているままなのです。

原文

例ならず仰せ事などもなくて、日ごろになれば、心細くてうちながむるほどに、長女《おさめ》、文《ふみ》を持《も》て来《き》たり。「御前より宰相の君して、忍びて給はせたりつる」と言ひて、ここにてさへひき忍ぶるもあまりなり。

人づての仰せ書きにはあらぬなめりと、胸つぶれてとくあけたれば、紙には物も書かせ給はず、山吹の花びらただ一重《ひとえ》を包ませ給へり。

それに、「言はで思ふぞ」と書かせ給へる、いみじう、日ごろの絶え間嘆かれつる、皆慰めて嬉しきに、長女もうちまもりて、「御前にはいかが、物のをりごとに思し出《い》で聞こえさせ給ふなるものを。誰も怪しき御長居とこそ侍るめれ。などかは参らせ給はぬ」と言ひて、「ここなる所に、あからさまにまかりて参らむ」と言ひて、いぬる後《のち》、御返事《かえりごと》書きて参らせむとするに、この歌の本《もと》さらに忘れたり。

御返り参らせて、すこしほど経《へ》て参りたる。いかがと、例よりはつつましくて、御几《き》帳《ちょう》にはた隠れて候ふを、「あれは今参りか」など笑はせ給ひて、かはりたる御けしきもなし。

現代語訳

いつもと違って仰せ言もなくて、何日も経つので、心細くて物思いにふけっていると、長女《おさめ》が、手紙を持って来た。「中宮様から宰相の君に命じて、こっそりとくださった（手紙です）」と言って、ここに来てまでも人目を忍んだ様子なのはあまりなことである。

人づてで書かせた手紙ではないようだと、胸がドキドキして急いで開けたところ、紙には何も書きなさらず、山吹の花びらただ一片を包みなさっている。その花びらに、「言はで思ふぞ」と書きなさっているのが、とても素晴らしく、数日間も手紙が絶えて嘆いたのも、すっかり慰められて嬉しい気分になり、長女もじっと見つめて、「中宮様におかれてはどれほどか、何かの折ごとに（あなたを）思い出し申し上げていらっしゃるそうなのに。女房たちの誰もが不思議な長い（あなたの）里下がりだと思っているようです。どうして参上なさらないのか」と言って、「近所に、ちょっと寄ってからまたこちらに伺います」と言って、去った後、お返事を書いて差し上げようとするのに、この歌の上の句をすっかり忘れた。

ご返事を差し上げてから、少し日にちが経って参上した。どうだろうかと、いつもよりは遠慮して、御几帳に少し隠れて控えているのを、(定子様は)「あれは新参者か」などと笑いなさって、前と変わっているご様子もない。

ワンポイントレッスン

「歌の本《もと》」とは

和歌(五・七・五・七・七)には、「上《かみ》の句(五・七・五)」と「下《しも》の句(七・七)」があり、上の句のことを「本《もと》」といいます。下の句は「末《すゑ》」。本文中で「本末」とあれば、「和歌」を意味する場合があります。「本(上の句)」「末(下の句)」「本末(和歌)」、大学入試でも重要です。

二五九

御前にて人々とも、また物仰せらるついでなどに

超現代語訳

定子様の前で、定子様や女房たちとお話をしていたときに、私、こんなことを言ったことがあって。

「世の中が腹立たしくって不快で、もう、ちょっとの間も生きていられない気分で、もうどこへでも行ってしまいたい、なんて思うときってあるでしょ？

そんなときに、普通の白くてきれいな紙と、上等の筆、白い色紙《しきし》、みちのくに紙《がみ》などを手に入れると、すっごくスッキリして、『あ〜、もうどうにでもなっちゃえ♪こうしてちょっとは生きていられそう！』って思えるはず。

あと、高麗縁《こうらいべり》の畳《たたみ》の筵《むしろ》！　青くって細かく厚く編んであり、縁《へり》の紋《もん》が黒くて、地色が白く見えているのを、引きひろげて見ると、『やっぱり、この世は捨てたもんじゃないわ〜！』って、命まで惜しくなっちゃいそう」って。

定子様には「そんなのでいいの!?」って笑われちゃった！　もちろん女房たちにも。「あなたって、すんごくお手軽のようね！」って言われたわ。

でも、本当にそう思ってるのよ！　いいもん、わかってもらえなくたって、フフ。

そんな話をしたことも忘れてしまった頃、心底へコんだことがあってね、里に下がったことがあるの……って、もう気づいている人もいるわよね、そう、前回のお話で里に下がっていたときのことよ。そのときに、定子様が素敵な紙を二十枚包んでくださったの。「早く参上なさいよ」という仰せ事とともに。

自分で言ったことすら記憶にないことを、誰かに覚えてもらえていることって嬉しくなるでしょ？　ましてや、それが大好きな定子様によ！　どれだけ嬉しかったか!!

「口にするのも恐れ多い『神』ならぬ『紙』のおかげさまで、鶴のように千年でも生きられそうです」ってお返事したの。「神」と「紙」をひっかけてみました！

それにしても、やっぱり、この紙で綴じ本とか作ったりしていれば、嫌なことも忘れて楽しい気分になれそうな気がする♪

それから二日後のことよ。今度は赤い狩衣《かりぎぬ》を着た召使いの男が、畳を持って来て

「これを」って。でも、突然庭先に男性が現れたらびっくりするでしょ？

「ちょっ！　あれ誰!?」とこちらの人間が言ったので、男は畳を置いて去って行ったの。もちろん「どこからなの？」って尋ねさせたけど、「帰っちゃいました」って。

高麗縁《こうらいべり》がとってもきれいな畳だったから、「きっと定子様だわ」とは思ったけど、それでもきちんと確かめたわけじゃないから、とにかく、さっきの男を探させたけど、見つけられなかったみたい。ま、もし、配達間違いならまた取りに来るわよね。定子様に聞きたいけど、聞いて、もし違ったとしたら、それも気まずいでしょ？　まあ、でも、きっと定子様、よね。うん。

P.S.　あとで同僚の女房に確認したら、やっぱりそうだったの！

真似したい！　定子の愛される「気配り力」

清少納言が心から落ち込んで里に下がっているときが、本当に前に紹介した一三七段のときのことかどうかは、実はきちんと書かれてはいません。「そうではないか」

と言われているだけですが、本書もその説にのっかって書きました。

一三七段の里下がりが、どれくらいの期間だったのかもはっきりとはわかってはいません。

【原文】にはあるのですが、右中将が定子のところを訪ねた際、女房たちの服装について、「季節に合っている」と書かれていた「朽葉《くちば》の唐衣」「紫苑《しおん》」「萩」などは「秋」の季節です（「紫苑」はキク科の多年草で、秋に薄い紫色の花が咲きます。「萩」は秋の七草の一つですね）。

定子からの手紙の中にあった山吹の花は「晩春」です。季節にズレがあるのです。よって、この山吹の花びらは、紙か何かで作った偽物ではないか、などともいわれています。

ですが、この山吹の花びらは本物で、清少納言の里下がりが、「秋から次の年の春まで」だったのではないか、という説もあるのです。女房たちが「こんなにも長い里下がり」と言っていることもあるので、相当長かったのかな、とも思いますので、私は「本物の山吹」説で、かなりの長い間の里下がりだった➡この二五九段の紙と畳が送られてきたのも、この同じ里下がりのときの間なのではないか、と思っています

（あくまでも、正しいかはわかりません）。あまりにも出仕してこない清少納言を心配して、定子があれやこれや気を遣ってアプローチしているのではないか、と。そこまで思ってもらえる清少納言も幸せ者ですよね。

ちなみに、清少納言が「これさえあれば」と言っていた「紙」ですが、当時「紙」は超貴重品です。現代人からすれば、それこそ「白い紙？？　は？　そんなのでいいの!?」ですよね。ですが、当時「紙」、しかも「白い紙」なんて、めったに手に入らないものです。そして「高麗縁《こうらいべり》の畳《たたみ》の筵《むしろ》」の「高麗縁」ですが、これは畳の縁の模様の一種です。白地の綾に、黒色で雲や菊の花などの模様を織り出したもの。その筵（敷物）が好きだったようですね。どちらも高級品なのでしょうが、それでも定子や女房たちからしたら、「生きるか死ぬか」くらい落ち込んでいるときに、「そんなので慰められるの!?」だったのでしょう。

個人的には、本人が慰められるなら、いいと思います。自分で何か（人に迷惑をかけない）そういうものを見いだして、立ち直っていくことは素敵なことだと思います。

原文

御前にて人々とも、また、物仰せらるるついでなどにも、「世の中の腹立たしうむつかしう、片時あるべき心地もせで、ただいづちもいづちも行きもしなばやと思ふに、ただの紙のいと白う清げなるに、よき筆、白き色紙《しきし》、みちのくに紙《がみ》など得《え》つれば、こよなうなぐさみて、さはれ、かくてしばしも生きてありぬべかんめりとなむおぼゆる。また、高麗《こうらい》ばしの筵《むしろ》、青うこまやかに厚きが、縁《へり》の紋《もん》いとあざやかに、黒う白う見えたるを、引きひろげて見れば、何か、なほ、この世はさらにさらにえ思ひ捨つまじと、命さへ惜しくなむなる」と申せば、「いみじくはかなき事にも慰むなるかな。姨捨山《おばすてやま》の月は、いかなる人の見けるにか」など笑はせ給ふ。候《さぶら》ふ人も、「いみじうやすき息災《そくさい》の祈りななり」など言ふ。

さて後《のち》ほど経《へ》て、心から思ひ乱るることありて、里にあるころ、めでたき紙、二十を包みて給はせたり。仰せ事には、「とく参れ」などのたまはせて、「これは聞《きこ》しめしおきたる事のありしかばなむ。わろかめれば、寿命経《ずみようきよう》もえ書くまじげにこそ」と仰せられたる、いみじうをかし。思ひ忘れたりつる事を思《おぼ》しおかせ給へりけるは、なほただ人にてだにをかしかべし。まいて、おろかなるべき事にぞあらぬや。心も乱れて、啓《けい》すべきかたもなけれ

ば、ただ、

「かけまくもかしこきかみのしるしには鶴の齢《よわい》となりぬべきかな

あまりにやと啓せさせ給へ」とて、まゐらせつ。台盤所《だいばんどころ》の雑仕《ぞうし》ぞ御使には来たる。青き綾《あや》の単衣《ひとえ》取らせなどして。

まことに、この紙を草子《そうし》に作りなど持て騒ぐに、むつかしき事も紛るる心地して、をかしと心の内にもおぼゆ。

二日ばかりありて、赤衣《あかぎぬ》着たる男、畳を持て来て、「これ」と言ふ。「あれは誰《た》ぞ。あらはなり」など、物はしたなく言へば、さし置きて去《い》ぬ。「いづこよりぞ」と問はすれど、「まかりにけり」とて取り入れたれば、ことさらに御座《ござ》といふ畳のさまにて、高麗《こうらい》など、いと清らなり。心の内にはさにやあらむなんど思へど、なほおぼつかなさに、人々出だして求むれど、失《う》せにけり。怪しがり言へど、使のなければ、言ふかひなくて、所違《ところたが》へなどならば、おのづからまた言ひに来《き》なむ、宮の辺《へん》に案内しに参らまほしけれど、さもあらずは、うたてあべしと思へど、なほ誰《たれ》か、すずろにかかるわざはせむ。仰せ事なめりと、いみじうをかし。

現代語訳

定子様の御前で女房たちと話したり、また定子様がお話になるときなどにも、（私が）「世の中が腹立たしく不快で、しばらくの間も生きていられそうもない気持ちがして、ただどこでもいいから行ってしまいたいと思うときに、普通の紙でとても白くて綺麗なものに、上等の筆、白い色紙、陸奥紙などを手に入れると、この上なく気持ちが慰められて、どうにでもなれ、こうしてしばらくは生きていてもいいだろうと思える。また高麗縁《こうらいべり》の筵《むしろ》で、青くてこまかに厚く編んでいて、縁の紋がくっきりと、黒く白く見えているのを、引きひろげて見ると、どうして、やはり、この世は絶対に思い捨てることができそうにもないと、命まで惜しくなる」と申し上げると、（定子様は）「たいそうちょっとしたことで慰められるようね。姨捨山《おばすてやま》の月は、どんな人が見たのか」などと笑いなさる。仕えている女房たちも、「とても簡単な息災の祈りであるようね」などと言う。

その後しばらくして、心から深く思い悩むことがあって、里に下がっていた頃、素晴らしい紙、二十枚を包んで（定子様が私に）くださった。仰せ事には、「早く参上せよ」などとおっしゃって、「これはお聞きおきになったことがあるので。上等な紙ではないようなので、寿命経も書けないようだが」と書かれていて、とても面白い。（本人が）忘れていたことを、覚えておいでになられたのは、普通の人でさえ面白い。まして、（定子様が覚えてくださっているとは）並一通りではないよ。気持ちが（嬉しさで）乱れて、どう申し上げていいのかわからないので、ただ、

「かけまくも……＝口にするのも畏れ多い『神』ではないが『紙』のお陰で、鶴のように千年も生きられそうだ

あまりにも大げさでしょうかと申し上げなさいませ」と書いて、差し上げた。台盤所の雑仕（＝雑用係の下級女官）がお使いとしてやって来た。青い綾《あや》織りの単衣《ひとえ》を（禄として）与えなどして。

本当に、この紙を草子に作りなどして騒いでいると、煩わしいことも紛れるような気がして、面白いものだと心の中で思う。

二日ほど経って、赤い狩衣を着た男が、畳を持ってきて、「これを」と言う。「あれは誰。無遠慮だ」などと、そっけなく言うので、そのまま（畳を）置いて去った。「どこからか」と尋ねさせるが、「帰ってしまった」と言って（畳を）取り入れると、特別に御座という畳のようで、高麗縁など、とても綺麗である。心の中では定子様からだろうかと思う

が、やはりはっきりしないので、人々を出して探させたが、（男は）いなくなっていた。不思議だと言うけれど、使い（の男）がいないので、どうしようもなく、届け先を間違えたならば、自然とまた言ってくるだろう。定子様の所に確認に参上したいけれど、そうでないならば、居心地が悪いだろうと思うが、やはり誰が、何の理由もなしにこんなことをするだろうか。定子様の仰せ言なのだろうと、とても面白い。

ワンポイントレッスン

「姨捨山《うばすてやま》の月」とは

【原文】にある「姨捨山の月」とは、次の『古今和歌集』からの引用です。

「わが心慰めかねつ更級や姨捨山に照る月を見て」（＝私の心を慰めることができなかった。更科の姨捨山に照る月を見ていると）

「紙」や「畳」で心が慰められると清少納言が言ったので、「そんな簡単に慰められるのね。それじゃあ、その月を見ても慰められないという姨捨山の月を、いったいどんな人が見たのかしらね」と、定子は冗談を言って笑ったのです。

細殿《ほそどの》にびんなき人なむ

超現代語訳

もう！　いったいどうしてこうなるの!?　ちょっと聞いてくださる？

「細殿《ほそどの》〔＝細長い廂《ひさし》の間を区切って局《つぼね》にしたもの〕に出入りしたらダメな男が、明け方に傘をさして出て行った」っていう噂が立っていて、よくよく聞いたら、なんと私の相手だってことに勝手になっていたのよ！

私がそんな男性、部屋に泊めるわけないっての!!　そんな変な噂の言い出しっぺの人は、まともに人が受け入れるような人物でもなさそうらしいのに、なんで、みんなしてそんなこと信じるの!?　ちゃんちゃらおかしいわ。

そうこうしているうちに、清涼殿《せいりょうでん》から「定子様よりお手紙です」とのことで、そこに「今すぐ返事を！」って書かれているの。何事かと思って、ハラハラして見てみる

と、大きな傘の絵が描いてあって、人はいないのに手だけは描いてあるの。その傘の柄を握っている手！　でね、下のほうに、

「山の端《は》明けし朝《あした》より」（＝山の端が明るくなった朝から）

と書いてあったわ。もちろん例の噂のことよね。お耳が早いんだから。

「あなたの細殿から傘をさした男が明け方出て行ったらしいけど、どういうことかしら？　フフ」ってことが言いたいのは、すぐにわかったわ。

「素晴らしい定子さまに、恥ずかしく、つまらないようなことはご覧いただかないようにしなきゃ」って思っているのに、こんな変な嘘の噂話が伝わってしまったなんて、本当に不本意で辛いわ！

でも、みなまで言わず、絵と「七・五」の文字だけで伝えてくる定子様のお手紙が、やっぱりオシャレで面白くて。

だから、別の紙に、雨がいっぱい降る絵を描いて、その下にこう書いたの。

「ならぬ名の立ちにけるかな
さてや、濡《ぬ》れ衣《ぎぬ》にはなりはべらむ」

つまり、「雨ではなく、浮名が立ってしまったの。それだから、濡れ衣になるでし

ょう」ってね。

そしたらね……定子様は、それを見て笑いなさったんだって。

――よかった、ウケた！

平安時代から、みんなゴシップ大好き！

いつも定子の頭の回転の速さや優しさ、美しさを褒め称えまくっている清少納言ですが、ここでは、自分も定子を笑わせることができるのよ、という、ちょっぴり自慢めいた段ですね。

ただ、本人はやはり自慢のつもりはなく、散々な噂を立てられたけど、定子の手紙の面白さや、定子と冗談のようなこともやり取りできる、日常の楽しかった思い出を書いているのだと思います（もしかしたら、多少自慢もやっぱり入っているのかもしれませんが。「ホラ、私、定子様とこんなに仲がいいのよ」みたいな）。

最後の「濡れ衣」には、「雨に衣服が濡れる」と「無実の浮名」の意味がかかっています。

それにしても、男女のこういう変な噂話、昔からされるのですね。「事実無根」であれば、当事者にはたまったものじゃないでしょう。他人の恋愛に興味があるのは、人間の性《さが》なのですかね。

原文

細殿《ほそどの》にびんなき人なむ、暁《あかつき》に傘さして出《い》でけると言ひ出でたるを、よく聞けば、わが上なりけり。地下《じげ》など言ひても、目やすく人に許さるばかりの人にもあらざなるを、「あやしの事や」と思ふほどに、上より御文《ふみ》持て来て、「返事《かえりごと》ただ今」と仰せられたり。何事にかとて見れば、大傘《おおかさ》の絵を描《か》きて、人は見えず、ただ手の限りをとらへさせて、下《しも》に、

「山の端《は》明けし朝《あした》より」

と書かせ給へり。なほはかなき事にても、ただめでたくのみおぼえさせ給ふに、恥づかしく、心づきなき事は、いかでか御覧ぜられじと思ふに、かかるそら言《ごと》の出《い》で来る、苦しけれど、をかしくて、異紙《ことかみ》に、雨をいみじう降らせて、下《しも》に、

「ならぬ名の立ちにけるかな

さてや、濡《ぬ》れ衣《ぎぬ》にはなり侍らむ」と啓《けい》したれば、右近《うこん》の内侍《ないし》などに語らせ給ひて、笑はせ給ひけり。

現代語訳

「細殿《ほそどの》に（出入りするのは）不都合な男が、明け方に傘をさして出て行ったと（女房たちが）言い出したのを、よく聞くと、自分のことであった。地下《じげ》の身分とはいっても、無難に人に受け入れられるといった人でもなさそうなのに、「（それを信じるなんて）奇妙なことだわ」と思っていると、（使者が）中宮の御座所から（定子様の）お手紙を持ってきて、「返事を今すぐに」と仰せがある。何事だろうかと思って見ると、大傘の絵を描いて、人は見えず、ただ手だけで（傘を）持たせて、その下に、

「山の端が明るくなった明け方から」

とお書きになっている。やはり、ちょっとしたことでも、ただ素晴らしいと思わせられてしまうので、恥ずかしいこと、つまらないことは、なんとかして御覧にいれまいと思うのに、こんないいかげんな噂話が出て来るのは、辛いが、（定子様のお手紙が）面白くて、他の紙に、雨をたくさん降らせて、その下に、

「覚えのない噂話が立ってしまいました
それだから、濡れ衣でしょう」と申し上げると、（定子様はそのことを）右近の内侍などにお話になられて、笑いなさった。

ワンポイントレッスン

「地下《じげ》」とは

清涼殿《せいりょうでん》（＝天皇が普段いらっしゃる御殿）の南廂《みなみびさし》に隣接する「殿上《てんじょう》の間」という詰め所に入ることが許されていない官人。通常六位以下。「殿上の間」に入ることが許された人のことを「殿上人《てんじょうびと》」といいます（昇殿を許された、四位・五位、および六位の蔵人を指す）。「一位から三位」は「上達部《かんだちめ》」（「かんだちべ」とも）といいます。

八九

無名《むみょう》といふ琵琶

超現代語訳

ある女房が「一条天皇が、『無名《むみょう》』という名前の琵琶を持って、こちらへいらっしゃるので、女房が手に取って拝見したり、弦《げん》を触って鳴らしたりする」と言うので、私は弾かないで、弦を手でまさぐって、「この名前って、何でしたっけ？」と定子様に申し上げたら、「たいそう取るに足りなくって、名前も無いわ」とおっしゃったの。やっぱり定子様は素敵よね。普通に「『無名』よ」と答えないところがオシャレ！

定子様の妹である淑景舎《しげいしゃ》〔＝原子《げんし》〕などもこちらにいらっしゃって、定子様とお話をなさってたの。原子様が「私、とっても風情がある笙《しょう》の笛を持ってるの。亡き父がくださったのよ」とおっしゃったのね。

そしたら、定子様の弟の僧都《そうず》の君〔＝隆円《りゅうえん》〕もいらしてて、その隆円様が「それ僕にちょうだい。僕、素晴らしい琴を持ってるんだ。だから、それと交換しようよ」

とおっしゃったんだけど、原子様は全然聞き入れないで、他のことをおっしゃってい
たのね。だから、隆円様が返事をもらおうと、何度も申し上げていたわ。それなのに、
全然聞いてないかのようにお返事なされないの。私も変だなぁって思ったのよ。絶対、
原子様、聞こえているはずですもの。別にケンカをしているわけでもないはずよ。
そしたらね、定子様が「『**いなかへじ**』〔＝いいえ、交換しないわ〕と思っている
ようよ」とおっしゃったの。そのご様子が、とっても面白かったわ。
隆円様は「いなかへじ」という名前の笛があることをご存知なかったから、それは
もう、恨めしそうだったけど。あ、きっと皆さまも同じよね。「何が面白いの？」っ
て思ったわよね。
今、書いた通り、一条天皇の手元に「いなかへじ」という名前の笛があって、原子
様があまりにも無視しているから、その笛の名前のように「**いな**〔＝いいえ〕、**かへ
じ**〔＝換えないい〕」と思っているとおっしゃったのよ。定子様ったら本当にオチャメ
なんだから。
……ちょっと!!「おじさんのダジャレじゃん！」なんて言わないでくださる!?
失礼しちゃうわね、まったく。

「定子様、ダジャレを言ってもかわいい♡」

和歌や漢詩からの引用だけでなく、楽器の名前すらもじって発言している定子。現代ですと、酔っ払いのおじさんのダジャレのような感じではありますが、そんなダジャレも清少納言には素敵に思えたようです。

ただ、一つ残念だったのは、そのネタ元のものを隆円《りゅうえん》が知らなかったため、隆円には通じなかったようです。こういうボケ（?）は、相手が知っているものを使うことが前提だと思いますので、清少納言は絶賛していますが、その点は減点対象でしょうね……なんて「何様なの！」と清少納言に叱られそうですが、実体験の反省です。

完全に余談ですが、「バイカル湖」という世界一透明度が高い湖があります。昔、アルバイトの休憩時間中に、「どれくらい自分の心がきれいか」というのを三人で、冗談で競って言い合っていたことがあるのですが、そのときに、私が「(私の心のほうが）めっちゃ澄んでるわ！　バイカル湖もびっくりなくらい澄んでるわ!!」と言ったとき、二人とも「ポカーン」となってしまったのです。「何それ？……」って。「ん？　世界一透明度が高い湖」と言ったら、二人そろって「そんなん知るか！」と。そして、「たとえとして失格。こっちがわかるようなたとえを使え！　はい、おまえの負けー」と言われました。そう、相手に通じなかったら、面白さなどゼロなのです。もしかしたら、「それ（バイカル湖）ぐらい知っとけ」と思ってくださる人もいるかもしれませんが、これは彼らの言うことのほうが正しいと私は思いました。

「たとえを出すなら、相手が絶対にわかることで」が大前提。「そらそうだな」と、その時に痛感しました。この話を読むと、この時のことを思い出してしまいます……。

だから、「定子様、隆円もわかるようなものを使わなきゃ～！」と、自分への反省を込めて思ってしまうのです。ただ、当時の「いなかへじ」のたしかな知名度を知らないため、「本当にそれくらいは知っていてよ！」というレベルなのであれば、定子に落ち度はありません。

ちなみに、一条天皇は多くの楽器を持っており、どの楽器も変わった珍しい名前がつけられていました。

「無名」の他にも「玄上《げんじょう》」「牧馬《ぼくば》」という琵琶や、「朽目《くちめ》」「塩釜《しおがま》」という和琴《わごん》、他にも「水竜《すいろう》」「宇多《うだ》の法師」などなど。ただし、ここに挙げられている楽器で現存しているものは一点もありません。残念ですね……。

原文

「無名《むみょう》といふ琵琶の御琴を、上の持てわたらせ給へるに、見などして、かき鳴らしなどす」と言へば、弾くにはあらで、緒《お》などを手まさぐりにして、「これが名よ、いかにとか」と聞こえさするに、「ただいとはかなく、名もなし」とのたまはせたるは、なほいとめでたしとこそ覚えしか。

淑景舎《しげいしゃ》などわたり給ひて、御物語のついでに、「まろがもとにいとをかしげなる笙《しょう》の笛こそあれ。故殿《ことの》の得させ給へりし」とのたまふを、僧都《そうず》の君「それは隆円《りゅうえん》に給へ。おのがもとにめでたき琴《きん》はべり。それにかへさせ給へ」と申し給ふを聞きも入れ給はで、異事《ことごと》をのたまふに、いらへさせ奉らむとあまたたび聞こえ給ふに、なほ物ものたまはねば、宮の御前の、「いなかへじとおぼしたるものを」とのたまはせたる御けしきの、いみじうをかしきことぞ限りなき。この御笛の名、僧都の君もえ知り給はざりければ、ただうらめしうおぼいためる。これは職《しき》の御曹司《みぞうし》におはしまいしほどの事なめり。上の御前にいなかへじといふ御笛の候《さぶら》ふ名なり。

現代語訳

「無名《むみょう》という名前の琵琶の御琴（＝この「琴」は「弦楽器」の総称。よって、「琵琶の琴」＝琵琶）を、一条天皇が持って（定子様のところに）いらっしゃるので、女房たちが見て、鳴らしたりもする」と言うので、（私は）弾くわけではなく、弦などを手でまさぐって遊んで、「この琴の名前は、何といったでしょうか」と申し上げると、（定子様は）「ただもう取るに足りなくて、名前もない」とおっしゃったのは、やはりとても素晴らしいと思われた。

淑景舎《しげいしゃ》（＝原子）などがいらっしゃって、中宮と雑談をされたついでに、「私のところにとても風情のある笙《しょう》の笛がある。亡くなった父上がくださった」とおっしゃるので、僧都の君（＝隆円）が「それを私隆円にお与えくださいませ。私のところに素晴らしい琴がございます。それと交換してください」と申し上げなさるが（原子様は）まったくお聞きにならないで、他のことをおっしゃるので、（隆円様は）お返事をさせ申し上げようと何回も申し上げなさるが、やはり返事をなさらないので、定子様が、「『いなかへじ』（＝交換はしたくありません）と思っておいでなのに」とおっしゃったご様子は、とても面白くこの上ないものであった。

この御笛の名前を、僧都の君もご存知なかったので、ただ恨めしくお思いになったようだ。これは（定子様が）職の御曹司（125ページ参照）にいらっしゃった時のことであるようだ。一条天皇の手元に「いなかへじ」という御笛がございましてその名前である。

ワンポイントレッスン

「いな」「かへじ」とは

「いな」は漢字で「否」。「否定」の「否」ですよね。「いいえ」「いやだ」の意味です。「かへじ」の「じ」は「打消推量・打消意志」の意味をもつ助動詞です。よって、「かへじ」の訳は「かえるつもりはない」となります。

九五

五月の御精進《みそうじ》のほど

超現代語訳

ご存知の方もいらっしゃるかとは思いますが、私の父は清原《きよはらの》元輔《もとすけ》という歌人なの。『後撰《ごせん》和歌集』の編纂をした「梨壺《なしつぼ》の五人」の中の一人で、歌人としてかなりの有名人よ。ちなみに、父の祖父（つまり、私の曽祖父ね）は清原《きよはらの》深養父《ふかやぶ》という歌人で、『古今和歌集』などの和歌集にも入集しているこれまた有名人。周りの人から「歌人の家系」と思われるのは、そりゃ仕方ないとは自分でも思うわ。

だから、あるとき、私、定子様にまじめな顔して言っちゃったの。

「私、もう一切、歌を詠むつもりはございません。何かの機会に人が歌を詠む際にも、定子様が私にも『詠め』とおっしゃるなら、お傍にお仕えすることができそうもなく思ってしまうのです。

いくらなんでも、歌の文字数が何文字かわからないとか、春に冬の歌や、秋に梅や桜の歌を詠むとか、さすがにそんな非常識なことはしませんが……。

ですが、歌で名を馳《は》せた者の子孫は、ちょっとは他の人よりはまさって、誰かに『このときの歌は、この歌がよかった。なんてったって、あの方の子だから当然よね』なんて言われたならば、詠んだ甲斐があった気持ちもするでしょう。なのに、まったく格別でもなく、そのくせにいかにも歌らしく、自分こそはと思っている様子で、まっ先に詠み出すなんて、亡き曽祖父や父に対して気の毒です」と、苦悩を吐き出したの。

定子様は笑って「それならば、思う通りにまかせるわ。私たちも『詠め』とも言わないわ」とおっしゃってくださったの。

「とっても安心しました。もう歌の事を気にかけなくてすみます」などと言っているころ、定子様が「庚申《こうしん》」(123ページ参照)をなさるとのことで、内大臣様〔＝伊周《これちか》〕が、心の準備をなさっていたの。

夜が更ける頃に、歌の題を出して、女房にも歌を詠ませなさっていたので、みんな苦心しながらひねり出していたんだけど、歌を詠まなくてもよいと言われていた私は、もちろん詠まなかったわよ。定子様の傍にお控えして、お話をしているので、伊周様がそれをご覧になって、「どうして歌を詠まないで、そんなに離れて座ってるんだ？　題を取れ」とおっしゃって、歌を詠ませようとなさるの。

事情をご存知ないから仕方ないわよね。だから、伊周様にお伝えしたわ。「定子様から『歌を詠まなくてもいい』とお許しをいただいており、歌は詠まないことになっておりますので、考えてもいませんわ」と。

伊周様がこんなことで納得されるとは思ってはなかったけど、やっぱりそうだったようで、「おかしなことだよ。ホントにそんなことがあったのか？　なんでそんなことを許しなさったのか。ありえないよ、まったく。まあ、事情はわかったよ。だけど、他のときは知らないけど、今宵は詠め」と責めなさるの。だけど、私も負けてられないわ。聞き入れるつもりはないので、そのまま定子様の傍でお控えしていたの。ウフフ、私も強くなったでしょ、あの伊周様によ。

定子様がちょっとしたお手紙を書いて私に投げてくださったの。見てみると、

「**元輔が後《のち》といはるる君しもや今宵の歌にはづれてはをる**（＝元輔の子と言われるあなたが、今宵の歌に加わらないでかしこまって控えているの？）」

と書かれていたの。とてつもなく面白くて、すっごく笑っちゃったわ。だから、伊周

様も「何事だ？　何だ？」って。
　歌は詠まないとは言ったけど、返歌をしないわけにはいかないから、もちろん定子様にお返事したわよ。
「その人の後《のち》といはれぬ身なりせば今宵の歌をまづぞよままし（＝その人〔＝元輔〕の子と言われない身だったならば、今宵の歌をまず詠んでいたでしょうに）
　遠慮することがなかったら、千首の歌であろうと、こちらから進んで口から出てくるでしょうね」って。

「二世」の苦しみは昔から

　親が有名人だと、特に子供の頃ならば、友人たちから羨《うらや》ましがられたりするのかもしれません。ですが、当人たちには、親が有名人だからこその苦しみを持っていたりもするものです。たとえば、親と同じ分野が得意であるとは限りません。でも、周囲からは、その子も同じだと勝手に期待されて見られてしまったり、勝手に期待したくせに「な～んだ」ってガッカリされたり……。逆に、その子がとても努力して同じ分野が得意であったとしても、その努力には触れられずに、「あの人の子だもんね」の一言で終わってしまうこともあるかもしれません。それも、その子にとったら悲しいですよね。ガッカリされるよりはマシでも、努力を見てもらえていないのかな、という悲しさ。

ただし、清少納言は「あの人の子だから当然だよね」と言われるなら甲斐があるとすら言っていますので、自分の努力が認められない悲しさとかではなく、とにかく、有名な父や曽祖父の名前を汚すわけにはいかない、という二世のプレッシャーに苦しんでいたのでしょう。

清少納言は、決して歌が下手だったわけではありません！　本人は苦手意識を持っていたのかもしれませんが、『後拾遺《ごしゆうい》和歌集』などの勅撰《ちょくせん》集や、「百人一首」にも入集しているくらいの素晴らしい実力です（ちなみに、清原深養父《ふかやぶ》、元輔も「百人一首」に入集しています！）。

漢学の知識などにも相当通じていたり、このように『枕草子』を執筆したり、様々な才能がある彼女だからこそ、それに比べたら「和歌はそこまで得意じゃない。和歌の家系なのに……」という劣等感を抱いていたのかもしれませんね。

とは言いつつ、やっぱり詠まないわけがないですね。しかも、「こういうプレッシャーがないならば、千首でも詠んでいたのに」とすら言ってますので、やっぱり高度な自慢か!?とか思ってしまう私がいます。

原文

「歌よみ侍らじとなむ思ひ侍るを。物の折など、人のよみ侍らむにも、『よめ』など仰せられば、え候《さぶら》ふまじき心地なむし侍る。いといかがは、文字の数知らず、春は冬の歌、秋は梅、花の歌などをよむやうは侍らむ。なれど、歌よむと言はれし末々《すえずえ》は、少し人よりまさりて、『その折の歌は、これこそありけれ。さは言へど、それが子なれば』など言はればこそ、かひある心地もし侍らめ。つゆ取りわきたる方《かた》もなくて、さすがに歌がましう、我はと思へるさまに、最初によみ出《い》で侍らむ、亡き人のためにもいとほしう侍る」と、まめやかに啓《けい》すれば、笑はせ給ひて、「さらば、ただ心に任せ。我らはよめとも言はじ」とのたまはすれば、「いと心やすくなり侍りぬ。今は歌のこと思ひかけじ」など言ひてあるころ、庚申《こうしん》せさせ給ふとて、内《うち》の大臣《おおい》殿、いみじう心まうけせさせ給へり。

夜《よ》うち更くるほどに、題出《い》だして、女房も歌よませ給ふ。みなけしきばみゆるがし出だすも、宮の御前近く候《さぶら》ひて、物啓《けい》しなど、ことごとをのみ言ふを、大臣御覧じて、「など歌はよまでむげに離れゐたる。題取れ」とて給ふを、「さること承りて、歌よみ侍るまじうなりて侍れば、思ひかけ侍らず」と申す。「ことやうなる事。まことにさる事やは侍る。などかさは許させ給ふ。いとあるまじき事なり。よし、こと時は知らず、今宵はよめ」など責めさせ給へど、け清《ぎよ》う聞きも入れで候《さぶら》ふに、皆人々よみ出《い》だして、よしあしなど定めらるるほどに、いささかなる御文《ふみ》を書きて、投げ給はせたり。見れば、

「元輔が後《のち》といはるる君しもや今宵の歌にはづれてはをる」

とあるを見るに、をかしき事ぞたぐひなきや。いみじう笑へば、「何事ぞ何事ぞ」と、大臣も問ひ給ふ。

「その人の後《のち》といはれぬ身なりせば今宵の歌をまづぞよままし

つつむ事候はずは、千の歌なりと、これよりなむ出《い》でまうで来《こ》まし」と啓しつ。

現代語訳

「歌は詠むまいと思っておりますのに。何かの折などに、人が詠みますようなときにも、

『詠め』などおっしゃるならば、お傍にお仕えできない気持ちがします。いくらなんでも、(和歌の)文字の数を間違えたり、春に冬の歌、秋には梅や桜の歌などを詠むことはございません。ですが、歌人と言われた人の子孫は、少し人よりすぐれて、『あのときの歌は、この歌が素晴らしかった。そうは言うけど(何と言っても)、だれそれ(という歌人)の子だから(うまく歌が詠めて当然だ)』などと言われたら、詠みがいがある気もするでしょう。まったく人に抜きんでている点もなくて、それでもいかにも歌らしく、自分こそはと思っている様子で、まっ先に詠み出したりしますのは、亡き人(=深養父《ふかやぶ》、元輔)のためにも気の毒です」とまじめに定子様に申し上げると、笑いなさって、「それならば、ただ(そなたの)心にまかせる。私たちは『詠め』とも言うまい」とおっしゃるので、(私は)「本当に気持ちが楽になりました。もう今は歌のことを気にかけません」などと言っている頃、(定子様が)庚申《こうしん》をなさるということで、内大臣様(=伊周様)が、たいへん気を入れて準備なさった。

夜が更ける頃に、(歌の)題を出して、女房にも詠ませなさる。みな色めき立ち苦心して(歌を)ひねり出すけれど、(私は)定子様のお傍近くに控えて、あれこれと申し上げて、他のことばかり言うのを、伊周様が御覧になって、「どうして歌を詠まないでむやみに離れて座っているのか。題を取れ〔＝歌を詠め〕」と言って（題を書いた紙を）くださるのを、（私は）「そうする必要はないとお許しを（定子様から）いただいて、歌を詠まないことになっていますので、考えてもおりません」と申し上げる。（伊周様は）「おかしなことだな。本当にそんなことがあったのですか。なぜそんなお許しをなさったのですか。本当にあってはならないことだ。まあいい、他のときは知らないが、今宵は詠め」などと責めなさるが、きっぱりと聞き入れもしないで（定子様のお傍に）伺候していると、他の人たちは歌を詠み出して、よしあしなどを判定なさるときに、（定子様が）ちょっとしたお手紙をお書きになって、（私に）投げて与えてくださった。見ると、

「元輔が…＝（有名な歌人の）元輔の子と言われるあなたが、今宵の歌に加わらないでかしこまっているのか」

とあるのを見ると、面白いことはこの上ないなぁ。（私が）ひどく笑うので、「何事だ、何事だ」と、伊周様もお尋ねになる。

「その人の…＝だれそれの子と言われない身であったならば、今宵の歌をまっ先に詠んだでしょうに

遠慮する事情がございませんでしたら、千首の歌であろうと、自分から口をついて出て

参りましょうに」と定子様に申し上げた。

ワンポイントレッスン

「庚申《こうしん》」とは

ここでは「庚申待ち」のこと。「庚申待ち」とは、人の腹中に三尸《さんし》という虫がいて、干支が庚申《かのえさる》の日の夜に寝てしまうと、この虫が天に上り、その人物の罪を天帝に告げると考えられていたことから、この日の夜は、一晩中寝ないで催し事をしたのです。この話のように歌や、他に碁・双六などの遊びをして夜を明かしていたようです。

八三 職《しき》の御曹司《みぞうし》におはしますころ、西の廂《ひさし》に

超現代語訳

定子様が職《しき》の御曹司《みぞうし》〔＝「職」は、中宮に関する事務を行う役所。「職の御曹司」は、その役所にある部屋で、よく中宮の仮の居所となる〕にいらっしゃる頃で、あれは十二月十日過ぎだったかしら。雪が、すごくたくさん降り積もったの。女房たちと一緒に、縁《えん》にたくさん積み上げていたんだけど、女房たちが「庭に本当の雪山を作らせましょう」と言って、侍《さぶらい》を呼んで「定子様からのご命令」ということにして、集まって作ったの。そこから本当にたくさんの人が集まってきて、大勢で楽しんで作ったわ。

作り終わったら、定子様が役人をお呼びになって、巻いた絹を二くくり縁に投げ出して、みんなに褒美として与えてくださったの。定子様って本当に優しい方《かた》。

「この雪山って、いつまであるかしら」と定子様がおっしゃるので、女房たちが「十

日間はあるでしょう」「十日ちょっとでしょう」などと、私以外の全員が申し上げた後に、私は「正月十日過ぎ……そうね、十五日まではあるでしょう。一カ月間はありますよ」って言ったのね。定子様も「そんなことありえないわ」と思ってらっしゃるのが見て取れたし、女房たちも「年内ももたないわよ」と言ってくるし、「しまったーっ!!」って思ったんだけど、もう言っちゃったんだもん、どうしようもないわよね。こうなったら、私も意地よ！「いいえ、あるわよ！」って頑固に言い争っちゃったわ。

十二月二十日頃、雨が降ったの。超焦ったけど、雪山が消える気配はまったくなくて安心したわ。でも、やっぱり丈は低くなっていくから「ああーっ！　白山の観音様！　どうかどうかこの雪山を消えさせないで」と祈ったんだけど、今から考えたら正気の沙汰じゃないわね、私。

月末には、雪山は少し小さくなったけど、まだまだ高いままで残っていたの！　少なくとも十日くらいで消えるといった女房たちには勝ったわ。とは言っても、正月の十五日まで残ってくれないと、私が勝ったことにもならないから、まだまだ頑張ってもらわなきゃ！

◎雪山、年を越える！

さて、雪山は無事、年を越えました！　しかも、一日の夜に、雪がまたすごくたくさん降ったの。「やった！　嬉しいことにまた降り積もったわ♪」と思って見てたんだけど、定子様が「新しく降った雪を加えるのは筋違いだわ。初めの部分はそのままにしておいて、今新しく降った分は捨てなさい」とおっしゃったの。定子様、厳し〜。ま、でも、それは一理あるし、しょうがないわよね。

この雪山、本当の北陸道にある白山であるかのように、消える様子もないの。黒くなって、見る甲斐もない様子にはなっているけど、本当にもう勝っちゃった気がして、なんとかして十五日までもってほしい！と祈ったわ。女房たちは「いや〜、もうあと七日さえももたないわよ」と言うので、みんなが雪山がどうなるか見届けたいと思っていたんだけど、三日に、定子様が急に内裏《だいり》に入ることになってしまったの。すごく残念だったわよ。この山がどうなるか見られないなんて。他の女房たちもそう言ってたわ。なんと定子様もそうおっしゃっていたのよ。

清少納言もハラハラ、ドキドキ

そこの庭木番に「この雪山の番をしっかりしてちょうだい。子供たちが踏み散らしたりしないように見張っていて。そして、どうか十五日まで、このまま残るようにしておいて！　もし、ちゃんと残っていたら、定子様からもご褒美があるだろうし、もちろん私からもきちんと十分なお礼をするわ」とよくよく言い聞かせたの。

それから七日まで定子様にお仕えして、その後に里に退出したの。里にいる間も、朝になればすぐに雪山が残っているかを見に行かせに、使いを送ったわ。

十日ぐらいだったかな、「十五日まで

もつくらいはある」と言うので、すごく嬉しかったなぁ。もう、気になって気になって、昼も夜も使いを送って確認しに行かせて。そんなこんなで十四日に入った夜のことよ、雨がすごく降ったの。「嘘でしょ!? この雨で消えちゃうじゃない！」って、夜も寝られずに嘆いたわよ。それを聞いていた人は、「本当に正気じゃないわね」と笑ってたけど。

十四日の朝、使者をやると「円座《わろうだ》〔＝藁《わら》を丸く編んだ敷物〕くらいは残っていましたよ！ 庭木番もしっかり番をしていて、子供たちを寄せ付けていません。『明日の朝まできっとありますよ』と申していました」と言うので、本当に嬉しかったわ。「早く明日になれば、歌を詠んで、雪を何かに入れて定子様にさしあげよう」なんてワクワクして考えていたわ。

待ちに待った十五日早朝、まだ暗いうちから使者に入れ物を持たせて「これに白い雪を入れてきなさい」と言って行かせたら、すごく早く帰ってきて、「なんと雪山が消えていましたよ」と。は?? 本気で耳を疑ったわよ。だって、昨日の雨ですらちゃんと耐えて残っていたのに、どうして急に消えてしまうの!?

定子様から「雪山はどうだった?」と仰せがあったので、「昨日の夕暮れまではちゃんとあったんです。なのに、今日消えていて……。これは、きっと、誰かが夜のうちに捨てたとしか考えられない」って正直にお返事をしたわ。

◎雪山を消した意外な犯人は……

二十日に参内《さんだい》したときも、真っ先にこの雪山のことを話題にしたわ。定子様に雪をご覧にいれるつもりで入れ物や歌を準備したこととかも話したら、定子様や、そこにいる人たちも笑いだしたの。

そして、忘れもしない、定子様からの衝撃のお言葉。

「きっと私、仏罰を受けることになるかしらね。実は、十四日の夜、捨てにやらせたのは私なの。そなたの返事に、それが言い当ててあって、すごく面白かったわ。庭木番にも私からの言いつけ事だと言って、真相を話さないようにさせてたの。今となってはもう正直に打ち明けるわね。だから、本当はあなたの勝ちよ」と。

もうね、どれほどショックだったか……。皆さん、わかってくださるかしら。本当につらくて憂鬱《ゆううつ》で、そこに一条天皇までいらっしゃって、「本当にこの数年来、そなたは定子のお気に入りだと思っていたけど、これではどうかなと思ったよ」なんておっしゃるので、ますます辛くて、泣きそうになったわ。「定子はそなたに勝たせまいとお思いになったのだろう」といって、一条天皇も笑いなさるの。

みんな笑ってるし、しかも一条天皇や定子様までも笑ってるから、泣くわけにはいかないけど、一カ月間、ワクワクしていたことだったから、しかも定子様に喜んでもらおうと思って歌まで考えたりしていたから、心の中で号泣していたこと、ここでは正直に吐かせてね。

衝撃の結末！「雪山消失事件」

最後の段落は私の創作です。実際の八三段は、「一条天皇も笑いなさる」で終わります。でも、きっと、清少納言は、こんな心境だったんじゃないかな、と。

これは辛いですよね。一カ月間、遅くとも十二月二十日くらいから、清少納言は正気の沙汰ではないほどに、この雪山に夢中になっていたのです。

自分だけが人とは違うことを言ってしまったけど、それが、その通りになりそうで、途中で雨が降ったりもしたけど、それも乗り越えて、直前の雨でも、もうダメか……と思ってしまったけれど、それすらも乗り越えて。もう絶対大丈夫と思うじゃないですか。何度も使者をやったり、見張り番をたてたりするほど、腐心していたわけです。

しかも、定子様にも喜んでもらおうと、いろいろ準備して。それが、すべて台無しになったわけです。しかも、よりによって定子様が捨てさせた犯人とは。「本当はあなたの勝ちよ」と言われても、このショックは相当のものではないでしょうか。

定子も、自分がひどいことをしたと、わかっていますよね。「仏罰を受ける」と言った前に、原文ではこんなことも言っています。「こんなにも気にかけて思っていることを無にしてしまったのだから」と。そう、清少納言がどれほど気にしていたかもわかった上でやっているのです。

——こんな定子、珍しいと思いませんか?

一条天皇も少し怪しがっていますよね。『枕草子』には書かれていませんので、一つの説にすぎませんが、実は、この行為も定子のおもいやりだったという説があります。

「どこが!?」と力いっぱい思われるかもしれませんね。

清少納言だけが言い当てていたからこそ、取り去ったという説です。清少納言が言っていた日まで残ることが、もう確実なところまではいったから、取り捨てさせたのだと。もし、実現したならば、清少納言であれば、自分に雪を見せるために、いろいろと工夫を凝らすであろうこともおそらく見抜いていたのでしょう。そうすると、清少納言があまりにも目立ってしまうのです。清少納言は有名ではありますが、女房の一人です。その一人だけが目立ちすぎると、逆に人に疎まれたりする可能性もあるのでしょう。定子は、そうなることを事前に避けた、という説です。

あくまでも一つの説ですが、個人的にはそうであってほしいですね。そして、「定子様のことなら何でもお見通し」的な清少納言が、そこまで考えられずにショックだけを受けているところを見ると……やはり、正気じゃないくらい雪山に入れ込んでいたのでしょうね。

真実はどうであれ、清少納言らしくない・定子らしくない段で、新鮮なのでは、とご紹介いたしました（入試に出たこともある場面です）。

原文

職《しき》の御曹司《みぞうし》におはしますころ、師走《しわす》の十余日《よひ》のほどに、雪いみじう降りたるを、女官どもなどして、縁《えん》にいとおほく置くを、「同じくは、庭にまことの山を作らせ侍らむ」とて、侍召して、仰《おお》せ言《ごと》にて言へば、あつまりて作る。主殿《とのもり》の官人の、御きよめに参りたるなども、みな寄りて、いと高う作りなす。

作り果てつれば、宮司召して、絹二ゆひ取らせて縁《えん》に投げ出だしたるを、一つ取りに取りて、拝みつつ腰にさして皆まかでぬ。

「これいつまでありなむ」と、人々にのたまはするに、「十日はありなむ」「十余日《よひ》はありなむ」など、ただこのごろのほどをある限り申すに、「いかに」と問はせ給へば、「正月《むつき》の十余日までは侍りなむ」と申すを、御前にも、「えさはあらじ」とおぼしめしたり。女房は、すべて「年の内、つごもりまでもえあらじ」とのみ申すに、「あまり遠くも申しつるかな。げにえしもやあらざらむ。ついたちなどぞ言ふべかりける」と、下《した》には思へど、「さはれ、さまでなくとも、言ひそめてむ事は」とて、かたうあらがひつ。

二十日のほどに、雨降れど、消ゆべきやうもなし。少し丈《たけ》ぞ劣りもて行く。「白山《しらやま》の観音、これ消えさせ給ふな」と祈るも物狂ほし。

つごもり方《がた》に、少し小さくなるやうなれど、なほいと高くてあり。

さて、雪の山つれなくて年も返りぬ。ついたちの日の夜、雪のいとおほく降りたるを、「うれしくもまた降り積みつるかな」と見るに、「これはあいなし。はじめの際《きわ》をおきて、今のはかき捨てよ」と仰せらる。

さて、その雪の山は、まことの越《こし》のにやあらむと見えて、消《き》えげもなし。黒うなりて、見るかひなき様はしたれども、げに勝ちぬる心地して、いかで十五日待ちつけさせむと念ずる。されど、「七日をだにえ過ぐさじ」となほ言へば、いかでこれ見果てむと皆人思ふほどに、にはかに内《うち》へ三日入《い》らせ給ふべし。「いみじう口惜し。この山の果てを知らでやみなむ事」と、まめやかに思ふ。こと人も、「げにゆかしかりつるものを」など言ふを、御前《ごぜん》にも仰せらる。

こもりといふ者に「この雪の山いみじうまもりて、童《わらわ》べなどに踏み散らさせずこぼたせで、よくまもりて、十五日まで候《さぶら》へ。その日まであらば、めでたき禄《ろく》給はせむとす。わたくしにも、いみじきよろこび言はむとす」など語らふ。入らせ給ひぬれば七日まで候ひて出でぬ。

里にても、まづ明くるすなはち、これを大事にて見せにやる。十日のほどに、「五日待つばかりはあり」と言へば、うれしくおぼゆ。また、昼も夜もやるに、十四日夜《よ》さり、雨いみじう降れば、「これにぞ消えぬらむ」と、いみじう、「いま一日《ひとひ》二日《ふつか》も待ちつけで」と、夜も起き居て言ひ嘆けば、聞く人も物狂ほしと笑ふ。起き出でたるやりて見すれば、「円《わろ》座《うだ》のほどなむ侍る。こもりいとかしこうまもりて、童も寄せ侍らず。『明日朝までも候ひぬべし。禄《ろく》給はらむ』と申す」と言へば、いみじううれしくて、「いつしか明日にならば、歌よみて物に入れて参らせむ」と思ふ。いと心もとなくわびし。

　暗きに起きて、折櫃《おりびつ》など具《ぐ》せさせて、「これにその白からむ所、入れて持て来《こ》。きたなげならむ所、かき捨てて」など言ひやりたれば、いととく、持たせたる物をひきさげて、「はやく失《う》せ侍りにけり」と言ふに、いとあさまし。「いかにしてさるならむ。昨日までさばかりあらむものの、夜のほどに消えぬらむ事」と言ひくんずれば、「こもりが申しつるは、『昨日いと暗うなるまで侍りき。禄給はらむと思ひつるものを』とて、手を打ちてさはぎ侍りつる」など言ひさわぐに、内より仰せ言あり。「さて雪は今日までありや」と仰せ言あれば、いとねたう口惜しけれど、「『年の内、一日までだにあらじ』と人々の啓《けい》し給ひしに、昨日の夕暮れまで侍りしは、いとかしこしとなむ思う給ふる。今日までは、あまり事になむ。夜のほどに、人のにくみて、取り捨てて侍ると啓せさせ給へ」など聞こえさせつ。

二十日参りたるにも、まづこの事を御前にても言ふ。いみじく笑はせ給ふ。御前なる人々も笑ふに、「かう心に入れて思ひたる事をたがへつれば、罪得《う》らむ。まことは、四日の夜、侍《さぶらい》どもをやりて取り捨てしぞ。返事《かえりごと》に言ひ当てしこそ、いとをかしかりしか。その女出で来て、いみじう手をすりて言ひけれども、『仰せ事にて。かの里より来たらむ人に、かく聞かすな。さらば、屋《や》うちこぼたむ』など言ひて、みな捨ててけり。今は、かく言ひあらはしつれば、同じ事、勝ちたるなり」と、御前にも仰せられ、人々ものたまへど、まことにまめやかにうんじ、心憂《こころう》がれば、上もわたらせ給ひて、「まことに年ごろは、おぼす人なめりと見しを、これにぞあやしと見し」など仰せらるるに、いとど憂くつらく、うちも泣きぬべき心地ぞする。「勝たせじとおぼしけるななり」とて、上も笑はせ給ふ。

現代語訳

（定子様が）職《しき》の御曹司《みぞうし》にいらっしゃる頃、十二月十日過ぎの折に、雪がとても降り積もったのを、女房たちなどと一緒に、縁にとてもたくさん置いたのだが、「同じことなら、庭に本当の山を作らせましょう」と言って、侍をお呼びになり、（定子様の）ご命令として言うので、集って作る。主殿寮《とのもりづかさ》の官人で、お掃除に参上している人なども、皆一緒になって、とても高く作りあげる。

すっかり作り終えたので、宮司《みやづかさ》（＝中宮職の役人）をお呼びになり、絹二巻を取らせて縁に投げ出したのを、一つずつ取って、拝みながら腰に差して皆退出した。

（定子様が）「これはいつまであるだろうか」と、人々におっしゃると、「十日間はあるだろう」「十日余りはあるだろう」などと、もっぱらこれくらいをそこにいる全員が申し上げると、（定子様が私に）「どうか」と問いなさるので、「正月の十日過ぎまできっとございましょう」と申し上げると、定子様も、「そんなにはありえないだろう」と思いなさっている。女房は、みんな、「年内、月末までももたないだろう」とばかり申し上げるので、「あまりにも遠い日を申し上げたことよ。なるほどそこまでは残らないだろうか。一日などと申し上げるべきだった」と、内心は思うが、「どうにでもなれ、そこまで残らなくても、言い出してしまったことは」と思って、強く言い争った。

二十日の頃に、雨が降ったが、（雪山は）消えそうな様子もない。少し高さが低くなっていく。「白山の観音様、どうかこの雪山を消えさせなさるな」と祈るのも正気ではない。

月末頃に、少し小さくなるようだが、やはりとても高いままで残っている。

さて、雪山は変わらずに年が改まった。一日の日の夜、雪がとても多く降ったのを、「嬉しいことにまた降り積もったなあ」と見ていると、（定子様が）「これは筋が通らない。初めの部分をそのままに、今の（積もった雪）は捨てなさい」とおっしゃる。

さて、その雪山は、本物の北陸道の白山であるかのように見えて、消える様子もない。黒くなって、見る甲斐もない姿はしているが、本当に勝った気持ちがして、何とかして十五日までもたせたいと祈る。しかし、（女房たちは）「七日をさえも越すことはできないだろう」とやはり言うので、どうにかしてこれ（＝雪山の行く末）を見届けたいとみんなが思っていたのだが、突然（定子様が）内裏へ三日にお入りになった。「とても残念だ。この山の終わりを知らないで終わってしまう事よ」と、本気で思う。他の女房も、「本当に（雪山の行方を）知りたかったのになあ」などと言うし、定子様も（そのように）おっしゃる。

庭木番に「この雪山の番をしっかりして、子供たちに踏み散らさせずに壊させずに、よく番をして、十五日まで残るようにしておきなさい。その日まで残っていたら、（定子様が）素晴らしい褒美をくださるでしょう。私からも、十分なお礼を言おう」などと語る。

（定子様が）内裏に入りなさったので七日までお仕えして（里に）退出した。

里にいるときも、まず夜が明けるとすぐに、これを重大事として（使者に）見に行かせた。十日の頃に、「十五日までもつくらいはあります」と言うので、嬉しく思う。また、昼も夜も（使者を）やっていると、十四日に入った夜に、雨がたいそう降るので、「これできっと消えてしまうだろう」と、とても不安で、「もう一日二日を待てないで」と、夜も起きて嘆いているので、聞いている人も正気を失っていると笑う。起きだしてきたのを（使者として）遣わして見させると、「円座（＝藁などを円に編んだ敷物）の大きさくらいは残っています。庭木番がとても厳しく番をして、子供たちも寄せ付けていません。『明日の朝までもきっとございますでしょう。ご褒美を頂きましょう』と申す」と言うので、とても嬉しくて、「早く明日になったら、歌を詠んで（雪を）入れ物に入れて（定子様に）さしあげよう」と思う。とてもじれったく待ちわびていらいらする。

暗いうちに起きて、折櫃《おりびつ》などを持たせて、（私が）「これに雪の白い所を、入れて持って来なさい。汚い所は、かき捨てて」など言いつけると、とても早く持たせた物をぶら下げて、「なんと（雪が）無くなっていましたよ」と言うので、とても驚きあきれる。（私が）「どのようにしてそうなったのだろうか。昨日まであれほどあった雪が、夜のうちに消えてしまうというのは」と言いながら嘆くと、「庭木番が申し上げるには『昨日とても暗くなるまではございました。禄をいただこうと思っていたのになあ』と言って、手を打って騒いでいました」などと言い騒いでいると、宮中から定子様のお手紙がある。「さて雪は今日まであったか」と書かれているので、とてもいまいましく残念だが、「『年内、一日までさえ（雪は）ないだろう』と人々が申し上げなさったが、昨日の夕暮れまでございましたのは、とてもたいしたことだと（私は）思います。今日までというのは、程度を過ぎました。夜のうちに、誰かが憎らしがって、（雪を）取って捨てたのですと定子様に申し上げなさいませ」などとお返事を申し上げた。

二十日に参上したときも、まずこのことを定子様の前でも言う。（定子様は）たいそう笑いなさる。定子様の傍に控える女房たちも笑うと、（定子様が）「こんなに心に思い入れがあったことを台無しにしてしまったので、（私は）仏罪を受けるだろう。本当は、十四日の夜に、（私が）侍どもを遣わして（雪を）取って捨てたのだ。（そなたの）返事に言い当ててあったのが、本当に面白かった。その（庭木番の）女が出て来て、必死に手を合わせて言ったが、『定子様の仰せだ。あの里からやってくる人に、このように聞かせるな。話したら、家を叩き壊そう』などと言って、みんな雪を捨ててしまったのだ。今は、このように本当のことを明らかにしたので、同じことで、そなたの勝ちである」と、定子様もおっしゃって、人々もおっしゃるが、（私は）本当に憂鬱で、情けなく思っていると、一条天皇もこちらにいらっしゃって、「本当にこの数年来、（定子の）お気に入りの人なのだろうと思っていたが、これでどうかなと思った」などとおっしゃるので、ますます情けなくて辛く、泣いてしまいそうな気持ちがする。「（定子は）勝たせまいとお思いになったのだろう」と言って、一条天皇も笑いなさる。

ワンポイントレッスン

「啓《けい》す」とは

「申し上げる」という謙譲語ですが、「申し上げる」相手が決まっています。「中宮か東宮《とうぐう》（＝皇太子）に」申し上げるのです。ちなみに、「奏《そう》す」は「天皇か上皇に申し上げる」の意の謙譲語。「申す」は、申し上げる相手は決まっていません。誰にでも（＝天皇でも中宮でも一般人でも）使えます。

六

大進生昌《だいじんなりまさ》が家に

超現代語訳

大進生昌《だいじんなりまさ》の家に、定子様がお出ましになったときのお話でもしようかしら。

生昌の家の東の門は四本柱の門に造ってあって、そこから定子様の御輿《みこし》はお入りになったのね。私たち女房の牛車は北の門から入る予定だったのに、門が小さくて入れなくて、結局筵道《えんどう》〔＝歩く際に敷く、筵《むしろ》のような長い敷物〕を敷《し》いて、牛車から下りることになっちゃったの。何が困ったかって、直接建物に寄せて下りると思ってたから、髪の毛もきちんと整えないで、呑気な格好をしていたのよ。そしたら、そんなことになっちゃって、殿上人や地下《じげ》の役人とかもそばに立って並んで見ているし、もう恥ずかしいったらありゃしない。やってしまった……って感じよね。

定子様にも、このことを後でお話ししたら、「ここでも、見ている人がいるということを忘れてはいけないわ。どうしてそんな風に気を許してしまったの？」と笑ってらっしゃったわ。「ですが、普段の私たちを見慣れている人たちだから、こちらがあまりにも着飾ったりしましたら、かえって驚く人もいるかと思いまして……。それにしても、これほどの人の家ですのに、車が入らない門があるほうがおかしくないですか？　生昌がここに現れたなら笑ってやるんだから」なんて言ってたちょうどそのとき、そこに生昌が御簾《みす》の中に硯《すずり》などを差し入れてきたの！

だから、「いやもう、あなたってヒドイお方《かた》！　どうして、門を狭く造って住んでらっしゃるの？」と私が言うと、生昌は笑いながら「家の程度、身分の程度に合わせてございます」ですって。

そこで、私は「だけど、門だけを高く造る人もあったわよ」って言ってやったわ。

そのときの生昌の驚きようったらなかったわよ。「それは于《う》定国《ていこく》の故事じゃないですか！　年功をつんだ進士《しんじ》（＝学問の優れた人物で、式部省の登用試験に合格した人）じゃないと、わからないようなことですぞ。私はたまたま漢学の道に入っていてわかりましたが」と。

「その『道』もたいしたことがないようですね。筵道《えんどう》を敷いていたけど、みんな、でこぼこ道に落ち込んで大騒ぎしていたわよ」と、私ったらついつい「道」にひっかけて、こんなこと言っちゃったわ。

生昌は「雨が降っていましたので、そのようだったでしょうね。もういいよ、またあなたから何か言われたら困りますからね。おいとましましょう」と言って、立ち去って行ったわ。


定子様が「どうしたの？　生昌がすごく恐がっていたのは何事？」とお聞きになるので、「なんでもないですわ。車が入らなかったことを言っていましたの」と私も申し上げて局にさがったの。

その後、暇でもないときに、生昌が「話がある」というから何かと思えば、「先日の門のことを、兄の中納言〔＝平惟仲《たいらのこれなか》〕に話したら、すごく感心して、『どうにかして、しかるべき機会にゆっくりとお目にかかり、お話し申し上げたい』と申し上げておりました」と。は？　話ってそれ!?

定子様が「何事だったの？」とおっしゃるので、そのことをお伝えしたら、周りの女房たちは「わざわざ呼び出すほどでもないのに」と笑ってたわ。

定子様が「（生昌は）自分の中で優れた人物だと思っている人〔＝兄〕が褒めたので、きっとそなたも嬉しいと思うだろうと思って、告げて聞かせたのだわ」とおっしゃるご様子も、本当に素晴らしかったわ。定子様は優しくて、最高の女性よ！

まるで「叙述トリック」!? 真相を知れば見え方が変わる段

定子が生昌《なりまさ》の家にいるのは、お産のためです（前の出産で小二条殿にいたときに生まれたのは、第一子・脩子《しゅうし》内親王。今回のお産で生まれるのは敦康《あつやす》親王）。

定子は一度出家していますが、一条天皇の強い希望で還俗《げんぞく》しています。そして、一条天皇の子をまた身籠り、こんなに楽しそうにやり取りをしているので、一見幸せいっぱいに見えますよね。

ですが、このとき、道隆はもちろん亡くなっていますし（前回の出産時で、すでに亡くなっていますからね）、道隆一家は没落しています。道長が権力を握り、一条天皇に自分の娘である彰子《しょうし》を入内させている頃です。

お産は本来であれば、定子の実家でするものですが、その二条宮も焼失してしまい、下がる里がありませんでした。道隆一家は没落していますし、しかも、道長の目もあるため、邸を貸してくれる人もいなかったのです。よって、「大進《だいじん》」という中宮職〔＝中宮に関する事務を扱う役所〕の三等官の生昌の家で出産することになったのです。

とてもみじめな思いをしているはずなのですが、この場面には、そんな感じは一切ありません。いつものように、男性並みの漢学の知識でやりあったり、笑いあったり、明るく華やかな印象ですよね。しかも、原文でも、最後の定子の様子を「いとめでたし」で締めくくっています。後世の人間が、これを目にする機会があったときに、定子が没落してみじめな様子など微塵も感じさせないように、という思いでしょうね。

途中に出てくる「于定国《うていこく》」というのは、中国の人で前漢の時代の人物です。于定国の父親が「わが門を大きく建てよ。子孫に必ず国政に携わる人物が出て、覆いが高い四頭立ての馬車を入れるだろう」と予言し、その予言通り、于定国が丞相《じょうしょう》〔＝君主を補佐する最高位の官位〕になり、その子孫も栄えました。この故事が『漢書』などに収録されているのですが、清少納言は（当時、女性なのにもかかわらず）それを知っているということです。式部省の登用試験に合格するくらいの人物でないと、理解ができないほどのものだったことも、生昌のセリフからわかります。

実際の情勢を知らないと、「はいはい、また始まった、自慢ね」と思ってしまいそうな件《くだり》ですが、定子の不遇の中、男性にも負けないほどの知識でやりあうほどの気力がまだあること、笑いあう前向きな姿勢があること、そんな清少納言の強い精神力を感じます。どんなに不遇であっても、『枕草子』の中の定子は、キラキラ輝いているのです。

個人的には、油断していた身なりを人にさらすことになって、「やってしまった」感で焦っている出だし部分も好きです。昔から一緒なのですね。

原文

大進生昌《だいじんなりまさ》が家に、宮の出《い》でさせ給ふに、東《ひんがし》の門《かど》は四足《よつあし》になして、それより御輿《みこし》は入らせ給ふ。北の門より女房の車どもも入りなむと思ひて、頭《かしら》つきわろき人もいたうもつくろはず、寄せて下《お》るべきものと思ひあなづりたるに、檳榔毛《びろうげ》の車などは、門小さければ、さばかりえ入《い》らねば、例の筵道《えんどう》敷きて下《お》るるに、いと憎く、腹立たしけれども、いかがはせむ。殿上人《てんじょうびと》、地下《じげ》なるも、陣に立ちそひて見るもいとねたし。

御前に参りて、ありつるやう啓《けい》すれば、「ここにても人は見るまじうやは。などかはさしもうち解けつる」と笑はせ給ふ。「されど、それは目馴れにて侍《はべ》れば。よく仕立てて侍らむにしもこそ驚く人も侍らめ。さても、かばかりの家に、車入《い》らぬ門《かど》やはある。見えば笑はむ」など言ふ程にしも、「これ参らせ給へ」とて、御硯《おんすずり》など差し入る。「いで、いとわろくこそおはしけれ。など、その門はた狭くは造りて住み給ひける」と言へば、笑ひて、「家のほど、身のほどに合はせて侍るなり」といらふ。「されど門の限りを高う造る人もありけるは」と言へば、「あなおそろし」とおどろきて、「それは于《う》定国《ていこく》が事にこそ侍るなれ。古き進士《しんじ》などに侍らずは、うけたまはり知るべきにも侍らざりけり。たまたまこの道にまかり入りにければ、かうだにわきまへ知られ侍る」と言ふ。「その御道もかしこからざめり。筵道《えんどう》敷きたれど、皆おちいりさわぎつるは」と言へば、「雨の降り侍りつれば、さも侍りつらむ。よしよし、また仰せられかくる事もぞ侍る。まかり立ちなむ」とて、往《い》ぬ。「何事ぞ。生昌がいみじう怖ぢつる」と問はせ給ふ。「あらず。車の入《い》り侍らざりつる事言ひ侍りつる」と申して下《お》りたり。

中間《ちゆうげん》なる折に、「大進、まづ物聞こえむとあり」と言ふ。「一夜《ひとよ》の門《かど》の事中納言〈＝兄の平惟仲《これなか》〉に語り侍りしかば、いみじう感じ申されて、『いかでさるべからむ折に心のどかに対面して申しうけたまはらむ』となむ申されつる」とて、また異事《ことごと》もなし。帰り参りたるに、「さて何事ぞ」とのたまはすれば、申しつる事をさなむと啓すれば、「わざと消息《しようそこ》し、呼び出づべき事にはあらぬや。おのづから端《はし》つ方《かた》、局《つぼね》などにゐたらむ時も言へかし」とて笑へば、「おのが心地に賢しと思ふ人の褒めたる、うれしとや思ふと、告げ聞かするならむ」とのたまはする御けしきも、いとめでたし。

現代語訳

大進生昌《なりまさ》の家に、定子様がお出ましになるので、東の門を四本柱に改築して、そこから（定子様の）御輿《みこし》がお入りになる。北の門から女房たちの牛車も入れるだろうと思って、髪の毛のみっともない人〈＝作者のこと〉もあまり髪をつくろわず、建物の近くまで寄せて下りるはずだとのんきに思っていたが、檳榔《びろう》毛の車などは、門が小さいから、そのまま入ることができないので、いつものように筵道《えんどう》を敷いて下りるので、とても憎らしく、腹立たしいが、どうしようもない。殿上人や、地下も、陣屋の近くで立ち並んで見ているのもとても不快だ。

定子様の御前に参上して、さきほどのことを申し上げると、「この邸宅でも人が見ないということなどあろうか。どうしてそんなに気を緩めていたのか」と笑いなさる。（私は）「ですが、そうした者たちはお互い見慣れた者たちですから。（私たちが）しっかりと身なりを整えていましたならばかえって驚く人もございましょう。しかし、これほどの人の家に、車が入らない門があろうとは。ここに現れたら笑ってやりましょう」などと言っていると、（ちょうどそこへ生昌がきて）「これを差し上げなさいませ」と言って、御硯《おんすずり》などを差し入れる。

（私が）「まぁ、ひどいですわね。どうして、あの門をそんなに小さく造って住みなさるのか」と言うと、（生昌は）笑って、「家の程度、身の程に合わせているのでございます」と答える。「だけど、門だけを立派に造るという人もいたよ」と言うと、「あぁ、恐れいるよ」と驚いて、「それは于《う》定国《ていこく》の故事でございましょう。年功をつんだ進士などでございませんと、お伺いしてもわからないですよ。たまたま（私は）漢学の道に入っていましたので、この程度だけはわかるのですが」と言う。

「その道も余り立派ではないようね。筵道《えんどう》の敷物を敷いたけど、みんなが（でこぼこ道に）落ち込んで騒いでいたわよ」と言うと、「雨が降っていましたから、きっとそのようになってしまうでしょうね。まあよい、また（あなたから）仰せかけられることがあると困ります。この辺で失礼します」と言って、去った。（定子様が）「何事なの、生昌がとても恐れ入っていたのは」と尋ねなさる。「なんでもありません。車が門に入りませんでしたことを言いました」と申し上げて（部屋に）下がった。

暇でもないときに、「大進が、どうしても申し上げたいと言っている」と言う。（生昌が）「あの先日の門の事を兄の中納言に語りましたら、とても感心申し上げて、『どうにかしてしかるべき機会を設けて、穏やかな気持ちで対面してお話を申し上げたり伺ったりしたい』と申しておられた」と言って、他の用件もない。帰って定子様のもとに参上したところ、「何事だったの」とおっしゃったので、（生昌が）申し上げた事をこうこうと申し上げると、（女房たちは）「わざわざ申し入れをして、呼び出すほどの事ではないのに。偶然端の方か、部屋にいる時に言えばいいのに」と言って笑うので、（定子様は）「（生昌が）自分の中で賢いと思っている人（＝兄惟仲《これなか》）が褒めたのを、（そなたも）嬉しいと思うだろうと、言って聞かせたのでしょう」とおっしゃるご様子も、とても素晴らしい。

ワンポイントレッスン

「定子と彰子」「清少納言と紫式部」

道長は、自分の娘彰子《しょうし》を一条天皇の中宮にしようと入内させました。そして、定子の傍に優秀な女房たちがいたように、彰子の傍にも優秀な女房を仕えさせます。その中の一人が『源氏物語』を書いた超有名人・紫式部です。

清少納言と紫式部は、ライバル関係のようによく言われますが、そのご主人様たちの関係を見るとわかりますね。ですが、実際は、紫式部が彰子に仕えたときには、定子は既に亡くなり、清少納言は宮中から去っていましたので、二人に面識はありません。

人物関係図

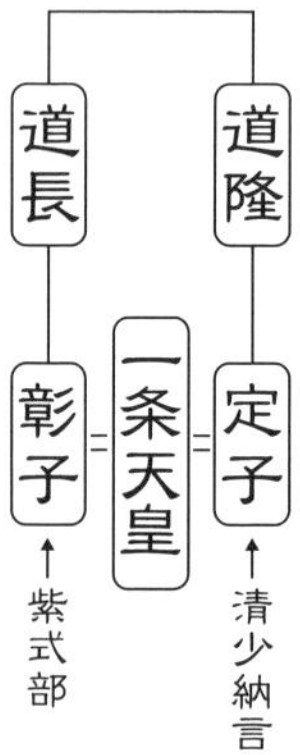

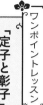

二八二 三月ばかり物忌《ものいみ》しにとて

超現代語訳

三月くらいに物忌《ものいみ》（200ページ参照）をするために、仮住まいということで、人の家に行ったのよ。そこの家の柳が、普通とは違ってたの。普通、柳の葉って細くてシュッとしてるでしょ？ そこの葉は、広く見えて全然柳っぽくないの。きっと幽霊だってあの木の下には出ないわよ。別の木みたいですもの。

その頃、また同じように物忌をするために、別の仮住まいの所に行ったのね。二日目のお昼に、もう退屈になってきちゃって。もう早く定子様のところに参上したくてたまらなくなったわ。

ちょうどそこに、定子様からお手紙が！ とっても嬉しく拝見したわ。宰相《さいしょう》の君［＝定子付の女房］がすごくきれいな字で代筆してくれてたわ。

「いかにして過ぎにし方《かた》を過ぐしけむ暮らしわづらふ昨日今日かな（＝そなたに出

会う前は、いったいどのようにして過去の月日を過ごしていたのだろう。そなたが退出してから、毎日を暮らすのに苦労している昨日今日だよ）と定子様はおっしゃっているわよ。これは私からですが、今日一日が千年の気分よ。明け方には早く参内してね」と。

宰相の君がおっしゃることさえ面白くて、ましてや、定子様のお言葉は、おろそかにはできない気持ちで、当然お返事したわよ。

「**雲の上も暮らしかねける春の日を所からともながめつるかな**（＝定子様が雲の上〔＝宮中〕でも暮らしかねなさった春の日を、私は自分がいる場所のせいで、暮らしかねるのだと思い、物思いにふけっていますよ）」って。

夜が明けて、さっそく参上したの。そしたら、定子様にこう言われちゃった。

「昨日の返歌の『**かねける**』の部分、本当によくないわ。すごく評判も悪かったわ」と。

これは、とっても情けなかったわ。でも、本当にその通りよね、反省。

きわめてめずらしい「定子からのダメ出し」！

『枕草子』には、作者の当意即妙の行為に、周囲の人間が絶賛したという話がたくさんあります。これまでにも、そういう類のものをいくつか紹介してきましたし、また、それが、どうしても「自慢話」のように聞こえてしまっていた、ということもお伝えしてきました。

そんな清少納言が、定子からダメ出しをされている、とてつもなく珍しい場面です。原文では、清少納言の返事の和歌の後ろに、宰相の君宛の返事として続きがあります。「私信ですが、今夜のうちにも少将になってしまうのではないかというところです」と。ですが、これの意味は、どういうことかよくわからないと言われているため、カットしました。

また、定子が言った「**かねける**」の何が、どうダメなのかもわかりにくいとされています。「**かねける**」の「**ける**」は、「気づきの『**けり**』」と言われていて、「今はじめて気づきました」という意味を表すものです。清少納言が、定子からの手紙を見て、「私を待ちかねて暮らしにくいのですね」と気づいて詠んできた、と定子が捉えて、

「自分からそんなこと言ってくるなんて、自信過剰よ」と冗談でのダメ出しか、とも考えられています。

ただし、冗談でもダメ出しをすることは、やはり珍しいのです。

私が清少納言のことを、何度も「自慢か」と書いてしまいましたので、高慢な女性のイメージがついてしまったならば清少納言に申し訳なく、こんな風に反省するしおらしい姿で第1章を締めくくらせていただきます。

原文

三月ばかり物忌《ものいみ》しにとて、かりそめなる所に人の家に行きたれば、木どもなどのはかばかしからぬ中に、柳といひて、例のやうになまめかしうはあらず、広く見えてにくげなるを、「あらぬ物なめり」と言へど、「かかるもあり」など言ふに、

「さかしらに柳のまゆのひろごりて春のおもてを伏する宿かな」

とこそ、見ゆれ。

そのころ、また同じ物忌しに、さやうの所に出で来るに、二日といふ日の昼つ方、いとつれづれまさりて、ただ今も参りぬべき心地するほどにしも、仰せ言のあれば、いとうれ

しくて見る。浅緑《あさみどり》の紙に、宰相《さいしょう》の君いとをかしげに書い給へり。
「いかにして過ぎにし方を過ぐしけむ暮しわづらふ昨日今日かな
となむ。私には、今日しも千歳《ちとせ》の心地するに、暁《あかつき》にはとく」とあり。この君ののたまひたらむだにをかしかべきに、まして仰せ言のさまは、おろかならぬ心地すれば、
「雲の上も暮らしかねける春の日を所からともながめつるかな
私には、今宵《こよい》のほども少将にやなり侍らむとすらむ」とて、暁に参りたれば、「昨日の返し『かねける』、いとにくし。いみじうそしりき」と仰せらるる、いとわびし。まことにさる事なり。

現代語訳

三月頃、物忌《ものいみ》をするためにということで、仮住まいの場所に人の家に行ったところ、木々などがこれといったとりえもない中で、柳といって、普通のように優雅ではなく、葉が広く見えて良くないものを、（私が）「別の木であるようだ」と言うが、「このようなのもある」などと言うので、
「さかしらに…＝小ざかしく柳の眉が広がって、春の面目がつぶれている宿だな」

と、（そんなふうに）見えた。

その頃、また同じ物忌のために、そうした所に退出すると、二日目のお昼頃、とても退屈な気持ちが強くなって、今すぐにも（定子様のもとに）参上したい気持ちになっていたちょうどそのとき、定子様からのお手紙があったので、とても嬉しくて見る。浅緑色の紙に、宰相の君がとても綺麗な筆跡で書きなさっている。

「いかにして…＝（そなたと出会う前は、いったい）どのようにして過去の月日を過ごしていたのだろう。（そなたが退出してから）毎日を暮らすのに苦労している昨日今日だよと（定子様がおっしゃっている）。私といたしましても、今日一日が千年の気持ちがするので、明け方には早く（参上してください）」とある。宰相の君のおっしゃることさえ面白いのに、まして定子様の仰せ事は、おろそかにはできない気持ちがするので、

「雲の上も…＝（定子様が）雲の上（＝宮中）でも暮らしかねなさった春の日を、（私は私のいる）場所のせいで（暮らしかねるのだと思い）物思いにふけっていますよ。

私といたしましては、今夜のうちにも少将になってしまうのではないかというところです」と書いて、明け方に参上すると、（定子様が）「昨日の返事の『かねける』が、とてもよくない。（女房たちからも）たいそう評判が悪かった」とおっしゃるのが、とても情け

ない。本当にそのご指摘通りなのである。

ワンポイントレッスン

「雲の上」とは

「宮中」のことです。今でも、自分の手には届かないような人のことを「雲の上の存在」と言いますね。「宮中」なんて、雲の上のような場所なのです。他にも「宮中」を表す単語としては、「内《うち》」「内裏《うち》」「九重《ここのえ》」「禁中《きんちゅう》」などがあります。

第二章

平安時代のリアルな日常

「個性溢れる魅力的な貴族たち」とのエピソード

八〇 里にまかでたるに

超現代語訳

さて、今回は私の元夫・橘《たちばなの》則光《のりみつ》のことでも話そうかしら。私、これでも結婚していたのよ。則光は最初の夫。定子《ていし》様のところへ出仕している頃には、もう別れてたわ。でも、宮中でもそれなりに交流はあって、元夫婦なのはみんな知ってたの。ただ、もう夫婦ではないので、「**いもうとせうと**」という「義兄弟」の関係、そう、「兄妹」として一条天皇にまでもすっかり知られていたのね。

あるとき、自分の家に退出したんだけど、もし、宮中から殿上人《てんじょうびと》が訪ねてきたとするでしょ？　それを見た人にゴチャゴチャ言われるのって、けっこう煩わしいのよね。だから、私、限られた人にだけ実家に下がるって言って退出したの。左中将経房《つねふさ》の君、済政《なりまさ》の君などには伝えておいたわ、あ、則光にも言っておいたわよ。

そしたら、家に則光が来たのよ。と言っても、夫婦としてはとっくに終わってるので、変な誤解はしないでね。でね、雑談していたときに、則光が言うには、昨日、則光のところに宰相《さいしょう》の中将〔＝藤原斉信《ふじわらのただのぶ》〕が参上なさったらしくて、「妹〔＝清少納言〕の居場所を、お前が知らないわけないだろ、言えよ」としつこく聞いてきたとか。則光は私が隠していることわかってるから、知らないふりをしてくれたみたいなんだけど、「そんなわけないだろ」ってかなり強引に詰め寄られたそうな。

「本当は知っているのに、知らないふりをするのは辛かったぞ。つい笑っちゃいそうになったよ」なんて則光は言ってて。

そこにね、経房もいたんですって。経房もまったく知らないふりをしてくれていたみたい。経房も知っていること、則光もわかってたから、そんな経房と目があったら、絶対吹き出してしまうと思ったらしいの。それで、則光がね、

「困ってさ～、ちょうど、そこにあった食卓の上に『布《め》』〔＝海藻。わかめ・あらめなど〕があったから、取って、とにかく食べまくって口にほおばって、笑わないようにしたんだよ。見てた人も、変な時間に、布《め》を食べまくる俺のこと妙だな～って思ってただろうね。でも、それでちゃんと乗り切ったよ、オレは！　最終的に斉信様は『知らない』という言葉を信じてくれたしね。笑ってしまったら絶対ツッコまれたは

ずだよ。いや～危なかった」

ですって。だから、「絶対言わないでよ」って念押ししておいたわ。

◎返事の代わりに「海藻」を送ったのに……

それからだいぶ経った日、夜遅く、門をドンドンドンっておもいっきり叩く人がいたの。「こんな夜中に必死に誰!?」と思って、人に見に行かせたら、滝口の武士が「則光からの使いです」と言って、手紙を持ってきていたの。

何事かと思って慌てて読んでみたら、「斉信様から『妹の居場所を言え！ 居場所教えろ!!』と責められて、もう逃げられない状態だよ。もう言っちゃっていいかな？ やっぱりダメ？ 君の意見を聞かせて」と書いてあったので、返事は書かずに、「布《め》」をちょっとだけ紙に包んで持って行かせたの。

……皆さんは、きっと、私の意図わかってくださるわよね？ そう、前に「布《め》」を口にほおばってバレないようにしたって言ってたんだから、それと同じく「言わないで」ということよ。

後日、則光がまたやってきて、「先日の夜は、結局、適当な場所に『ここだったか

本当にニブイ……

な』とか言って、斉信様を引き連れまわしてさ、めっちゃくちゃキレられるし、本当に辛かったんだよ。しかも、SOSの手紙を君に出したのに、返事じゃなくて、なんで海藻を包んだものなんてくれたの？　変な包みだな～って思ったよ。人にそんなものを包んで送ることなんて普通ないよね？　何か行き違いがあったんだね」なんて言うのよ。ほんっと鈍いんだから！　私の意図、何も理解してないじゃない!!　なんだか話す気にもなれなくて、紙の端に和歌を書いたのね。

「かづきするあまのすみかをそことだにゆめいふなとやめを食はせけむ」

この和歌は、「海に潜る海女のように

姿を隠している私の住みかを、『そこ』とさえも決して言うな、という目配せの意味で『布《め》』を食わせたのよ」という意味なのね。

とりあえず、この紙を則光に差しだしたら、扇であおいで返してきて「俺は歌なんて絶対見ないぞ！」って逃げ去って行ったの。なんなの一体……。

そんなこんなで、則光とはその後も交流は続いてたんだけど、ちょっと仲が悪くなってきたことがあってね、そのときに、手紙をよこして来たの。「不都合なことがあっても、『元夫婦』として仲良くしようって約束したことは忘れてくれるなよ、と俺は思ってるよ」と。なーに言っちゃってんだか。

そうそう。則光がいつも言ってたんだけど、「俺のことを好きなら、歌を詠んで俺に渡してはいけない。そんなヤツは俺にとっては敵だ。だから、もし、『もう絶交したい』と思ったなら、歌を詠むといいゼ」って。どんだけ歌が嫌いなのよ、笑っちゃうわ。

だからね、さっきもらった手紙に返事として歌を送ってやったのよ。

そしたら、本当に見なかったのかしら、返事をよこさないのよ。

その後、則光は静岡に赴任して、憎いまま、それっきりになってしまったの。

離婚の理由は性格の不一致？　超鈍感な元夫・則光

清少納言の最初の夫は橘則光《のりみつ》で、二人の間には一男・則長《のりなが》がいます。『宇治拾遺物語《うじしゅういものがたり》』では、則光が泥棒に襲われて、逆に取り押さえた話などがあることから、武芸に優れていたとされています。一方、和歌はめっきり苦手だったようですね。清少納言が得意とするようなやり取りも、則光にはさっぱりわからずでした。現代でいえば、体育会系の則光と、文系の清少納言というところでしょうか。

お互いの違う側面を認めたり、尊敬できれば、良い関係を築くこともできるはずですが、この二人は、どうやらそうではなかったみたいですね。

清少納言は、鈍感な則光にイライラしています。別れた原因の大きな一つは、「性格の不一致」でしょうね。頭の回転の速い清少納言と、鈍感な則光。日々の会話のテンポもあわなかったのではないでしょうか。

ですが、絶望的な原因があったわけでもないのでしょう。だから、別れたあとも、周囲の人間が「元夫婦」だとわかるくらいに、それなりに交流しているのです。この里下がりのときも、限られた人にしかその事実を伝えていないようですが、則光にもきちんと伝えていますしね。

ただ、少しずつ、なんとなく仲がギクシャクしてしまったときがあったようで、則光は「元夫婦としてこれからもやっていこうよ」的なことを言っていますが、「和歌なんて絶対イヤ。絶縁したけりゃ歌を送ってきたらよい」と言っていた則光に、清少納言は、和歌を送りつけたのです。【超現代語訳】では、その和歌をカットしましたが、「もう私たちは夫婦としては終わった関係でしょ。もう『あの人は仲がよかった人』とさえも見ないつもりよ」という内容の和歌です。そりゃ、絶縁宣言ととられてしまって、それっきりになっても、しかたがないですね。まあ、本当に絶縁したかったのかもしれませんが。それとも、それでもまだ返事がくると思っていたのか……。返事が来ていたなら、憎いまま終わることはなかったのかもしれませんね。

原文

里にまかでたるに、殿上人《てんじょうびと》などの来るをも、安からずぞ人々は言ひなすなり。あまりうるさくもあれば、このたびいづくとなべてには知らせず、左中将経房《つねふさ》の君、済政《なりまさ》の君などばかりぞ知り給へる。

左衛門尉《さえもんのじょう》則光《のりみつ》が来て、物語などするに、昨日宰相《さいしょう》の中将の参り給ひて、「いもうとのあらむ所、さりとも知らぬやうあらじ。言へ」といみじう問ひ給ひしに、さらに知らぬよしを申ししに、あやにくに強《し》ひ給ひし事など言ひて、「ある事は、あらがふはいとわびしくこそありけれ。ほとほと笑みぬべかりしに、左《ひだり》の中将のいとつれなく知らず顔にて居給へりしを、かの君に見だにあはせば笑ひぬべかりしにわびて、台盤《だいばん》の上に布《め》のありしを取りて、ただ食ひに食ひまぎらはししかば、中間《ちゆうげん》に、あやしの食ひ物やと、見けむかし。されど、かしこう、それにてなむそことは申さずなりにし。笑ひなましかば、不用ぞかし。まことに知らぬなめりとおぼえたりしも、をかしくこそ」など語れば、「さらにな聞こえ給ひそ」など言ひて、日ごろ久しうなりぬ。

夜《よ》いたく更けて、門《かど》をいたうおどろおどろしう叩けば、何の、かう心もなう、遠からぬ門を高く叩くらむと聞きて、問はすれば、滝口《たきぐち》なりけり。「左衛門尉《さえもんのじょう》の」とて文《ふみ》を持て来たり。皆寝たるに、火取り寄せて見れば、「明日御読経《みどきょう》の結願《けちがん》にて、宰相の中将、御物忌《ものいみ》に籠《こも》り給へり。『いもうとのあり所申せ。いもうとのあり所申せ』と責めらるるに、ずちなし。さらにえ隠し申すまじ。さなむとや聞かせ奉るべき。いかに。仰せに従はむ」と言ひたる。返事《かへりごと》は書かで、布《め》を一寸ばかり紙に包みてやりつ。

さて、後来《のち》て、「一夜《ひとよ》は責めたてられて、すずろなる所々になむ率《い》てありき奉りし。まめやかにさいなむに、いとからし。さて、などともかくも御返りはなくて、すずろなる布《め》の端《はし》をば包みて給へりしぞ。あやしの包み物や。人のもとにさる物包みておくるやうやはある。取りたがへたる」とて言ふ。いささか心も得ざりけると見るがにくければ、物も言はで、硯《すずり》にある紙の端《はし》に、

「かづきするあまのすみかをそことだにゆめいふなとやめを食《く》はせけむ」

と書きてさし出でたれば、「歌詠ませ給へるか。さらに見侍らじ」とて、扇ぎ返して逃げていぬ。かう語らひ、かたみの後見《うしろみ》などするに、中に何ともなくて、少し仲あしうなりたるころ、文《ふみ》おこせたり。「便《びん》なき事など侍りとも、なほ契《ちぎ》り聞こえし方《かた》は忘れ給はで、よそにてはさぞとは見給へとなむ思ふ」と言ひたり。常に言ふ事は、「おのれをおぼさむ人は、歌をなむ詠みて得さすまじき。すべて仇敵《あだかたき》となむ思ふ。今は限りありて、絶えむと思はむ時に、さる事は言へ」など言ひしかば、この返事《かへりごと》に、

「くづれよるいもせの山の中なればさらに吉野の川とだに見じ」

と言ひやりしも、まことに見ずやなりにけむ、返しもせずなりにき。
さて、かうぶり得て、遠江《とおとうみ》の介《すけ》と言ひしかば、にくくてこそやみにしか。

現代語訳

里に退出しているときに、殿上人などが訪れると、穏やかではなく（噂話を）人々は言い合うようだ。あまりに煩わしいので、今度はどこなのかは一般には知らせず、左中将経《つね》房《ふさ》の君、済政《なりまさ》の君などだけがご存知であった。

左衛門尉則光《のりみつ》がやって来て、雑談などしたときに、昨日、宰相の中将が参上なさって、「妹（＝作者のこと）がいる所を、いくら何でも知らないことはないだろう。言え」としつこく尋ねなさったので、まったく知らない旨を申し上げたが、無理に白状させようとなさった事などを言って、「事実であることは、知らないと言うのはとても辛かった。あやうく笑ってしまいそうになったが、左の中将が平気で素知らぬ顔をして座っていらしたので、あの方を見てしまったならばきっと吹き出してしまいそうだったので困って、台盤の上に海藻があったのを、取って、ただ食べに食べてごまかしたが、中途半端な時間に、変な食物《くいもの》だなと、（周りの人々は）見ていたことだろうよ。しかし、うまく、そのお陰であそこですと申し上げずに済んだ。笑ってしまっていたら、今までの苦労が無駄だよね。（宰相の中将も）本当に知らないようだと思ったのも、面白くて」などと語るので、「絶対に申し上げなさらないで」などと言って、幾日かだいぶ経過した。

夜がたいそう更けて、門をとても強い力で叩くので、誰が、こんなに遠慮することもなく、遠くない門を強く大きな音で叩くのだろうと聞いて、人をやって尋ねさせたところ、滝口の武士であるのだ。「左衛門尉の」と言って手紙を持ってきている。みんなは寝ているが、明かりを取り寄せて見ると、「明日は御読経の結願の日ということで、宰相の中将が、物忌《ものいみ》で籠っていらっしゃる。『妹の居場所を申せ。妹の居場所を申せ』と責められるので、どうしようもない。もう隠し申し上げることができない。これこれの場所だと教え申し上げても良いか。どうか。仰せの通りに従おう」と書いてある。返事は書かないで、海藻を一寸ほど紙に包んで持って行かせた。

そうして、その後（則光が）来て、「先日の夜は（宰相の中将に）責め立てられて、いいかげんな場所へとお連れして歩き回り申し上げた。本気で非難するので、とても辛かった。さて、どうしてどうするのかのお返事はなくて、無意味な海藻の切れ端などを包んでくださったのか。妙な包み物だよ。人のところにそんな物を包んで送るなんてあるか。行

き違えたのだ」と言う。まったく意図がわからなかったのだなと思うと憎らしく、物も言わないで、硯箱の中にある紙の端に、

「かづきする…＝海に潜る海女のように姿を隠している私の住みかを、『そこ』とさえも決して言うなという目配せの意味で『布《め》』を食わせたのよ」

と書いて差し出したところ、「歌を詠みなさったのか。絶対に見ません」と言って、扇で（その紙を）あおぎ返して逃げ去った。

このように親しく話したり、お互いに世話をしたりしているうちに、何というわけでもなく、少し仲が悪くなった時に、手紙をよこしてきた。「不都合なことなどございましても、やはり（元夫婦として仲良くしようと）約束を交わしたことは忘れなさらないで、よそでもそうだ〔＝あの人は元夫の則光だな〕とご覧くださいと思う」と書いてある。いつも（則光が）言うことには、「私を思ってくださる人は、私に歌を詠んで渡してきてはいけない。（そんな人は）すべて仇敵と思う。今を限りにして、絶交しようと思う時には、歌を詠んで送れ」などと言っていたので、この返事に、

「くづれよる…＝山崩れで寄ってしまった妹背の山の中のような（夫婦の仲は）崩れた私たちなので、もう『あの人は仲がよかった人』とさえも見ないつもりだ」

と言って送ったのも、本当に見ないままになったのだろうか、返事もしてこなかった。

それから、（則光は五位の）冠位を得て、遠江の介になったので、憎いままでそれきりになってしまった。

ワンポイントレッスン

「妹背《いもせ》」とは

「妹《いも》」は男性が女性を親しんで呼ぶ語、「背《せ》」は女性が男性を親しんで呼ぶ語です。よって、「妹背」は「夫婦」や「兄妹・姉弟」の意味です。ちなみに、清少納言と則光の「いもうとせうと」という関係ですが、「いもうと」は男性から姉や妹を呼ぶ語、「せうと」は女性から兄や弟を呼ぶ語です。男女が親密であるにもかかわらず、夫婦となるには事情がある場合、「義兄妹」の約束をしたという説があります。清少納言と則光は元夫婦なので、その「義兄妹」の説をふまえて、「兄妹」として認識されていたのではないか、とも考えられています。

二五七　大蔵卿《おおくらきょう》ばかり耳とき人はなし

超現代語訳

大蔵卿《おおくらきょう》って、本当にびっくりするくらいの地獄耳なの！　すごいのよ!!　どれくらいすごいかというと、蚊のまつ毛が落ちるのも聞きつけそうなくらいなの！

職《しき》の御曹司《みぞうし》の西側に私の局《つぼね》があった頃、道長様の養子である新任の中将・藤原成信《ふじわらのなりのぶ》様が宿直《とのい》で、雑談していたのね。傍にいる女房が私に「成信様に、扇の絵のことを言ってよ」とささやいたので、「もうすぐ、あそこにいる大蔵卿が席を立ちなさりそうなので、その後でね」と、本っ当にちっちゃな声でコソコソって耳うちしたの。

そしたら、その女房でさえ聞き取ることができなくて、「え？　何？　何て？」って耳を傾けてきたのに、遠くに座っていた大蔵卿が、「憎らしいな。そんなふうに言うなら、よし、今日は席を立たないぞ♪」っておっしゃったの！

もう、本当にどうやって聞き取れたんだか……びっくり仰天よ。

「そんなバカな！」というくらい耳がよい人の話

大蔵卿というのは藤原正光《ふじわらのまさみつ》のことです。ものすごく耳がよかったようですが、蚊のまつ毛の件《くだり》はたとえです。初めて読んだときに、「そんなオーバーな」と思ったのですが、それでも、面白いたとえですね。蚊のまつ毛なんてたとえ、私には思いもつきません。しかも、それが落ちる音なんて。このたとえ、清少納言が自分で考えついたものか、それとも、何か故事があるのかは、はっきりわかっていないようです（『列子《れっし》』の**「蚊の睫《まつげ》に集まるも相ひ触れず」**という表現からとったのでは、とする説もあります）。何にしても、とても印象的なたとえですね。

さて、途中で出てくる成信も、実は耳がよい人だったようです。この一つ前の二五六段は成信がメインの話で、成信は人の声をよく聞き分けたらしいです。

清少納言は、その段で「男性というものは、人の声も、筆跡も、見分けたり聞き分けたりできないものなのに、成信様は見事に聞き分けた」と書いています。男性でも、

パサリ！

見分けたり、聞き分けたりできる人はいますし、逆に女性でもそのようなことに疎い人もいますが、清少納言にとっては、男性とはそういうものだったようですね。

まあ、現代でも「女性の勘は鋭い」と言われていますし（いわゆる「女の勘」というやつです）、ＭＲＩの検査で、男性脳と女性脳の作りの違いが明らかにもなったようです。女性脳は変化に気づきやすく、ちょっとしたことに敏感らしいので、見分けたり聞き分けたりするのが、男性より得意なのかもしれません。何にしろ、ＭＲＩなどない時代に、それを感じ取っていた清少納言は、やはり洞察力の鋭い女性だったのでしょうね。

原文

大蔵卿《おおくらきょう》ばかり耳とき人はなし。まことに蚊の睫《まつげ》の落つるをも聞きつけ給ひつべうこそありしか。職《しき》の御曹司《みぞうし》の西面《にしおもて》に住みし頃、大殿の新中将宿直《とのい》にて、物など言ひしに、そばにある人の、「この中将に、扇の絵の事言へ」とささめけば、「今かの君の立ち給ひなむにを」と、いとみそかに言ひ入るるを、その人だにえ聞きつけで、「何とか、何とか」と、耳を傾《かたぶ》け来るに、遠く居て、「憎し。さのたまはば、今日は立たじ」とのたまひしこそ、いかで聞きつけ給ふらむと、あさましかりしか。

現代語訳

大蔵卿ほど耳が鋭い人はいない。本当に蚊の睫《まつげ》が落ちる音も聞きつけなさりそうなほどであった。（私が）職《しき》の御曹司《みぞうし》の西側に住んでいた頃、大殿の新中将が宿直《とのい》ということで、雑談をしていた時、傍にいる女房が（私に）、「この中将に、扇の絵のことを言って」とささやくので、「今、あのお方（＝大蔵卿）が席をお立ちになってからね」と、とても小声で耳打ちしたのを、その女房でさえ聞きつけることができないで、「何て、何て」と耳を傾けて来るのに、（大蔵卿は）遠くに座って、「憎らしい。そんなふうにおっしゃるなら、今日は席を立つまい」とおっしゃったのは、どうして聞きつけなさるのだろうかと、驚きあきれてしまった。

ワンポイントレッスン

「あさまし」とは

大学入試でも超頻出の重要単語で「驚きあきれる」の意味です。

「あきれる」と聞くと、なんとなく「マイナスイメージ」を持つ人が多いかと思いますが、「あさまし」は、プラスでもマイナスでもどちらの場合でも使います。

ちなみに、この段の最後の使われ方は、プラスとかマイナスとかではなく、「どれだけ耳がいいんだ!?」と、純粋に驚きあきれたのでしょうね。

九九

雨のうちはへ降るころ

超現代語訳

雨がずっと降り続いていた頃があって、その日も降っていたわ。一条天皇からのお使いとして、式部丞信経《しきぶのじょうのぶつね》が参上した日よ。

いつものように敷物を出してあったのに、なぜか、敷物を遠くに押しやって、使わないで座ってるから、私は「誰のための敷物?」と言って笑ったのね。そしたら、「こんな雨の日に座ったら、足跡がついてしまうし、汚くなったら悪いよ」って言うから、「どうして。『せんぞく』になるでしょ」って言ってやったわ。

「せんぞく」は「氈褥《せんぞく》〔=毛の敷物〕」と「洗足〔=足を洗う〕」を掛けているの。

「その氈褥《せんぞく》の敷物が、あなたの足を洗ってきれいにするのに役立つでしょ♪」ってオシャレに伝えたつもりよ。信経は、私が言いたいことをすぐに汲み取ってくれたわ(誰かさんと大違い! あらヤダ、元旦那はこの話には関係ないのに、ついつい)。

でね、信経はこう言ってきたのよ。「今のシャレは、君がうまく言ったんじゃないよ。僕が足跡のことを言ったからこそ、君はそのシャレを思いついたんだ。僕が足跡のことを言わなかったら、言えなかったはずだからね」ですって。何度も何度もそう言ってくるので、おかしくって笑っちゃったわ。どんだけ悔しいのよ、アハハ。

そこで、私は信経に、この昔話を教えてあげたの。

村上天皇の頃の話なんだけど……皇后安子さまにお仕えしていた「ゐぬたき」という名前の有名な下級女官がいたのね。何が有名だったのかはよくわかっていないんだけど、たぶん名前じゃないかしら。「ゐぬ」の発音が「犬」と同じだったみたいで、「ゐぬたき」➡「犬抱き」みたいな感じで、面白がられてたのかなって思うの。ほら、たまに名前でいじられちゃう人、いるでしょ？　あんな感じで有名だったのかな、ってね。

それでね、ある日、藤原時柄《ときから》が蔵人《くろうど》だったとき、下級女官たちがいるところに立ち寄って、「これがあの有名な『ゐぬたき』か。どうして『ゐぬたき』という名前のように見えないのだろう。犬抱いてないじゃん！」と言って、ゐぬたきちゃんをいじったらしいのよ。

そしたら、ゐぬたきちゃんは、即こう答えたんですって。

「それは、時柄《ときから》――時節柄、その時次第でそう見えるのでしょうね」って！

咄嗟に「時柄」の名前に「時節柄」を掛けて、言い返しているのよ。うまいっ！

上達部《かんだちめ》や殿上人《てんじょうびと》まで、すぐにその話は広まって、「競争相手として選んでも、そのようなうまい答えが返ってくることはどうしてあるだろうか」って、みんな面白がったそうよ。実際、ゐぬたきちゃんの返し、面白いわよね。だから、こうして今日まで言い伝えられて残っているのよ。


「君のシャレは、俺のおかげだ」ってあまりにもしつこい信経に、返しをしたほうが褒められたという話を教えてあげたの。これでわかってくれるかと思ったら、なんと信経は「それも、また時柄がそう言わせたとみなしてよいでしょう。全部『お題』が大事なんだよ。そう、元が大事なのさ。漢詩だって、歌だって、題がいいからこそ、よいものができるんだ」と、まだ反論してきて。

だからね、「そうね、本当にそうかもしれないわね。わかったわ。じゃあ、題を出すわ。歌を詠みなさってね」と言ってやったの。「ああ、面白いね。いいじゃん」って言うから、「どうせなら、いーっぱい題を出すわね」と答えたわ。そうこうしているうちに、定子様から一条天皇宛のお返事が出てきたので、信経はそれを受け取り次第、「あ～恐ろしい女だな、まったく。退散するよ」と言って、出て行ったわ。

女房たちが「信経ったら、漢字も平仮名も絶対下手なのよ。人が笑いものにするから、筆跡を隠してるんだわ。あの慌てよう！」って。アハハ、面白かった～。

「ボケとツッコミ、どっちが重要？」という話

コンビの芸人さんは、あのコンビは「ボケ」はいいのに「ツッコみ」がダメ、とか、その逆を言われてしまったり、ツッコみがうまくても、「いや、ボケがうまくボケてるからこそ、ツッコめるんだ」とか、「ボケ」と「ツッコみ」のどちらがうまいかを、コンビ間で比較されてしまうことがよくあるそうです。

清少納言と信経《のぶつね》は、別にコンビでもないので、ボケやツッコみとは違いますが、そ

れを彷彿してしまいそうなやり取りを繰り広げている段です。

いつものように、うまく言葉を掛けて返事をした清少納言。普段であれば、相手やそれを聞いていた定子・女房から絶賛されて終わるパターンなのですが、今回はめずらしく、相手の信経が自分の手柄だと言い、一歩も引かないのです。

清少納言も負けてはいません。自分のほうが優れているということを、過去の話を持ち出して、「時柄《ときから》」と「時節柄」を掛けて答えた「ゑぬたき」が、周囲の人から褒められていた話を信経に伝えたのです。

ですが、それでも信経も納得しない。その言葉遊びができるようなきっかけを作った「時柄」のほうがすごいのだ、と譲らない。つまり、自分のほうがすごい、と言いたいのです。

結局、最後は、清少納言にやり込められていますが、負けず嫌いの信経、憎めないキャラですよね。

ちなみに、肝心な言葉遊びの「せんぞく」や「ゑぬたき」、「ときから」とも、本当にこの解釈でよいのかどうかははっきりしておらず、異なる解釈もあるようです。

ここは、言葉遊び自体の面白さよりも、清少納言 vs. 信経の面白さを味わっていただければ幸いです。

原文

雨のうちはへ降るころ、今日も降るに、御使《つかい》にて、式部丞信経《しきぶのじょうのぶつね》参りたり。例のごと褥《しとね》さし出《い》でたるを、常よりも遠く押しやりてゐたれば、「誰《た》が料《りょう》ぞ」と言へば、笑ひて、「かかる雨にのぼり侍らば、足がたつきて、いとふびんにきたなくなり侍りなむ」と言へば、「など。せんぞく料にこそはならめ」と言ふを、「これは御前にかしこう仰せらるるにあらず。信経が足がたのことを申さざらましかば、えのたまはざらまし」と、かへすがへす言ひしこそをかしかりしか。

「はやう、中后《なかきさい》の宮に、ゑぬたきと言ひて名高き下仕《しもづか》へなむありける。美濃守《みののかみ》にて失《う》せける藤原時柄《ときから》、蔵人《くろうど》なりける折に、下仕へどものある所に立ち寄りて、『これやこの高名《こうみょう》のゑぬたき。などさしも見えぬ』と言ひける、いらへに、『それは、時柄《ときから》にさも見ゆるならむ』と言ひたりけるなむ、『かたきに選《え》りても、さる事はいかでかあらむ』と上達部《かんだちめ》、殿上人《てんじょうびと》まで興《きょう》ある事にのたまひける。またさりけるなめり、今日までかく言ひ伝ふるは」と聞こえたり。「それまた時柄が言はせたるなめり。すべてただ題がらなむ、文も歌もかしこき」と言へば、「げにさもあることなり。さは、題出《い》ださむ。歌よみ給へ」と言ふ。「いとよき事」と言へば、「なせむに同じくは、あまたをつかうまつらむ」なんど言ふほどに、御返し出《い》で来《き》ぬれば、「あなおそろし。まかり逃ぐ」と言ひて出《い》でぬるを、「いみじう真名《まな》も仮名《かんな》もあしう書くを、人笑ひなどする、かくしてなむある」と言ふもをかし。

現代語訳

雨がずっと降り続く頃、今日も降るのに、（一条天皇の）お使いとして、式部の丞信経《のぶつね》が（定子様のもとに）参上している。いつものように敷物を差し出してあるのを、普段よりも遠くに押しやって座っているので、（私が）「誰のためのもの？」と言うと、笑って、「こんな雨のときにのぼりましたら、足跡がついて、たいへん不都合で汚くなってしまいますでしょう」と言うので、「どうして。『せんぞく料』にはなるでしょうに」と言うのを、「これはあなたがうまくおっしゃったのではない。私信経が足跡のことを申し上げなかったら、おっしゃることもできなかっただろう」と、繰り返し言ったのが面白かった。

「ずっと昔、中后《なかきさい》の宮（＝村上天皇の皇后安子）に『ゑぬたき』と言う有名な下級女官がいた。美濃守のときに亡くなった藤原時柄が、蔵人であったときに、下級女官たちのいるところに立ち寄って、『これがあの有名なゑぬたきか。どうしてそんなふうに見えないのか』と言った、その返事に、『それは、時柄そう見えるのでしょう』と言ったというのは、『競争相手を選んでも、こんなにうまいこと返せるものだろうか』と上達部や、殿上人まで面白いことだとおっしゃった。実際そうだったのだろう、今日までこのように言い伝えているので」と申し上げた。

（信経が）「それはまた、時柄が言わせたのであるようだ。すべて題次第で、漢詩も歌もうまくできる」と言うので、「なるほどそれもあることである。それなら、題を出そう。歌を詠みなさいませ」と言う。「たいそうよい事」と言うので、「どうしようもないから同じことなら、たくさん題をお出し申し上げよう」などと言ううちに、（定子様から一条天皇への）お返事が出てきたので、「ああ、おそろしい。退散する」と言って出て行ったのを、（女房たちが）「（信経は）ひどく漢字も仮名も悪筆なので、人が笑いものにするから、隠している」と言うのも面白い。

ワンポイントレッスン

「真《ま》名《な》」とは

「真」は「正式」、「名」は「字」の意味。当時、「正式な字」は「漢字」でした。よって、「真名」＝「漢字」です。そして、「漢字」は男性が書く文字でしたので、「男手」ともいいます（「手」は「文字・筆跡」の意味）。「女手」は「仮名」のことです。

七八 頭中将《とうのちゅうじょう》のすずろなるそら言《ごと》を聞きて

超現代語訳

藤原斉信《ふじわらのただのぶ》様が、私に関するいいかげんな噂話を聞いて、根も葉もない超適当な噂なのに、あろうことかそれを信じてしまい、私の悪口をめちゃくちゃ言ってるらしいの！　なんてこと‼　「なんであんなヤツ、一人前の人間だと思って褒めたんだろう」と殿上の間でも言ってるらしくて、逆にそれを聞いて、「一人前の人間と思ってくださってたんだ」って恐縮しちゃったわ。ま、人の噂も何日とやらで、しかも、デタラメだし、笑って放っておいたの。

でもね、斉信様ったら、黒戸《くろど》の前を通るときに私の声が聞こえたら、袖でサッと顔を隠して私の方なんて見向きもしないで、とにかく私が憎くて仕方ないみたい。あ〜あ、随分と嫌われちゃったわよ、ハァ……。

二月末、雨が降っていた宮中の物忌《ものいみ》（200ページ参照）の日、斉信様は籠《こも》っていて退屈だったみたい。「憎いけど、そうは言ってもやはり物足りなくさびしいな。何か言ってやろうかな」とおっしゃってると、人が伝えに来たりするけど、「まさかそんなわけないだろう」って、やっぱり放っておいたのよね。その日は私も一日中、自分の部屋にいて、夜になってから定子様のもとに参上したんだけど、定子様はもうご寝所に入ってて。「うわ〜、私、何のために来たんだろ」ってガッカリだったけど、仕方ないので女房たちと話してたわ。

そこに、主殿寮《とのもりづかさ》から男が来て、私に直接用がある、と。何事かと思えば、「斉信様からのお手紙です。お返事を早く」ですって。だけど、そんな急ぎでもないだろうと男を帰して、引き続き女房たちと話をしていたら、すぐにその男が戻ってきたのよ。

「斉信様が『返事をしないなら、さっきの手紙を返してもらってこい』とのことで。早く早く」なんて言うから、「何なのよ」と思って、さっきの手紙を見たら「**蘭省花時錦帳下**」と書いてあり、「続きの句、何だったっけ」なんて書いてあったの。

ヒョエ〜!!よ。いやいや、続きはわかるのよ。だからこそ、どうしようって。「知ってますよ」とばかりに、女の私が、下手くそな漢字で書くなんて、そりゃあもう見苦しいでしょ。定子様が起きてたら、ご相談もできるのに、あああ〜。超焦ってるのに、男が「早く早く」なんて、また急《せ》かすから、とりあえず**「草の庵《いおり》を誰《たれ》かたづねむ」**と書いて渡したわ。なのに、その夜、返事がなかったの。やっぱり失敗だった!?

翌朝、すごく早く自分の部屋に下がったら、源《げん》の中将の声で「ここに草の庵はいるか」と聞こえてきたの。源の中将から昨夜の詳細を聞いたわ。

斉信様の宿直所《とのいどころ》に、殿上人《てんじょうびと》たちが集まってて、斉信様が私のことを「絶交したけど、やっぱり物足りないな。何か言ってくるかと思って待ってるのに、全然アイツは知らん顔してるんだよ。それも癪《しゃく》なんだよな。よし、今夜こそ決着をつけよう」と言い出して、あの手紙だったらしいの。返事を見たときの反応は「うぉ!」って叫んだとか。「やっぱりコイツとの交流は絶てないな」って。源の中将に「上の句をつけろ」と命じたらしいけど、難しくてできなかったみたい。それで、ここに来たというわけ。そして、「今、みんな、あなたのことを『草の庵』って呼んでるよ」と言って、急いで立ち去ったの。

え!? ちょ、何そのあだ名!? めっちゃダサいんですけど。そんな変なあだ名が後世に残ったらどうしてくれるのよ!?

そうこうしているうちに、そこに元夫の則光《のりみつ》が現れたの。あ、まだ絶交前の話ね。

源の中将が教えてくれたことと、まったく同じ話を聞かされたわ。「君のことを斉信様やみんなが本当に褒めていて、俺、すっごく嬉しかったんだ。本当に鼻高々だったよ」って。「俺にとってても君にとってもすごい喜びだよね！　ちょっとした官職の辞令よりもよっぽど嬉しいよ」ですって。則光も、悪い人じゃないのよね～。こういうところは嫌いじゃないわよ。頭の回転が鈍すぎるところが、イライラしちゃうのよね。

あ、私ったらまた則光の話なんてしちゃったわね。み、未練なんてないわよっ！

とにかくっ！　この一件で、ようやくあの噂話からギクシャクした斉信様との仲は戻ったかな。というか、正確に言えば、斉信様が勝手に私を避けて非難していたのを、反省して考え直してくださった、ってとこかしら。

「定子様がいなくても、ざっとこんなものよ」的な自慢話ですね

こんなに斉信《ただのぶ》がキレたという「でたらめな噂話」が、どんなものだったのか興味がありますが、その詳細は書かれていなくて、残念ながらわかりません。

清少納言は、「事実でないからそのうちなんとかなる」と思い、放置していたようですが、一向に誤解は解けなかったようですね。斉信の避け方が露骨すぎて、そこまでされたら私も放置するかも（いわゆる「スルー力」です）。袖で顔を隠すのも、あまりに露骨で、ちょっと笑っちゃうかもしれません（反応しちゃダメなのですけどね）。

しかも、斉信はそれだけ避けておいて、もの足りなくなり、自分からちょっかいかけにいくわけで、ちょっと子供っぽさを感じてしまいます。

さて、そんな斉信から来た手紙に書いてあった「**蘭省花時錦帳下**」は、『白氏文《はくしもん》集《じゅう》』にある詩句で「**蘭省《らんせい》の花の時錦帳《きんちょう》の下《もと》。廬山《ろざん》の雨の夜草庵の中《うち》**」（＝友人たちは尚書省《しょうしょしょう》で働いていて、花の季節に宮殿の美しい帳《とばり》の下に伺候して栄えている。私は廬山の下の草庵にいて、雨の夜も一人でわびしく住んでいる）の前半部分です。

斉信は、「この続きは何？」と聞いてきたのですが、漢詩ですから、女性である清少納言は困ってしまいます。漢文は、当時は男性の教養です。男性には出世の材料になる漢文の才能も、女性には不要のもので、清少納言のように教養ある女性も漢文を理解できたのですが、それをひけらかすことは見苦しいことだとされていました。女性は、たとえ漢字が読めたとしても、それを隠すのです。ただし、上辺はそうでも、やはり「読める」ということは広まるようですし、男性も一目置いていたようではありますね。ここまでにも、清少納言は数々の男性と、漢学の知識を踏まえてやり取りをしていましたよね。ですから、「何を今さら」という感じでもあるのですが、清少納言は焦ったようです。続きはもちろん知っているけど、それを披露してしまっていいのか、定子に相談したいのにできず、「わかりません」と言うのもプライドが許さなかったのでしょうね。

結局、後半「**盧《ろ》山《ざん》の雨の夜草庵の中《うち》**」から「**草庵**」をとり、「**草の庵《いおり》を誰《たれ》かたづねむ**」と藤原公任《ふじわらのきんとう》の連歌から引っ張って、和歌の下の句にして返事をしたのです。これであれば、本当は知っていることもわかってもらえて、しかも、漢字を並べて書いているわけでもないので見苦しくもなく、ベストな解答だと考えたわけですね。

その思惑《おもわく》は大当たり！　斉信もそこにいる他の貴族たちも、みんな大絶賛。その返事から「草の庵」というあだ名までつけられてしまったようです。本人は嫌がっていますが、きっとまんざらでもなかったのでは、と思います。

それにしても、元夫の則光、清少納言がみんなから絶賛されて、自分のことのように大喜びするなんて、なんだかかわいらしいですね。

原文

頭中将《とうのちゅうじょう》のすずろなるそら言《ごと》を聞きて、いみじう言ひおとし、「なにしに人と思ひ褒めけむ」など、殿上《てんじょう》にていみじうなむのたまふと聞くにも、はづかしけれど、「まことならばこそあらめ、おのづから聞きなほし給ひてむ」と笑ひてあるに、黒戸《くろど》の前など渡るにも、声などする折は、袖をふたぎてつゆ見おこせず、いみじうにくみ給へば、ともかうも言はず、見も入《い》れで過ぐすに、二月つごもり方《がた》、いみじう雨降りてつれづれなるに、御物忌《ものいみ》に籠《こも》りて、「さすがにさうざうしくこそあれ。物や言ひやらまし」となむのたまふ、と人々語れど、「よにあらじ」など答《いら》へてあるに、日《ひ》一日《ひとひ》下《しも》にゐ暮らして参りたれば、夜の御殿《おとど》に入らせ給ひにけり。すさまじき心地して、何しに上りつらむとおぼゆ。あまた居て物など言ふに、「なにがし候ふ」といとはなやかに言ふ。「あやし。いつの間に何事のあるぞ」と問はすれば、主殿司《とのもりづかさ》なりけり。「ただここもとに人づてならで申すべき事なむ」と言へば、さし出《い》でて、言ふ事、「これ頭《とう》の殿《との》の奉らせ給ふ。御返事《かえりごと》とく」と言ふ。いみじくにくみ給ふに、いかなる文ならむと思へど、ただ今急ぎ見るべきにもあらねば、「去《い》ね。今聞こえむ」とて、懐《ふところ》にひき入れて、なほ人の物言ふ、聞きなどする、すなはち帰り来て、

「『さらば、そのありつる御文《おんふみ》を給はりて来《こ》』となむ仰せらるる。とくとく」と言ふ。「蘭省花時錦帳下」と書きて、「末《すえ》はいかに、末はいかに」とあるを、「いかにかはすべからむ。御前《ごぜん》おはしまさば、御覧ぜさすべきを、これが末を知り顔に、たどたどしき真名《まんな》書きたらむもいと見苦し」と思ひまはすほどもなく、責めまどはせば、ただその奥に、炭櫃《すびつ》に、消え炭のあるして、「草の庵《いおり》を誰か尋ねむ」と書きつけて取らせつれど、また返事《かえりごと》も言はず。

皆寝て、つとめていととく局《つぼね》に下《お》りたれば、源《げんの》中将の声にて、「ここに草の庵やある」と、おどろおどろしく言ふ。夜べありしやう、「頭中将の宿直所《とのいどころ》に少し人々しき限り、六位まで集りて、よろづの人の上、昔今《むかしいま》と語り出《い》でて言ひしついでに、『なほこの者、むげに絶え果てて後《のち》こそさすがにえあらね。もし言ひ出《い》づる事もやと待てど、いささか何とも思ひたらず、つれなきもいとねたきを、今宵《こよい》あしともよしとも定《さだ》めきりてやみなむかし』とてなむ。うち見たるに、あはせてをめけば、『あやし、いかなる事ぞ』と、皆寄りて見るに、『いみじき盗人《ぬすびと》を。なほえこそ思ひ捨つまじけれ』とて、見騒ぎて、『これが本《もと》つけてやらむ。源中将つけよ』など、夜《よ》ふくるまでつけわづらひてやみにし事は、行く先も、語り伝ふべき事なりなどなむ皆定めし」など、いみじうかたはらいたきまで言ひ聞かせて、「今は御名をば、草の庵となむつけたる」とて、急ぎ立ち給ひぬれば、「いとわろき名の、末の世まであらむこそ口惜しかなれ」と言ふほどに、修理亮則光《すりのすけのりみつ》、「いみじきよろこび申しになむ、上にやとて参りたりつる」と言へば、「なんぞ」と問へば、中将の語り給ひつる同じ事を言ひて、「これは、身のため人のためにも、いみじきよろこびに侍らずや。司召《つかさめし》に少々の司得て侍らむは、何ともおぼゆまじくなむ」と言ふ。さて後《のち》ぞ、思ひなほり給ふめりし。

現代語訳

頭の中将（＝藤原斉信《ただのぶ》）が（私に関する）いいかげんな噂話を聞いて、（私を）ひどく言いけなし、「どうして一人前の人間と思って褒めたのだろうか」などと、殿上の間でひどくおっしゃると聞くのも、気後れするが、「本当のことならば仕方がないが、（でたらめなので）自然に思い直しなさるだろう」と笑っていたが、（斉信様は）黒戸の前などを通るときにも、私の声がすると、袖で顔をふさいでまったくこちらを見向きもせず、とても憎みなさるので、どうこう言わずに、見ないようにして過ごしていると、二月の末、ひどく雨が降って退屈なときに、宮中の物忌《ものいみ》で籠って、（斉信様が）「そうはいってもやはり（清少納言を憎いとはいえ）物足りなくさみしく感じるな。何か物を言ってやろうか」とおっしゃる、と人々が話すが、「まさかそんな事はないだろう」などと答えて、一日中、局で過ごしていて夜に参上すると、（定子様は）ご寝所にお入りになっていた。興ざめな気持ちがして、どうして参上してしまったのだろうと思う。たくさんの人が座って雑談していると、「誰それが伺っています」とたいそう賑やかに言う。「妙だわ。参上したばかりなのに何の用事があるのだろう」と（使いに）質問させると、主殿寮《とのもりづかさ》であった。

「ただ私が人づてではなく直接申し上げるべき事が」と（主殿寮が）言うので、出て行くと、言うことには、「これは頭の殿（＝斉信）から差し上げなさいます。お返事を早く」と言う。とても憎みなさるのに、どんな手紙なのだろうと思うが、今すぐに急いで見るべきでもないので、「行ってよい。追ってお返事を差し上げよう」と言って、懐に入れて、やはり人が話をするのを、聞いたりしていると、すぐに（さきほどの使いが）引き返してきて、「『それならば、さきほどの手紙を返してもらってこい』とおっしゃる。早く早く」と言う。

「蘭省花時錦帳下」と書いて、「これの続きはどうだ」とあるので、「どのようにすべきだろうか。定子様がいらっしゃれば、御覧になってもらうのだが、これの続きをいかにも知っていますという顔で、下手な漢字で書いているようなのもとても見苦しい」とあれこれ思って迷う暇もなく、（返事を）責め立てるので、ただその紙の奥に、炭櫃《すみびつ》に、消え炭があるのを使って、「草の庵《いおり》を誰か尋ねむ」と書きつけて渡したけれど、それっきり返事もない。

みんなが寝て、翌朝まだ朝早いうちに部屋に下がったところ、源中将の声で、「ここに草の庵はいるか」と、大げさに言う。（源中将が）昨夜の状況を、「頭の中将の宿直所に少し気の利いた人々はみんな、六位の者まで集まって、色々な人の噂話を、昔から今に至るまで語り合ったついでに、（斉信様が）『やはりこの女（＝清少納言）は、すっかり絶交したが、その後にどうにも物足りなく過ごすことができない。もしかしたら何か言ってくるのではないかと待ったが、まったく何とも思っておらず、つれない態度もとても憎らしくて、今夜、悪いともよいとも見極めてやろうではないか』と言う。（私からの返事を）見ると、同時に「おおっ」と声を上げたので、『妙な、どうしたことか』と、みんなが寄ってきて見ると、（斉信様が）『ひどい曲者《くせもの》だな。やはり無視することはできない』と言って、見て騒いで、『この歌の上の句をつけてやろう。源中将、つけてみよ』などと、夜が更けるまで上の句を考え続けて諦めてしまったことは、将来も、必ず語り伝えていくべきことだなどと、みんなの意見は落ち着いた」などと、とても気恥ずかしくなるまで（私に）言い聞かせて、「今はあなたの名前を、草の庵とつけてある」と言って、急いでお立ちになったので、「そんなみっともない名前が、後世にまで伝えられるのは残念だ」と言っているときに、修理《すり》の亮則光《すけのりみつ》が、「非常に喜ばしいことを申し上げようと、中宮の御所に居るのかと、参上した」と言うので、「何なの」と問うと、中将が話なさった事と同じ事を言って、「これは、私にとってもあなたにとっても、とても喜ばしいことではありませんか。司召《つかさめし》で少々の官位を得たとしても、（この嬉しさと比べたら）何とも思わない」と言う。

さて、その後、（斉信様は私に対する気持ちを）考え直しなさったようだった。

ワンポイントレッスン

「物忌《ものいみ》」とは

暦の凶日や、悪夢を見た日、穢《けが》れに触れた日など、それを避けるために、その日が過ぎるまで身を清めて家に籠ることを言います。この段では、宮中の物忌ですので、宿直所に籠りつつ手紙を出したりしていたようですね。

七九　返る年の二月二十余日《よひ》

超現代語訳

前段〔＝斉信《ただのぶ》様から誤解された七八段〕の翌年の二月二十日過ぎに、定子様が職《しき》の御曹司《みぞうし》（124ページ参照）にお出になっていたとき、お供として参上しないで、梅壺《うめつぼ》に残っていた日があったのね。その翌日に、斉信様から手紙がきたの。

「昨夜、鞍馬《くらま》に参詣したんだが、今夜方角が塞がっていて、方違《かたたが》え（210ページ参照）に行くんだ。まだ夜が明けない頃に、きっと帰るよ。話したいことがあるから、あまり部屋の戸を叩かせないように待っていて」ですって。

だけど、定子様の妹の御匣殿《みくしげどの》〔＝宮中にある天皇の服を裁縫する所。または、その女官長のこと。ここでは定子の妹をさす〕が「部屋にどうして一人でいるの？こちらに来て寝なさい」ってお呼びになったので、もちろん参上したわ。斉信様、残念っ！　何の話か知らないけど無理だわ。あ、読者の皆さん、斉信様は恋人じゃないわよ。本当に何か私に話があったのでしょうね。

その夜はぐっすり寝たわ。すっかり朝になってから起きて、自分の部屋に下がったの。そしたら、下仕えの女が「昨夜、ドンドンドンドンとひどく戸を叩く人がいたんです。放っておいても帰りそうにないから、ようやく起きて、清少納言は今夜は御匣《みくしげ》殿《どの》の所にいて、ここにはいないことを伝えたら、『それじゃあ、人が訪ねてきたことを伝えに行け！』って言われたんです。ですが、もう遅い時間でしたので、お取次ぎしても起きないでしょうとお断りして、私も寝ました」と言ってきたのよ。

うわ～、それ、絶対斉信様じゃん。これは文句言われるだろうなぁなんて思ってたら、そこに主殿寮《とのもりづかさ》の男が来て、「斉信様からご伝言です。『今すぐ宮中から退出するが、その前に申し上げたいことがある』とのことでございます」と。はぁぁ、やっぱりきたか……。「すべきことがあって、梅壺に行かなきゃいけないの。用事があるならそこで」と伝えてもらったわ。

梅壺で「こちらに」って言ったら、斉信様が歩み出してきたんだけど、そのファッションセンスが抜群だったの!! 簾《すだれ》のもとに座っている様子も、絵画か物語の中の人物みたいで、超イケてて、思わず見とれてしまったわ。惚れたんじゃなくて、目の保養ってやつ？

それなのに、その斉信様に対応するのは、この私でしょ？　なんかごめんなさいって感じ。あんなイケメンの対応は、若くてピチピチで、サラサラのロングヘアの美女がすれば絵になるのにね。私は、盛りなんてとっくに過ぎた枯れ女だし。

髪の毛だってカミングアウトしちゃうけど、実は私、一部ヅラなの！　あ、皆さんは「エクステ」って言ってるのかしら？　なんだかオシャレな響きでうらやましいわ。でね、地毛なんて縮れてて切れ毛もあるし……。

しかも道隆様が亡くなった喪服《そうふく》期間なので、うっすいねずみ色の服装だし、定子様もいらっしゃらないから、気を抜いて裳も着けない格好をしていたしね。残念な相手でごめんなさいね。

ま、昨夜の文句を言われたのは言うまでもないわ。マジギレじゃなく、笑いながらだったので助かったけどね。「ちゃんと予告したのに、いないしさ～。しかも、なんであんな留守番係を置いてるんだ！」って。これは、ごもっとも。こっちも笑っちゃいそうだったけど、さすがに気の毒でもあったわ。

実は、天パでエクステ……サラッと「衝撃のカミングアウト」

この段は、斉信《ただのぶ》が予告をしていたにもかかわらず、清少納言がやむを得ない事情で対応できず、さらに、清少納言の留守中に対応した下仕えの女の対応もよくないもので、斉信が笑いながらプチ切れして、清少納言も気の毒がりつつも面白がっている段なのですが、私が個人的に、そんなことよりも衝撃だったのは、清少納言の自虐です。

いつもあんなに自慢話が多いのに、この段は完全に自虐。漢学や和歌の知識、頭の回転には自信があるけど、容貌には自信がなかったのだと思われます。本人がコンプレックスを持っているその容貌をバカにしたり笑ったりするつもりは一切ありませんが、そのコンプレックスを素直に書き出していることが衝撃でした。書かなければ残らなかったのに、書いたら後世に残るかもしれないことを、清少納言であればわかっていたはずなのに（だからこそ、定子に関して、暗いことは書かないようにあれだけ

サラサラロングヘアー憧れちゃう！

一生懸命だったでしょうに）、どうしてわざわざ書いてしまったのだろう、と。

当時の女性は、髪が命。豊かな黒髪のロングヘアが美人の証。くせ毛で、しかも所々エクステをしなければいけないくらい量が少なかったらしい清少納言は、それはそれは大きなコンプレックスだったのでしょう。ついつい書いてしまうくらいに。

私も中途半端なくせ毛なので、清少納言の気持ち、少しはわかるつもりです。私も幼い頃から、サラサラのロングヘアにずっと憧れていました。ですが、当時はもっとだったでしょうね。ショートやボブ、ミディアム、パーマのオシャレなんてなかったのですから。
何にしろ、いつも自信満々なイメージの清少納言でしたが、こういう面もあるのだなぁ、と、少し親しみを持ってしまう段です。

原文

返る年の二月二十余日《よひ》、宮の、職《しき》へ出《い》でさせ給ひし御供に参らで、梅壺《うめつぼ》に残り居たりしまたの日、頭《とうの》中将の御消息《しょうそこ》とて、「昨日の夜、鞍馬《くらま》に詣《もう》でたりしに、今宵《こよい》方《かた》のふたがりければ、方違《かたたが》へになむ行く。まだ明けざらむに、帰りぬべし。必ず言ふべき事あり。いたう叩かせで待て」とのたまへりしかど、「局《つぼね》に一人はなどてあるぞ。ここに寝よ」と、御匣《みくしげ》殿《どの》の召したれば、参りぬ。

久しう寝《ね》起きて下《お》りたれば、「夜べいみじう人の叩かせ給ひし。からうじて起きて侍りしかば、『上にか。さらば、かくなむと聞こえよ』と侍りしかども、『よも起きさせ給はじ』とて、臥《ふ》し侍りにき」と語る。心もなの事やと聞くほどに、主殿司《とのもりづかさ》来て、「頭《とう》の殿の聞こえさせ給ふ、『ただ今まかづるを、聞こゆべき事なむある』」と言へば、「見るべき事ありて、上へなむのぼり侍る。そこにて」と言ひてやりつ。「ここに」と言へば、めでたくてぞ歩《あゆ》み出で給へる。

桜の綾《あや》の直衣《のうし》の、いみじうはなばなと、裏のつやなど、えも言はずきよらなり。少し簾《す》のもと近う寄り居給へるぞ、まことに絵に描き、物語のめでたき事に言ひたる、これにこそはとぞ見えたる。

若やかなる女房などの、髮うるはしく、こぼれかかりてなど、言ひためるやうにて、ものの答《いら》えなどしたらむは、今少しをかしう見所ありぬべきに、いとさだ過ぎ、ふるぶるしき人の、髮などもわがにはあらねばにや、所々わななき散りぼひて、おほかた色異なるころなれば、あるかなきかなる薄鈍《うすにび》、あはひも見えぬきは衣《ぎぬ》などばかりあまたあれど、つゆの映えも見えぬに、おはしまさねば、裳《も》も着ず、袿姿《うちきすがた》にて居たるこそ、物ぞこなひにて口惜しけれ。

「さても夜べ、明かしも果てで、さりともかねてさ言ひしかば、待つらむとて、月のいみじう明かきに西の京といふ所より来るままに、局《つぼね》を叩きしほど、からうじて寝おびれ起きたりしけしき、答《いら》へのはしたなき」など語りて、笑ひ給ふ。「無下にこそ思ひうんじにしか。などさる者をば置きたる」とのたまふ。げにさぞありけむと、をかしうもいとほしうもあり。

現代語訳

翌年の二月二十日過ぎに、定子様が、職《しき》の御曹司《みぞうし》にお出ましになったお供に参上しないで、梅壺に居残っていた次の日、頭の中将（＝藤原斉信《ただのぶ》）のお手紙といって、「昨日の夜、鞍馬《くらま》に参詣したが、今夜、方角がふさがったので、方違《かたたが》えに（別の所に）行く。まだ夜が明けないうちに、（宮中に）きっと帰るだろう。必ず言いたいことがある。あまり（局の戸を）叩かせないで待て」と書きなさっていたが、「局に一人でどうしているのか。ここで寝よ」と、御匣殿《みくしげどの》がお召しになったので、参上した。

長く寝て起きて（局に）下がったところ、（下仕えの女が）「昨夜ひどく人が戸を叩きなさった。やっと起きましたところ、『御匣殿のところにいるのか。それならば、こうこうと申し上げよ』とございましたが、『まさか起きなさらないだろう』と断って、寝てしまいました」と話す。配慮が足りないことだなと聞いていると、主殿寮《とものりづかさ》の男が来て、「頭の殿（＝斉信）が申し上げなさいます、『今、退出するが、お伝えしたいことがある』」と言うので、「やるべきことがあって、梅壺にのぼります。そこで」と言って帰らせた。（私が）「こちらへ」と言うと、（斉信様は）素晴らしいお姿で歩み出ていらっしゃる。

桜の綾の直衣《のうし》が、とても華やかで、裏の艶なども、言葉にならないほど美しい。少し簾《す》のもと近くに寄って座っていらっしゃるのが、本当に絵に描いたり、物語の中で素晴らしいと言ったりするのは、まさにこういうのだろうと思える。

若い女房などが、髪がきちんと整って、こぼれかかりなど、物語で語られるような姿で、物の受け答えをしているなら、もう少し面白く見所もあったはずなのに、たいそう盛りが過ぎ、（私のような）古い年を取った女で、髪なども自分の髪ではないからであろうか、所々が乱れて縮れていて、大体（今は喪服で）色が異なる頃なので、色があるかないかの薄い鈍色の上着に、重ねる色合いもはっきりしないきは衣ばかり沢山着ているが、まったく見映えがせず、（定子様が）いらっしゃらないので、裳もつけず、袿姿《うちぎすがた》でいたのが、雰囲気を壊していて残念だ。

（斉信様が）「それにしても昨夜、夜も明かさないで、たとえこんなに時間が遅くても以前に言ったので、待っているだろうと思って、月がたいそう明るい頃に西の京という所から来るとすぐに、局を叩いたところ、やっとのことで寝ぼけながら起きてきた様子、答えのそっけないこと」などと語って、笑いなさる。「まったく落ち込んでしまった。どうしてあんな者を置いているのか」とおっしゃる。

本当にそうだったのだろうと、おかしくもあり気の毒でもある。

こっちへ
行きたいけど

方角が悪いから
一旦こっちへ行き…
一泊してから
目的地へ
吉方の家

その方角がダメなら別の場所から行こう

ワンポイントレッスン

「方塞《かたふた》がり」とは

陰陽道《おんようどう》で、行きたい方角に天一神《なかがみ》という神様がいて、その方向に行くことができないこと。その方角に行くと災いを受けると信じていましたので、前日に吉方《えほう》の家に泊まり、そこから方角を変えて目的地に行くことを「方違《かたたが》へ」といいます。

三九 故殿《ことの》の御ために、月ごとの十日

超現代語訳

突然だけど、斉信《ただのぶ》様のセンスってやっぱり素晴らしいの！　定子様もお褒めになるくらい。私もそう思っていることを定子様にお伝えしたら、「そんなの百も承知よ♪そりゃあ、そなたは、そう思ってるでしょうね」って言われちゃった。私ったら斉信様のこと、褒め過ぎたかしら。すっかり「斉信びいきの人間」だと思われてるみたい。

それが、どうも斉信様本人すらわかってるみたいで。

わざわざ私を呼び出してきたり、会うたびに変なこと言ってくるようになっちゃって。「どうして俺と本気でつき合ってくれないんだよ。俺のこと、キライじゃないんだろ？　それはわかってるぜ。だから不思議で仕方ないよ。こんなに長年の俺たちの仲じゃないか。このまま何もなしで終わるなんて、ありえないじゃん」って。

私がなんて返事したか気になる？　じゃあ、特別に教えてあげる！

「つき合うのはカンタンよ。ただね、もし、そんな仲になっちゃったら、あなたのこと褒められなくなっちゃうでしょ。そんなの残念だわ。一条天皇の前でだってあなたのこと褒めてるのに、やっぱりつき合えないわよ……。だから、そうね、ただ、私を好きでいてちょうだい。つき合ったら、やっぱり私はあなたのこと褒められなくなるもの……」

我ながら、見事な断りの返事だと思ってるわ。

――あなたのこと、みんなの前で褒めたいからつき合えない……

なんなら、使ってくれてもいいわよ。

でもねぇ、斉信様はやっぱりこんなんじゃ引き下がらなくて、「なんでだよ！　つき合ってる相手や、夫や妻のことを、他人よりも褒めまくるやつだっているじゃないか！」ですって。もちろん、「それを私はしたくないのよっ！」って反論しといたけどね。「自分に近い人間を大事に思い、ひいきして、褒めて、誰かがちょっと悪口を言ったら腹立てたりとか、そういうのはごめんだわ」って。

これで一応、諦めてくれたみたい……なーんちゃって。斉信様が本気じゃないことくらい私もわかってるわ。いつもの戯れでしょうね。このやり取りをしたのは本当よ。ま、恋愛ごっこ気分のやり取りというか。そういうのを楽しみたかっただけでしょ、どうせ。

それにしても、私が本気モードで「わかったわ。じゃあ、つき合いましょ♡」って言ったら、斉信様はどうするつもりだったのかしら、ウフフ。

本気で口説いている？　清少納言と斉信の本当の関係は……

斉信《ただのぶ》が冗談だったかどうかは実は書いておらず、もしかしたら、斉信は本気で迫っていたのかもしれません（だとしても、正妻ではなく愛人レベルで、でしょうが。清少納言は女房ですから、あくまでも召使いの女です）。ただし、たとえ、本気だったのだとしても、清少納言はそういう関係になるのを断っているのはたしかです。

一時、でたらめな噂話を信じてしまい、清少納言のことを避けまくっていた斉信ですが、清少納言の才能に一目置いており、その才能の素晴らしさを再認識して、元通りの仲に戻るばかりか、お互いに認め合っていることが周囲に丸わかりなくらい、仲がよかったようですね。それくらい、お互いが人前で相手を絶賛していたのでしょう。

だから、もしかしたら、斉信は本気で（遊びの）恋愛対象として、魅力のある女性だと思い、また、本気で「いける」と思ったのかもしれません。

ただ、個人的には、頭の回転が速いもの同士で、心底認めている相手なわけですから、それを見越しての恋愛じみた戯れのやり取りをしただけなのでは、と思います。

斉信も、「清少納言であれば、きっと気の利いた断りのセリフを言ってくるはずだ」と考えていたのでは、と。それを見越して、何と言うのか聞きたくて、あんなことを言ったような気がしてなりません。

というか、もし私が清少納言であれば、斉信が本気ではなく、そうであってほしいなぁという希望です。恋愛感情抜きで大好きだった相手に、本気で恋愛感情を抱かれてしまうと、困惑してしまいそうですよね。今までのようには無邪気に振舞えなくなりそうですから。

まあ、冗談だろうと本気だろうと、清少納言の断りの理由は、わかる気がします。つき合っている人のことを、人前でベタ褒めはしにくいという考えに、私も一票。

まあ、このセリフで断られる側なら悲しいかもしれませんが。「他人に褒めなくていいから、イヤじゃないならつき合ってくれ〜」でしょうね。と考えると、一見うまいことかわした体裁の良い断り文句っぽいですが、言われたほうは、斉信のように納得しにくい中途半端な断り文句にも思えます。こういう場合は、バッサリ断るほうがふっきれるので、そのほうが本当の優しさかもしれません。

原文

立ち出《い》でさせ給ひて、（斉信《ただのぶ》のことを）「めでたしな」とのたまはすれば、「なほいとめでたくこそ覚え侍りつれ」と啓《けい》すれば、「まいてさ覚ゆらむかし」と仰せらる。

わざと呼びも出《い》で、会ふ所ごとにては、「などかまろをまことに近く語らひ給はぬ。さすがにくしと思ひたるにはあらずと知りたるを、いとあやしくなむ覚ゆる。かばかり年ごろになりぬる得意の、疎くてやむはなし。殿上《てんじょう》などに、明け暮れなきをりもあらば、何事をか思ひ出でにせむ」とのたまへば、「さらなり。かたかるべき事にもあらぬを、さもあらむ後《のち》には、え褒め奉らざらむが、口惜しきなり。上の御前などにても、役とあづかりて褒め聞こゆるに、いかでか。ただおぼせかし。かたはらいたく、心の鬼出《い》で来て、言ひにくくなり侍りなむ」と言へば、「などて。さる人をしもこそ、目より外に、ほむるたぐひあれ」とのたまへば、「それがにくからず覚えばこそあらめ。男も女も、け近《ぢか》き人思ひ、方《かた》ひき、褒め、人のいささかあしき事など言へば、腹立ちなどするがわびしう覚ゆるなり」と言へば、「頼もしげなの事や」とのたまふも、いとをかし。

現代語訳

定子様が立ち上がっていらっしゃって、(斉信《ただのぶ》様のことを)「素晴らしいわ」とおっしゃるので、(私も)「やはりとても素晴らしいと思いました」と申し上げると、「まして、(斉信びいきのそなたであれば)そう思っているでしょうね」とおっしゃる。

(斉信様が)わざわざ(私を)呼び出して、会う度ごとに、「どうして私と本当に親しくつき合ってくださらないのか。そうはいってもやはり(私を)憎らしいと思っているわけではないとわかっているが、本当に不思議に思うのだ。これほど長年にわたったなじみなのに、よそよそしい関係で終わることはない。(私が)殿上の間などに、いつも出仕しなくなったら、何を(あなたとの)思い出にしよう」とおっしゃるので、「言うまでもないことです。(親密になるのは)難しい事ではないが、そうなってしまった後には、(あなたを）お褒めすることが出来ないのが、残念だ。帝の御前などでも、自分の役目だと心得て（あなたを）褒め申し上げているのに、どうして（親密な仲になれるでしょうか）。ただ（私を恋しく）思いなさいませよ。（つき合ったならば）体裁が悪く、良心の咎めも出やすくなって、（あなたの褒め言葉を）言いにくくなってしまうでしょう」と言うと、「どうして。そういう人を、見た所以上に、褒める人もいる」とおっしゃるので、「それが憎らしく思わないのであればいいのだけど。男でも女でも、親密な人のことを（特別に）思い、ひいきして、褒めて、他人が少しでも悪く言うと、腹を立てたりするのが情けなく思うのだ」と言うと、「頼りにできないことだなあ」とおっしゃるのも、とても面白い。

ワンポイントレッスン

「語らふ」とは

「語り合う」「相談する」などの意味もありますが、「男女が深い仲になる」という意味もあり、この段ではその意味で使われています。

一五六　弘徽殿《こうきでん》とは

超現代語訳

弘徽殿《こうきでん》〔＝宮中の殿舎の一つ。中宮など、有力な女御の住まい。または、そこに住む中宮などのこと。「こきでん」とも〕に住んでらっしゃる女御は、藤原公季《ふじわらのきんすえ》のご令嬢の義子《ぎし》様なんだけど、その義子様のところに、「うち臥《ふ》し」という人の娘の「左京」って子がお仕えしているのね。その左京ちゃんと源《げん》中将〔＝源宣方《みなもとののぶかた》〕がつき合ってるんじゃないかって、みんなの噂になってたの。

定子様が職《しき》の御曹司《みぞうし》にいらっしゃって、そこに噂の宣方がやってきたの。宣方が、「時々は、宿直《とのい》もしなければと思っておりますが、宿直にふさわしいように女房などももてなしてくれないので、とても宮仕えがおろそかになっております。せめて宿直所《とのいどころ》だけでもいただけましたならば、たいそうまじめにお仕えしますが……」なんて言って座ってたわ。

女房たちは「いかにも」などと返事をしていたけど、私はこう言ったの。

「本当に人は、うち臥して休む所があるのがよいものね。そういや、あなたは、そういうあたりには頻繁に参上なさるとか聞いているのになあ」って。

そしたら宣方が「あなたにはいっさい話しかけないよ。自分の味方をしてくれる人だと思っていたけど、以前からの世間の噂のように、わざと取りなしたりするなんて！」って、本気でキレちゃった。

だから、「あら、妙ね。おかしなこと言ったかしら？　聞きとがめなさるようなことはまったく言ってないわよ」と言って、傍にいる同僚をちょいちょいってゆさぶったら、その女房も「そのようなことも言ってないのに、そんなに熱く怒りなさるなんて、きっとわけがあるのでしょうね」と派手に笑って、私の加勢をしてくれたの。さすが気が利くわよね。

宣方は「それもお前が言わせてるんだろ！」って。アハハ、バレちゃってる！

噂話はやめられない♪

自分がありもしない恋愛の噂話を立てられたときには、「濡れ衣だわ！」と言っていた清少納言ですが、ここでは逆に噂話を元ネタにして、噂の当人をからかっています。

「うち臥《ふ》して休む所」は「ちょっと横になって休む所」という意味ですが、それだけではなく、彼女であろう左京ちゃんの親の「うち臥し」を匂わせているのです。そして、「左京ちゃんに会いに、『うち臥し』さんの所には頻繁に通っているんでしょ？」と、清少納言は宣方に言ったのですね。

当時は、一夫多妻ですから、男性が女性の家に通います。当時の女性は親と同居していますので、左京ちゃんは「うち臥し」さんと住んでいるわけですね。

それを言われた宣方は、真剣にキレます。だから、きっと、その噂は本当なんだろうな、と余計思ってしまいますよね。

まあ、このように女房たちや、殿上人《てんじょうびと》にも噂されたり、からかわれたりされていたようですから、宣方はいいかげんイライラしていたのかもしれませんが。

自分のときには嫌がっていた清少納言も、ここでは楽しそうにからかっています。他人の恋愛ネタは楽しいのでしょうかね。今でもワイドショーで芸能人の恋愛が話題になりますもんね。今も昔も、きっと同じなのでしょう。

原文

弘徽殿《こうきでん》とは、閑院《かんいん》の左大将の女御《にょうご》をぞ聞こゆる。その御方にうち臥《ふ》しといふ者の娘、左京といひて候《さぶら》ひけるを、「源《げん》中将語らひてなむ」と、人々笑ふ。宮の、職《しき》におはしまいしに参りて、「時々は、宿直《とのい》などもつかうまつるべけれど、さべきさまに女房などもてなし給はねば、いと宮仕《みやづか》えおろかに候ふ事。宿直《とのい》所《どころ》をだに給はりたらば、いみじうまめに候ひなむ」と言ひゐ給へれば、人々「げに」など答《いら》ふるに、「まことに人は、うち臥し休む所のあるこそよけれ。さるあたりにはしげう参り給ふなるものを」とさし答《いら》へたりとて、「すべて物聞こえじ。方人《かたうど》と頼みきこゆれば、人の言ひふるしたるさまに取りなし給ふなめり」など、いみじうまめだちて怨《え》じ給ふを、「あなあやし。いかなる事をか聞こえつる。さらに聞きとがめ給ふべき事なし」など言ふ。かたはらなる人を引きゆるがせば、「さるべき事もなきを、ほとほり出《い》で給ふ、やうこそはあらめ」とて、はなやかに笑ふに、「これもかの言はせ給ふならむ」とて、いとものしと思ひ給へり。

現代語訳

弘徽殿《こうきでん》とは、閑院《かんいん》の左大将（＝藤原公季《ふじわらのきんすえ》）の娘である女御のことを申し上げる。その（女御の）御方に「うち臥《ふ》し」という者の娘が、左京という名前でお仕えしていたのを、「源中将（＝源宣方《みなもとののぶかた》）が親密である」と（噂をして）、人々が笑う。

定子様が職《しき》の御曹司《みぞうし》にいらっしゃったところに（宣方が）参上して、「時々は、夜の宿直《とのい》などもお仕えすべきだが、それにふさわしいように女房たちなどももてなしをしてくださらないので、とても宮仕えが疎かになっております。せめて宿直所だけでもいただけたなら、とてもまじめにお仕えするのですが」と言って座ってらっしゃるので、女房たちが「いかにも」などと答えるときに、（私が）「本当に人は、うち臥して（＝ちょっと横になって）休める所があるのが良いものですね。そういった所には（あなたは）頻繁に参上なさっているようなのになあ」と横から割って答えてきたと言って、（宣方が）「（あなたと）いっさい何も申し上げまい。味方だと頼み申し上げていると、人が言い古したようにわざと取りなしなさるのであるようだ」など、とても真剣にお怨みになるので、（私は）

「あぁ、妙なこと。どんなことを申し上げたか。全く聞き咎めなさるようなことはない」などと言う。（私が）傍にいる女房を揺さぶると、「そんな悪いことは申し上げていないのに、熱く怒りなさるのは、何か理由があるのだろう」と言って、派手に笑うと、「これもあの人（＝作者）が言わせなさっているのだろう」と言って、とても不快に思いなさっている。

ワンポイントレッスン

「女御《にょうご》」とは

天皇の奥様です。一夫多妻の当時は、天皇のトップの奥様を「中宮」と言いました。「女御」はその次に位が高い奥様で、複数人います。「女御」の中から「中宮」が選ばれました。「女御」の次位が「更衣《こうい》」です。

一〇二

二月つごもりごろに、風いたう吹きて

超現代語訳

二月末頃のことよ。風がすごく吹いて、空もとっても黒くて、雪が少しちらついているときに、黒戸《くろど》に主殿寮《とのもりづかさ》の男が「ごめんください」って来たの。私が近寄ったら、「これ、公任《きんとう》の宰相殿《さいしょうどの》からです」って持って来ているのを見たら、懐紙《ふところがみ》にこう書いてあったの。

「すこし春ある心地こそすれ」（＝少し春があるような気持ちがする）

ホント、今日の様子にピッタリよね。ちなみに、これ、和歌の下の句になっているのがわかるかしら？　つまり、「この上の句を書いてよこせ」ということなのね。こんな素敵な下の句に、どうやってつけたらいいのか、見た瞬間に途方に暮れたわよ。

ひとまず、こんな遊びをよこしてくるってことは、向こうには何人かいるはずよ。だから、「公任のところにいるのは、どなたたちかしら？」って一応確認したわ。誰がいるかも大事でしょ。そしたら、気が遠くなるほど立派な人ばかりで、そのまま気絶しちゃいたいくらいだったわ。まあ、そんなことも言ってられないので、考えるしかなかったんだけどね。

定子様に助けは求めないのかって？　求めたかったわよ!!　でも、そのとき、よりによって一条天皇がいらっしゃってて、もう二人でベッドインしてたのよ。そんなの邪魔できないでしょ!?

さっきの使いの男は「早く！　早くっ！」って急かしてくるし、下手くそな上に返事が遅かったら、シャレにならないじゃない？

だから「もうどうにでもなれーっ！」ってやけくそになって書いたわ。

「空寒み花にまがへて散る雪に」（＝空が寒いので花に見まがうばかりに散る雪に）

これを書く手も緊張でブルっちゃったほどよ。

「あの返事でどうだったかしら、どんな評価がくだったのかしら、イケてたかな、やっぱりダメダメなのかな」って気が気じゃなくて。

この反響を聞きたいって思うけど、けなされてたら聞きたくないし、もうソワソワしてしまって。

そんな中、そのときはまだ中将だった左兵衛督《さひょうえのかみ》が「俊賢《としかた》の宰相などが、『やっぱり清少納言は内侍《ないし》にしたほうがよい、と天皇に伝えよう』って評定されてたよ」って教えてくれたの。

あ～、心底ホッとした～！　けなされたらどうしようかと思ってたの！

あ、「内侍」っていうのは、女性の官人の最高位よ。教養があって知的な対応がパッとできることは、最高位の女官として当然なのね。ま、つまり、私にはそれが可能って言ってくれてるんだけど、そんな、褒め過ぎよね～。もう、オーバーなんだから、キャッ。

「自慢したっていいじゃない！」有名な歌人にも負けないわ！

「定子に頼ることなく、一人できちんと素晴らしい対応ができました。貴族の男性陣から褒められました」という、いつもの自慢話です。

「返事が下手な上に遅ければシャレにならない」というのは、当時は「和歌」をもらえば返歌は「すぐに」するのがマナーだったからです。早ければ早いほどよいのです。かといって、下手くそだと評価されませんので、「うまくて早い！」が一番よいのです。

全然違いますが、すごくお腹がすいているときに注文した料理が出てくるのと、イメージは同じですね。すぐに出てきて美味しかったら最高です。すぐに出てきてもマズイとゲンナリしますよね。すごく美味しくても、出てくるまでにあまりにも時間がかかり過ぎたら、イライラしている分、満足度も半減するはずです。そして、めちゃくちゃ待たされた上にまずかったら最悪です。救いようがありませんね。返歌もそんな感じです。

さて、公任《きんとう》の宰相《さいしょう》というのは、藤原公任《ふじわらのきんとう》のこと。当時の歌壇の第一人者で、通称「四条大納言」と言われる人物です。「漢詩・和歌・音楽」、三つの才能のどれもが素晴らしく、『大鏡』という作品でもその逸話があります（「三船《さんせん》の才《さい》」という有名なエピソードです）。

そんな公任から、下の句だけの手紙をもらったプレッシャーは相当ですよね。懐《ふところ》紙《がみ》に書いていることから、正式なやり取りではなく、公任にとっては、あくまでふとした思いつきでの遊びだったのでしょうが、それをもらった清少納言にとっては、その懐紙が「挑戦状」に見えたことでしょう。

公任の下の句「**すこし春ある心地こそすれ**」は、『白氏文集《はくしもんじゅう》』巻十四「南秦《なんしん》の雪」より「**三時《さんじ》雲冷やかにして多く雪を飛ばし、二月山寒うして少しく春有り**」の最後の部分によったものです。

それに対応する清少納言が書いた上の句「**空寒み花にまがへて散る雪に**」は、公任がよった『白氏文集』の同じ部分の前半部分と、後半の「春」の部分から「花」を連想し、交えて詠んだものです。

つまり、清少納言は、公任が書いた下の句が『白氏文集』のその部分だと瞬時に見抜いているのです。これは、とてつもなくすごいことです。しつこいですが、当時の男性ならいざ知らず、女性は漢籍の教養なんてないのが普通です。それにもかかわらず、ちょっと見ただけでそれが見抜けるということは、清少納言は相当漢籍の知識が深いということです。男性以上の知識と言ってもよいくらいだったのでしょう。

それを嫌味にならないように、ちゃんと和歌にアレンジして短時間で返しています。「そりゃ、これだけ自慢してもいいですね」というくらいすごいので、思う存分自慢してもらいましょう！

原文

二月つごもりごろに、風いたう吹きて、空いみじう黒きに、雪すこしうち散りたるほど、黒戸《くろど》に主殿司《とのもりづかさ》来て、「かうて候《さぶら》ふ」と言へば、寄りたるに、「これ、公任《きんとう》の宰相殿《さいしょうどの》の」とてあるを見れば、懐紙《ふところがみ》に、

「すこし春ある心地こそすれ」

とあるは、げに今日のけしきに、いとようあひたる、これが本《もと》はいかでかつくべからむと思ひわづらひぬ。「誰々《たれたれ》か」と問へば、「それぞれ」と言ふ。みないと恥づかしき中に、宰相の御答《いら》へを、いかでか事なしびに言ひ出《い》でむと、心一つに苦しきを、御前に御覧ぜさせむとすれど、上のおはしまして、御殿籠《おおとのごも》りたり。主殿司は、「とくとく」と言ふ。げに遅うさへあらむは、いと取り所なければ、「さはれ」とて、

「空寒み花にまがへて散る雪に」

と、わななくわななく書きて取らせて、いかに思ふらむと、わびし。これが事を聞かばやと思ふに、そしられたらば聞かじとおぼゆるを、「俊賢《としかた》の宰相など、『なほ内侍《ないし》に奏してなさむ』となむ定め給ひし」とばかりぞ、左《さ》兵衛督《ひょうえのかみ》の中将におはせし、語り給ひし。

現代語訳

二月末頃に、風がひどく吹いて、空がとても黒くて、雪が少しちらついているときに、黒戸に主殿寮の男が来て、「ごめんください」と言うので、寄ったところ、「これは、公任《きんとう》の宰相《さいしょう》殿の（お手紙です）」と持ってきているのを見ると、懐紙に、

「すこし春ある心地こそすれ（＝少し春があるような気持ちがする）」

と書いてあるのは、本当に今日の（空の）様子に、とてもよく合っているが、これの上の句はとてもつけようがないと思い悩んだ。（私が）「誰がいるか」と聞くと、「これこれの方々」と言う。みんなとてもこちらが恥ずかしくなるほど立派な方たちであるがその中でも、宰相へのお返事を、どうして下手な歌で言い出せようかと、自分一人で考えるのは心苦しいので、定子様に御覧にいれようとするが、一条天皇がいらっしゃって、おやすみである。主殿寮の男は、「早く早く」と言う。本当に（下手なだけではなく）遅いとまでなれば、何の取り得もないので、「どうにでもなれ」と思って、

「空寒み花にまがへて散る雪に（＝空が寒いので花に見まがうばかりに散る雪に）」

と、わななきながら書いて渡して、どのように思うだろうかと、心細い。この反響を聞き

たいと思うが、けなされたら聞くまいと思うのを、「俊賢《としかた》の宰相などは、『やはり（清少納言を）内侍にするように帝に奏上しよう』と評価なさった」とぐらい、左兵衛督が当時は中将でいらっしゃった方が、話してくださった。

ワンポイントレッスン

「つごもり」とは

「月籠《つきごも》り」の略で「月の下旬」または「月の最終日」のこと。

上旬⬇下旬につれて「月の出」の時間は「遅くなる」ことがポイントです。つまり、月末には、月は籠ってしまって出てこないのです。「月が籠ってしまう」＝「月籠《つきごも》り」⬇「つごもり」＝「下旬・月末」です。

一三〇 頭弁《とうのべん》の、職《しき》に参り給ひて

超現代語訳

藤原行成《ふじわらのゆきなり》様が職《しき》の御曹司《みぞうし》に参上なさって、お話とかしているうちに、夜がたいそう更《ふ》けたの。翌日は一条天皇の物忌《ものいみ》で、侍臣《じしん》たちはその間、殿上の間に籠らなければいけないのね。もちろん行成様も。だから、「丑《うし》の刻〔＝午前2時〕になったらよくないだろう」って、宮中に参上してしまったわ。

翌朝、行成様から手紙が来たの。

「今日はとても心残りがするよ。夜通し、昔話をして夜を明かそうとしてたのに、鶏の声にせき立てられちゃったね……」と、なんだかいろいろなことをたくさん書いていて、とても素晴らしかったわ。だけど、「鶏の声にせき立てられた」なんて、まるで、後朝《きぬぎぬ》の文《ふみ》〔＝男女がともに夜を過ごした後、男性から女性に出す手紙〕のようにわざと書いてらっしゃるわね。丑の刻の前には帰ったくせに、行成様ってば冗談がお好きなんだから♪　そんな冗談にオタオタする私じゃなくってよ。
すぐにお返事として「たいそう夜深く鳴きましたとかいう鶏の声は、孟嘗君《もうしょうくん》のでしょうか」って差し上げたの。

「孟嘗君」は『史記』の中にある故事から引っ張ったのよ。中国の戦国時代の頃のお話。斉《せい》の国の孟嘗君が、秦《しん》の国に使者として行ったんだけど、とらわれそうになって、秦から逃げ出してきたの。夜中に「函谷関《かんこくかん》」ってとこまで来たら関門が閉まっていたのね。その門は、鶏が鳴くまで開かない決まりになっていて。そしたら、従者の中に鶏の鳴きまねがとても上手な者がいて、その人が鳴きまねをしたら、門が開いて、無事に脱出できたという有名なお話よ。

つまり、朝に鳴きだす本物の鶏ではなく、夜中に人が真似して鳴いたこのお話を使って、「朝までいたんじゃなくて、もっと早く夜中に帰ったでしょ」って伝えたつもり。何を「鶏の声」なんて嘘をおっしゃってるんだか、ってお返事よ。

でも、さすが行成様。それで黙ったりはしないのよ。また折り返しお手紙がきたの。

「『孟嘗君の鶏は函谷関を開いて、三千人の食客《しょっかく》がかろうじて逃れた』と『史記』にはあるようだけど、僕が行ったのは『逢坂《おうさか》の関《せき》』のことだよ」ですって！

ちょっとちょっと、何ダイレクトに「逢坂の関」なんて書いてくれちゃってるのかしら。男女が深い仲になって一線越えることを「逢坂の関を越える」と言ったりするのね。これじゃ、「僕たちあの夜に逢ったじゃないか。その夜のことだよ」みたいな感じで、冗談が大きくなりすぎちゃってるわ。

　これは、ちょっとピシッと言っとかなきゃね。

「**夜をこめて鳥のそら音《ね》にはかるとも世に逢坂の関はゆるさじ**（＝夜がまだ明けないうちに鶏のうそ鳴きで函谷関の関守をだましたとしても、私は絶対に、あなたにだまされて男女が一線を越えるという逢坂の関を越えることを許さないわよ）しっかりした関守がここにはおりますのよ」って返しといたわ。

　行成様からまた負けじと来たの、お返事が。

「**逢坂は人越えやすき関なれば鳥鳴かぬにもあけて待つとか**（＝あなたの逢坂の関は、人が越えやすい関所なので、鶏が鳴いてもいないのに、開けて待っているとかいう噂ですよ）」ですって。

な、な、なんなの、これはーっ!!　「あなたはカンタンに男性とそういう関係になるんでしょ？　違うの？　そういう噂だよ」ですって!?　冗談がキツイわ～。
さすがの私もあっけにとられて、返事もしなかったわ……。

「百人一首に採用された歌」は〝恋愛ごっこ〟から生まれた!?

「夜をこめて鳥のそら音《ね》にはかるとも世に逢坂の関はゆるさじ」は、百人一首に採用された清少納言の和歌です。

この和歌を解釈するには、「孟嘗君《もうしょうくん》」の故事を知っておく必要があります。本書では、また清少納言本人に解説してもらうスタイルにしました。

そして、恋愛の知識も必要です。夜、男性が女性の家に逢いに行き、朝、明るくなりきる前に帰るのがマナーです。鳥の鳴き声が、その合図。ですから、行成の「鶏の声にせき立てられた」というのは、「それまであなたと一緒に熱い夜を過ごしていたのにね」という深い意味が込められているのです。もちろん冗談ですが。

ですが、本当に夜を共にした後に、そのような朝の別れが名残惜しい内容や、「早く夜になって君に逢いたい」といったようなラブレターを男性から女性に届けるのがマナーでした。それが「後朝《きぬぎぬ》の文《ふみ》」です。早ければ早いほど愛情が深い証とされていました。

行成は、実態は丑《うし》の刻〔＝午前2時〕前には帰っているはずなのに、「後朝の文」チックな手紙を清少納言に送ったのです。戯れですね。もちろん清少納言は受けて立ちました。それが『史記』の孟嘗君の故事によった返事です。「孟嘗君」と「夜中の鶏」というだけで、男性の行成には『史記』のこの故事だと、もちろんすぐにわかりますので、今度は「函谷関《かんこくかん》」と「逢坂の関」という関所つながりの返事を送ってきたというわけです。

古語「逢ふ」には、「男女が深い仲になる」という意味があります。入試でも知っておくべき重要単語です。その「逢ふ」と同じ響きがあることから、京都と滋賀の間の関所「逢坂の関」は、「男女が深い仲になる」ことのたとえとしてよく使われます。

そして、「関守〔＝関所の番人〕」は「男性が女性のもとに通う妨げになるもの」のたとえとして使います。たとえば、「夜になったら関守は寝ていてほしい」というのは、「夜に恋人のところに通えるように、その妨げをする人には居眠りをしていてほしい」ということ。

少し脱線してしまいましたが、行成は、あくまでも「恋愛ごっこ」的なやり取りをしてきたわけです。

そこで、百人一首の和歌登場ですね。「鶏のうそ鳴きで函谷関の関守はだませても、私はあなたにだまされません、身を許すことなんてしないわよっ！」とピシャっと返したわけです。

◎キツイ冗談もあくまでも戯れ

いつもなら、これで相手が「おおーっ！」となって終わるわけですが、行成は違いました。「あなたは『逢坂の関はゆるさじ』とか言ってるけど、あなたの関はすっごく越えやすい関っていう噂だよ」と言ってきました。ゲスな感じに訳せば、「あなたって誰とでもカンタンに寝る女なんでしょ？　あなたのほうから開いて待ってるらしいじゃん」です。めちゃくちゃ失礼な返事ですが、もちろん冗談ですよ。冗談ですが、これは相当仲がよくないと言えない冗談ですね。

さすがの清少納言も返事をしなかったみたいですね。ちなみに、後日、行成と話をする機会があったときに、清少納言は「あのあなたの見苦しい手紙が拡散しないように、一生懸命隠してあげたのよ。人には見せないであげる」と冗談で返しています。ですが、「人には見せない」と言いつつ、本当は定子に献上しています。つまり、あのキッツイ冗談のやり取りも、あくまでも公の戯れです。

清少納言と行成は、恋愛関係ではありませんが、相当仲が良く、深い親交があったようです。

ちなみに、行成は、字がとてもキレイで、三蹟《さんせき》〔＝平安中期の三人の能書家〕の一人です。その行成から、何度も手紙をもらっているわけですから、それだけで自慢になったことでしょう。行成から、公にこんな恋愛ごっこを仕掛けられて、しかも、自筆のお手紙を何度ももらえる私ってすごいでしょ、という気持ちもあったかもしれませんね。

原文

頭弁《とうのべん》の、職《しき》に参り給ひて、物語などし給ひしに、夜いたう更《ふ》けぬ。「明日御物忌《ものいみ》なるに籠《こも》るべければ、丑《うし》になりなば悪《あ》しかりなむ」とて参り給ひぬ。

つとめて、蔵人所《くろうどどころ》の紙屋紙《こうやがみ》ひき重ねて、「今日は、残り多かる心地《ここち》なむする。夜を通して、昔物語も聞こえ明かさむとせしを、鶏《にわとり》の声に催《もよお》されてなむ」と、いみじう言《こと》多く書き給へる、いとめでたし。御返りに、「いと夜深《よぶか》く侍りける鳥の声は、孟嘗君《もうしょうくん》のにや」と聞こえたれば、立ち返り、「『孟嘗君の鶏は函谷関《かんこくかん》を開きて、三千の客《かく》わづかに去れり』とあれども、これは逢坂《おうさか》の関《せき》なり」とあれば、

「夜をこめて鳥のそら音《ね》にはかるとも世に逢坂の関はゆるさじ

心かしこき関守《せきもり》侍り」と聞こゆ。また、立ち返り、

「逢坂は人越えやすき関なれば鳥鳴かぬにもあけて待つとか」

現代語訳

頭の弁〔＝藤原行成《ゆきなり》〕が職の御曹司《みぞうし》に参上なさって、お話などをしていらっしゃったうちに、夜もすっかり更《ふ》けてしまった。「明日は一条天皇の御物忌《ものいみ》なので〔殿上の間に〕籠らなければならないので、丑の刻〔＝午前二時〕になったら悪いだろう」と言って〔宮中に〕参上なさった。

翌朝、蔵人所《くろうどどころ》の紙屋紙を重ねて、「今日は、とても心残りがする。夜通し、昔話でも申し上げて夜を明かそうとしたのに、鶏の声にせき立てられて」と、いろいろなことをたくさん書いてらっしゃるのは、たいそう素晴らしい。御返事に、「まだ夜が深い頃に鳴いたという鶏の声は、孟嘗君《もうしょうくん》のでしょうか」と申し上げると、折り返し、「『孟嘗君の鶏は函谷《かんこく》関《かん》を開いて、三千人の食客《しょっかく》がかろうじて逃れた』と〔『史記』には〕あるが、私が言っているのは逢坂の関である」とあるので、

「夜をこめて…＝夜がまだ明けないうちに鶏のうそ鳴きで函谷関の関守をだましたとしても、私は絶対に、あなたにだまされて男女が一線を越えるという逢坂の関を越えることを許さないわよ

しっかりとした関守がここにいます」と申し上げる。また、折り返し、

「逢坂は…＝（あなたの）逢坂の関は、人が越えやすい関所なので、鳥が鳴いてもいないのに、開けて待っているとかいう噂ですよ」

ワンポイントレッスン

「食客《しょっかく》」とは

中国の戦国時代における風習で、君主たちが才能のある者を客として世話をする代わりに、いざというときには主人を助ける者のこと。

二三　五月ばかり、月もなういと暗きに

超現代語訳

五月くらいの、月もなくてとても暗いときの話よ。

御簾《みす》越しに大勢の男性の声で、「女房たちはお仕えなさっているか」とワアワア騒いでいるの。定子様が「出て見てきなさい。いつもと違って騒いでいるのは誰なの？」とおっしゃるから、見にいったわ。

私が「誰？　仰々しいわね」と言ったら、あんなにさっきはうるさかったのに、何も言わないで、御簾を持ち上げて「呉竹《くれたけ》」〔＝淡竹《はちく》の一種。中国伝来の竹〕をガサっと差し入れてきたの。

「!?」ってなるのが普通でしょうけど、私はそんなことに動じないわよ。

「わお！　『この君』だったのね！」って言ってさしあげたわ。

騒いでいた声の主は、式部《しきぶ》卿宮《きょうのみや》の源《げん》中将や、六位の蔵人《くろうど》などの殿上人《てんじょうびと》たちだった

んだけど、「さあ！　さあ!!　このことを真っ先に殿上の間に行って話すぞ！」って、行っちゃったわ。

皆さんは、きっと何のことだか、よくわからないわよね。今回は、この後にまだ残っていた行成《ゆきなり》様が真相を話してくれるから、お任せするわ。


その後にも残っていた行成様はこうおっしゃったの。

「去って行った者たちは、どういうわけなんだ？　清涼殿《せいりょうでん》の前庭にある呉竹を折って、歌を詠もうとしたのだが、『どうせ同じなら、職《しき》の御曹司《みぞうし》に参上して、女房たちを呼びだして詠もうぜ』ということになって、持って来たのだよ。呉竹の異名である『この君』をあんなに早くあなたに言われて、退散することになるとは気の毒だね。あなたはいったい誰の教えを聞いたのだ？　普通の人ならそんなこと知らないのに」って。

「そんな。私、別に『この君』が竹の名前だなんて知らないのに……。しゃしゃり出てくる無礼な女だと思われているかしら」と言うと、「そうだよね。本当に、そんなこと知らないよねぇ」などとおっしゃるの。

行成様は、私の嘘なんてお見通しね。そうよ、もちろん知ってて対応したのよ。

「知らない」と言った私の言葉が嘘だとわかっていながら、「そうだよね、知らないよね」なんて行成様もおっしゃるんだから。

なんで、こんなややこしいやり取りしてるのかって？　それが楽しいのよ！　上辺の会話より腹の探り合い、みたいな。ザ・京都人よね。

そうこうしているうちに、さっき去って行った殿上人たちが、またやって来たの。どうやら殿上の間では、私の返事のことが大騒ぎだったみたい。一条天皇もお聞きになったみたいで、面白がってらっしゃったとか。

定子様も、自分にお仕えする女房が殿上人に褒められることが嬉しいようで、とても喜んでらっしゃるのも面白いわ。

定子様に喜んでもらえるように、今日も私は頭をフル回転させて頑張らなきゃっ！

＊

「定子様に喜んでもらうために、私頑張ります！」

まあ、いつものパターンの自慢話ではあるのですが、そうすると定子が喜んでくれたらしいのです。大好きな定子様を喜ばせるために、もっともっと頑張らなきゃ、と思って一生懸命仕えていたのだろうな、と、最後の一文を勝手に加えました。

さて、「呉竹《くれたけ》」の別名が「この君」らしいのですが、もちろんこれも出典は漢籍。『晋書《しんじょ》』の王徽之《おうきし》伝に「**竹を指して曰く、『何ぞ一日も此《こ》の君無かるべけんや』と**」とあるのです。意味は、「(王徽之は竹が好きで)竹を指して言うには、『どうして一日もこの君〔=竹のこと〕なしでいられようか』と」です。ここから、竹のことを「この君」と言っているのです(「此君《しくん》」ともいいます)。

呉竹を差し入れた瞬間に、清少納言はその故事を思い出し「この君だわ」と言ったのです。殿上人たちは、まさかの対応に「おおーっ!」となったのでしょう。即、このことを殿上人仲間に広めるために、殿上の間に戻って行ったというのです。

行成《ゆきなり》は、歌を詠もうと来たのに、清少納言の見事すぎる対応で、歌どころではなくなり退散することになった殿上人が気の毒だと言っていますが、これは嫌味ではなく、「よくもまあ、そんなことまで本当にあなたは物知りですね」と褒めているのです。

ずっとお伝えしていますが、女性にもかかわらず、清少納言のその知識の深さは男性顔負けで、行成はそれを認めて褒めています。

それに対して清少納言は、「え？　そうなの？　知らなかったわ」と見え透いた嘘をついています。やはり、女性ですから、「当然よ！　知ってるにきまってるじゃない！」とは言わなかったのでしょうね。内心はそう思っていたかもしれませんが、ちゃんと謙遜しているのです。

行成は、その謙遜の嘘を見抜いたうえで、嘘にのっかって返事をしていますね。どうして嘘とわかるのか。知らなかったら、竹を見て「この君」なんて絶対言いませんから、知っているのは明白なのです。

とはいえ、清少納言は「知らない」と言っていますからね、「嘘つけ！　知ってるだろ！」なんて言い返すのはオシャレじゃない。「本当に、そんなの知りませんよねぇ」とのっかっているのです。

行成は清少納言よりも年下です。この二人、やはり相当仲がよかったようです。前回のきわどい冗談も言える仲ですからね。行成にとって、清少納言は甘えられるお姉さん的存在、清少納言にとって行成は、気の置けない相手だったのでしょう。

原文

五月ばかり、月もなういと暗きに、「女房や候《さぶら》ひ給ふ」と、声々して言へば、「出《い》でて見よ。例ならず言ふは誰《たれ》ぞとよ」と仰せらるれば、「こは、誰《た》そ。いとおどろおどろしうきはやかなるは」と言ふ。物は言はで、御簾《みす》をもたげて、そよろとさし入《い》るる、呉竹《くれたけ》なりけり。「おい。この君にこそ」と言ひわたるを聞きて、「いざいざ、これまづ殿上《てんじょう》に行きて語らむ」とて、式部《しきぶ》卿《きょうの》宮《みや》の源《げん》中将、六位どもなどありけるは、去《い》ぬ。

頭弁《とうのべん》〈＝行成《ゆきなり》〉はとまり給へり。「あやしくても去《い》ぬる者どもかな。御前の竹を折りて、歌詠まむとてしつるを、『同じくは、職《しき》に参りて、女房など呼び出できこえて』と持《も》て来《き》つるに、呉竹の名を、いととく言はれて去ぬるこそいとほしけれ。誰《た》が教へを聞きて、人のなべて知るべうもあらぬ事をば言ふぞ」などのたまへば、「竹の名とも知らぬものを。なめしとや思《おぼ》しつらむ」と言へば、「まことに、そは知らじを」などのたまふ。

また集まり来て、「殿上にて言ひののしりつるは。上も聞こしめして、興《きょう》ぜさせおはしましつ」と語る。

誰《た》が事をも、「殿上人褒めけり」など聞こしめすを、さ言はるる人をもよろこばせ給ふもをかし。

現代語訳

五月頃、月もなくとても暗い夜に、「女房たちはお仕えなさっているか」と、大勢の声で言うので、（定子様が）「出て見なさい。いつもと違って言いたてるのは誰なのか」とおっしゃるので、（私は）「これは、誰か。とても仰々しく目立っているお声は」と言う。（相手は）何も言わないで、御簾《みす》を持ち上げて、ガサっと差し入れてきたのは、呉竹《くれたけ》であったのだ。（私が）「ああ。この君だったのね」と言ったのを聞いて、「さあさあ、これをまず殿上の間に行って話そう」と言って、式部卿《しきぶきょう》の宮の源中将や、六位の蔵人たちなどそこにいた者が、帰っていった。

頭の弁（＝藤原行成）はその場に留まりなさった。「帰っていく者たちは、どういうことなのかなあ。清涼殿《せいりょうでん》の前庭の竹を折って、歌を詠もうとしていたのだが、『同じなら、職の御曹司《みぞうし》に参上して、女房たちなどをお呼び出しして』と言って（呉竹を）持って来たのに、呉竹の名を、素早く言われて退散したのは気の毒だ。誰の教えを聞いて、普通の人が知りようもないことを言うのか」などとおっしゃるので、「竹の名とも知らなかったのになあ。失礼だとお思いになっているだろうか」と言うと、「本当に、それは知らなかったのにね」などとおっしゃる。

また（先ほどの殿上人たちが）集まって来て、「（さっきの話で）殿上の間が大騒ぎだったよ。一条天皇もお聞きになって、面白がっていらっしゃった」と話す。（定子様は自分にお仕えする女房の）誰のことでも、「殿上人が褒めた」などとお聞きになると、そう言われた人のことを喜びなさるのも面白い。

ワンポイントレッスン

「いとほし」とは

「気の毒だ・かわいそうだ」という意味で、大学入試でも頻出の重要単語。「愛しい・かわいい」の意味もあるが、現代語とギャップのある「気の毒だ・かわいそうだ」の意味のほうが重要。

一〇二 殿上《てんじょう》より

超現代語訳

殿上《てんじょう》の間から、梅の花が散った枝を持ってきて、「これはどうか？」と言ってきたから、私はただ、「**早く落ちにけり**」って答えたの。

そしたら、多くの殿上人たちが、その返事に感心してくれたのね。すっごく気に入っちゃったみたいで、その詩を吟詠しながら黒戸《くろど》のある部屋に座っていたらしいわ。

それを、一条天皇がお聞きになって、「まあまあの悪くはない歌を詠み出すのよりも、こういう返答のほうがすぐれているよね！　うまく返答したことだなぁ！」とおっしゃったのよ。

「一条天皇にまで褒められちゃった♪」

清少納言が答えた**「早く落ちにけり」**は、『和漢朗詠集《わかんろうえいしゅう》』にある**「大庾嶺《たいゆうれい》の梅は早く落ちぬ、誰か粉粧《ふんそう》を問はん」**（大江維時《おおえのこれとき》）によっています。

「大庾嶺」は中国の江西省《こうせいしょう》にある梅の名所、「粉粧」は装い飾ることで、「梅の名所である大庾嶺の梅の花は早く散り落ちた、誰が白く装い飾るのを訪れようか、いや、訪れない」という意味です。

梅の花が散った枝を見て、「早くも散りましたね」と言っているだけですので、元ネタを知らなければ、「そのままじゃないか！」となってしまいそうな返事ですよね。ですが、『和漢朗詠集』から引っ張っていますので、それを理解している殿上人たちは、また感心しまくりです。面白がって、その詩を大勢で吟じているのです。

「そこまで面白いか？」と私は内心思っているのですが、どうやら一条天皇にまで褒められたみたいですね。たいして素晴らしくない、まあまあのできの歌で返事をするよりも、そういう端的な返事のほうがキラリと光っていると感じたのでしょう。

「上手な返事だね！」と言われたこと、嬉々として書いたことでしょう。「天皇」に褒められたわけですから、これは自慢したくもなったでしょうね。

第1章は定子のダメ出しで締めくくってしまいましたので、第2章は天皇から褒められたと嬉しさいっぱいの話で締めくくりたいと思います。

原文

殿上《てんじょう》より、梅の花散りたる枝を、「これはいかが」と言ひたるに、ただ、「早く落ちにけり」と答《いら》へたれば、その詩を誦《ず》じて、殿上人黒戸《くろど》にいと多くゐたる、上《うえ》の御前《おまえ》に聞こしめして、「よろしき歌など詠みて出《い》だしたらむよりは、かかる事はまさりたりかし。よく答《いら》へたる」と仰せられき。

現代語訳

殿上の間から、梅の花が散った枝を（持ってきて）、「これはどうか」と言ったときに、ただ、「早く落ちにけり」と（私が）答えたところ、その詩を吟じて、殿上人が黒戸に大勢座っていたのを、一条天皇がお聞きになられて、「ほどほどに良い歌などを詠み出すよりは、このようなことは優れているね。うまく答えたものよ」とおっしゃった。

ワンポイントレッスン

「評価の単語」

原文に「よろしき歌」「よく答《いら》へたる」とありますね。「よろしき」の終止形は「よろし」、「よく」の終止形」は「よし」です。

「よし」は「よい」です。「よろし」は「よしとまではいかないけど、まあ、悪くはないよ」という意味。ちなみに、「わろし」は「悪いとは言わないけど、よくはないね」、「あし」は「悪い」の意味です。

評価の順は次の通りですね。

◎ よし ⬇ よろし ⬇ わろし ⬇ あし ×

第三章

毒舌？　言いたい放題？
エッセイスト・清少納言の本領発揮「ものづくし」

二三 すさまじきもの

超現代語訳

「すさまじき」（終止形「すさまじ」）は、期待はずれだったり、季節はずれだったり、そういう不釣り合いな感じから受ける「不快感」のことなの。

つまり、「すさまじきもの」は「興ざめなもの・つまらないもの・その場に合っていなくて面白くないもの」のことよ。

たとえば、そうね、春の網代《あじろ》。「網代」は、秋から冬に、氷魚《ひお》を取るために川にしかけるものなんだけど、それが春まで残っていると季節はずれでしょ？

皆さんにもわかりやすくたとえるなら、12月27日にまだ飾ってあるクリスマスツリーね。26日なら、「忙しいから、後で片付けるのかな」とか、まだ思えるけど、27日も出ていたら、さすがに不釣り合いな感じがするでしょ？　その感じが「すさまじきもの」ね！

私がそう思っているものを、他にもいくつかご紹介していくわね。

●地方からくれる手紙に、贈り物がついていないもの。

もしかして、「都からだって同じじゃないの？」なんて思ってらっしゃる？　全っ然違うわよ!!　都からの手紙なんて、それはもう、情報の宝庫よね。政治の情勢や、最先端の流行りとか知れるのよ。その手紙自体がどれだけ価値があることか！　それに比べて、地方からの手紙に名産とかもついていなければ、ホント興ざめよ。

●出した手紙が戻ってくること。

すっごくオシャレな見た目で出した手紙の返事が「そろそろ来るかな」なんてワクワク待っているところに、その自分の手紙がボロボロになって「宛先不明でした」とか「受け取り拒否でした」とかで戻ってきたときのガッカリ感、半端じゃないわよね。

●家に帰ってこなくなった旦那。

●夜に、部屋に彼氏が来ることになっているとき、ソッとドアをノックするので、「来たっ♡」って思ってちょっとドキドキしちゃったのに、別人だったとき。

ま、これらは説明不要だと思うので、次っ！

●まあまあ悪くはなく詠めたと思った歌を人に送ったのに、返歌がないこと。

皆さんならＳＮＳなどかしらね。相手が芸能人なら仕方ないとして、友人にけっこういいコメントしたのに、リプ返がないとモヤモヤしない？　私はするの！

●出産のお祝いや、旅立ちの餞別《せんべつ》でご祝儀がないこと。

サプライズのプレゼントって、すっごく嬉しいでしょ？　その反対に、「これは、絶対ご祝儀もらえるはず」と思って、何をもらえるか胸をワクワクさせてたのに、もらえなかったときは、本気でびっくりするわよね。

●成人した子供や、孫すらもいるような年齢の夫婦が、昼間っから共寝しているとき。

そばにいる子供たちが気の毒だわ。どうしていいか、それこそ興ざめのはずよ。

SO BAD
期待はずれなもの
彼氏が別人だったとき
誰?
地方からの手紙に贈りものがついてない
ちっ
おくりものなし

「テンション下がる～⤵」

現代だとクレーム殺到間違いなし！

紹介した中でも、共感できるものもあれば、「そうかなぁ?」と思うものもあると思われます。

この段、実はけっこう長くて、いくつか省略しているのですが、現代だと批判殺到のようなことも書いています。

たとえば、「結婚して四・五年経つのに子供がいない」とか、「女の子ばかり生んでいること」とか、現在なら完全に叩かれるでしょうし、これらには私もまったく共感できません。

ただし、清少納言の時代だと、そうは

いかなかったのです。いや、清少納言の時代というよりも、けっこう最近までそうだったかもしれません。なんなら、今でもそういう考えを持っている方、いらっしゃるような気がします。

たとえば、子供ができないことや、男の子が生まれないことに対してまわりからいろいろ言われ、プレッシャーを感じている人は今でもいらっしゃるでしょう。そういうのを耳にすると、心が痛いです。

当時とは、女性の自立や環境などがまったく違っているのですが、清少納言の頃からの思想だけが、そのまま根底に残っているのでしょう。ですが、新しい視点で物事を見る風潮も広まり、それらの考えには共感できない人が増えているのもたしかです。

私もいろいろな形の幸せがあると思っています。本人が、他人と比べたりせずに自分の人生を受け止めて、幸せを感じることができること、それが、とてつもなくありがたく幸せなことなのでは、と感じています。

原文

すさまじきもの　春の網代《あじろ》。博士《はかせ》のうち続き女児《おんなご》生ませたる。人の国よりおこせたる文《ふみ》の物なき。京のをもさこそ思ふらめ、されど、それはゆかしき事どもをも書き集め、世にある事などをも聞けばいとよし。人のもとにわざと清《きよ》げに書きてやりつる文の返事《かえりごと》、今は持て来《き》ぬらむかし、あやしう遅きと、待つほどに、ありつる文、立て文《ぶみ》をも結びたるをも、いときたなげに取りなし、ふくだめて、上に引きたりつる墨など消えて、「おはしまさざりけり」、もしは、「御物忌《ものいみ》とて取り入れず」と言ひて、持て帰りたる、いとわびしくすさまじ。また、家の内なる男君《おとこぎみ》の来《こ》ずなりぬる、いとすさまじ。

待つ人ある所に、夜《よ》少し更けて、忍びやかに門《かど》叩けば、胸少し潰れて、人出《い》だして問はするに、あらぬよしなき者の名のりして来たるも、かへすがへすもすさまじといふはおろかなり。

よろしう詠みたりと思ふ歌を、人のもとにやりたるに、返しせぬ。

婿《むこ》取りして、四、五年まで、産屋《うぶや》の騒ぎせぬ所も、いとすさまじ。大人なる子どもあまた、ようせずは、孫なども這《は》ひありきぬべき人の親どち、昼寝したる。かたはらなる子どもの心地《ここち》にも、親の昼寝したるほどは、寄り所なくすさまじうぞあるかし。

現代語訳

興ざめなもの　春の網代《あじろ》。博士が続いて女の子を生ませていること。地方からよこしてきた手紙に、贈り物がついていないこと。京からのもそう思うだろうが、だけど、それは知りたい事なども書き集め、世の中のできごとも聞けるのでとても良い。人の所にわざわざ綺麗に書いて送った手紙の返事を、もう持って帰ってくるだろう、妙に遅いと、待つうちに、さっきの手紙を、立て文でも結び文でも、たいそう汚く扱い、ぼろぼろに紙が毛羽立って、結びめの上に引いた墨なども消えて、「いらっしゃらなかった」、あるいは、「物忌《ものいみ》といって受け取らない」と言って、持って帰ってきたのは、とてもがっかりして興ざめである。また、家に迎えている婿殿が通ってこなくなるのも、とても興ざめだ。待っている男がいる女の家で、夜が少し更けて、こっそりと門を叩くので、胸が少しどきっとして、召使いを出してたずねさせると、別のつまらない男が名乗って来たのは、かえすがえす興ざめと言っても言いつくせないほどである。

悪くはなく詠めたと思う歌を、人の所に送ったのに、返事がない。

婿を迎えて、四、五年まで、産屋が賑わわない家も、とても興ざめだ。成人した子供がたくさんいて、もしかすれば、孫なども這って歩き回るような年齢の親が、昼に共寝をしていること。そばにいる子供の気持ちにしても、親が共寝をしている間は、関わることもできずに興ざめであるよ。

ワンポイントレッスン

「おこす」とは

「よこす」の意味。反対語は「やる」。方向が大事。たとえば、「見おこす」は、相手からこちらを見ること。「見やる」は、こちらから見ること。

二五 人にあなづらるるもの

超現代語訳

人にバカにされるものを、二つ教えてあげる！

●土塀《どべい》のくずれ。

土塀は目につくものだから、そこが崩れていたら、「あ、この家、落ちぶれてるな」ってバカにされちゃうわよ。要は「見た目が大事！」ってことね。

●あまりにも人が良すぎちゃう人。つまり、「お人よし」。

「あの人、いい人だよね」ってみんなから言われる人って、たしかに素晴らしい人格の持ち主よね。

でも、あまりにも「いい人」がいきすぎちゃうと、人に利用されたり、ただの「お人よし」になりさがっちゃうから気をつけて！

「嫌われる勇気」を持ちなさい！

まずは外面、見た目の話ですね。土塀《どべい》は、人目につきやすいもので、その家に住む人間の財力などの判断基準となります。ですから、そこが崩れていると、「お金ないのだな」とバカにされてしまうのです。

そして、内面に関しては、「いい人すぎる」とみんなから思われるくらいなのは、よくないとしています。

「内面を磨こう」というものではなく、「いい人すぎるのをやめよう」という視点は面白いですね。怒らなければいけないときに、「いい人」でいる必要はないのです。

「『嫌われる勇気』を持て！」ということですね。宮中で、いろいろな人と張り合ってきた清少納言らしい視点だと感じます。

原文

人にあなづらるるもの　築地《ついぢ》のくづれ。あまり心よしと人に知られぬる人。

現代語訳

人にあなどられてしまうもの　土塀《どべい》のくずれ。あまりにも気立てがよいと人に知られている人。

ワンポイントレッスン

「築地《ついぢ》」とは

泥土で固めて作った塀。土塀のこと。

二六 にくきもの

超現代語訳

「しゃくにさわるもの・にくらしいもの」を挙げるわね。

●急用があるときに来て、長話する客。

気心知れている人なら、まだいいの。「ちょっとごめん、後でね」って言えるから。そういうふうに言えない目上の人とかだと最悪よね。

●お酒を飲んで騒いでいる人が、こっちにまで強要してくること。「もっと飲め」とか言ってくるでしょ、こういう人。ホントうざいわ〜。

●部屋にコッソリ来ていた彼氏が親にバレそうになって、無理やり押入れに隠したのに、いびきをかいて寝だしたの。ほんっとバカ！

●眠たいなぁと思って横になっているときに、蚊が細い小さ～い音で「プ～ン」って顔の周りを飛び回るの。

何度も「パチン！」って顔を叩いてるのに、ちょっとしたらまた「プ～ン」って。ああぁぁぁ～もうっ!!

●話をしているとき、出しゃばって我先にオチを言う人。

「会話泥棒」は嫌われちゃうから、お気をつけあそばせ！

蚊の音、お酒を強要する人、オチを先に言う人……「にくらしいもの」は数えきれないいくらいたっくさん！

原文はとても長いです。にくらしく感じるものが、清少納言にはたくさんあったようですね。その中から、「今も昔も本当に同じなんだな～」と思えるものをいくつかご紹介しました。

「いびき」が問題？

個人的には、「蚊」がものすごくわかります。これ一つだけ紹介してもよいくらい、おもいっきり共感しました。コレ、本当に不快極まりないですよね。

ちなみに、押入れに恋人を隠したことはありませんので、念のため。ただ、状況は目に浮かびますよね。親にバレてしまったであろう絶望と、こっちがハラハラしているのに、いびきをかいて寝られる恋人の無神経さが腹立たしいでしょうし、「そりゃ不快だっただろうなぁ」と思いましたので採用しました。

ただし、原文では、「隠して寝させておいた人」とあることから、「寝た」ことではなく、「いびき」がダメだったのです（「それなら、寝させなきゃいいのに」と思いますが……）。ですが、やはり、たとえ彼女に「寝ててね」と言われたとしても、この状況で寝られる男性の神経が、私にはわかりませんけどね。

原文

にくきもの　いそぐ事ある折に来て、長言《ながごと》する客人《まろうど》。あなづりやすき人ならば、「後《のち》に」とてもやりつべけれど、心はづかしき人、いとにくくむつかし。

また、酒飲みてあめき、口を探り、髯《ひげ》ある者は、それを撫《な》で、杯《さかづき》、異人《ことひと》に取らするほどのけしき、いみじうにくしと見ゆ。「また飲め」と言ふなるべし。

あながちなる所に隠し伏せたる人の、いびきしたる。

ねぶたしと思ひて臥《ふ》したるに、蚊の細声《ほそごえ》にわびしげに名のりて、顔のほどに飛びありく。

また、物語するに、さし出《い》でして、我一人さいまくる者。

現代語訳

不快なもの　急用があるときに来て、長話をする客。軽々しく扱える人であれば、「後で」と言って追い返してしまうこともできるが、気おくれする立派な人だと、たいそう憎らしく煩わしい。

また、酒を飲んでわめき、口の中をいじくり、ひげがある人は、それを撫で、盃を、他の人に渡そうとする様子は、とても憎らしく見える。「もっと飲め」と言うはずだ。（男性を隠すには）無理やりな場所に隠して寝させた男が、いびきをかいていること。

眠たいと思って横になっている時に、蚊が細いかすかな声で鳴きながら、顔の辺りを飛び回っていること。

また、話をする時に、出しゃばって、一人で話の先を言ってしまう人。

ワンポイントレッスン

「はづかし」の意味

「恥ずかしい・きまりが悪い」という現代と同じ意味もありますが、「立派だ」という意味がとても重要です。「こちらが恥ずかしくなるくらい相手が立派だ」ということです。

四三

にげなきもの

超現代語訳

似つかわしくないもの。いろいろあるんだけど、どうやら現代の皆さんから見ると、私のほうが間違っているみたいなのね。でも、そう思ったんだもの……。

不快な気持ちにさせるとは思うんだけど、私が何を不釣り合いだと感じていたか、正直に言うわね。

●身分が低い人の家に雪が降っていること。また、月の光が差し込んでいるのも残念な感じね。

●年をとった女が、妊娠して歩き回っていること。年増のくせに、若い夫や恋人を持っているのでさえみっともないのに、その相手が他の女のもとへ行ったと言って腹を立てていること。そんなの、若いコに走っても当然でしょ！

●年老いた男が寝ぼけていること。しかも、そんな年老いて髭《ひげ》だらけになった男が、椎《しい》の実をつまんで食べている姿。
●歯もない女が梅を食べて、酸っぱがって口をすぼめている姿。

暴言炸裂！「あの人には、月光すらもったいないわ！」

これはひどい。この段は、共感ゼロです。取り上げるのはやめておこうかと迷った段ですが、『枕草子』に書かれているのは事実ですので、「知る」という視点で読んでいただければと思い、あえて取り上げました。良い話、共感できるものばかり紹介するのは、『枕草子』や清少納言のことを感じることにはならないのではないか、と、「こういうことも書かれている」と知ることも大事な気がしましたので。

それにしても、身分が低い人を少しバカにしたような発言や、高齢の方や高齢出産をする方への暴言がひどいですね。これらは、昔と今は大違い。

「月光すらもったいない」と思うような感覚で、身分が低い人を見下しているのがわかります。身分が低い人には、その月光の美しさを愛でるような風情がないから、ということでしょうが、それも決めつけですよね。身分が低かろうが、月光を見て「キレイだな」と感じる人もいたはずです。

高齢出産も、私からしたら尊敬や希望の対象です。たしかに、いろいろとリスクは高くなるのかもしれませんが、それでも、新しい命を宿して、命をかけて産もうとする女性の美しさ、強さは素晴らしいと思っています。昔なら、もっともっとリスクがあったはずです。だから、「歩き回らず安静にしておかなきゃ！　歩き回るなんて似つかわしくないわよ」という心配からの言葉ならまだわかりますが、他の書いている内容から考えると、これもただの暴言だろうな、と。

まあ、一つフォローをしておくと、妊娠をしている・していないにかかわらず、当時、女性がドタドタと歩き回ることは、はしたないことと考えられていました。貴族の女性は室内ではあまり立って歩かずに、膝をついてズリズリと進むのが基本です。「膝行《しっこう》」のことです。それを古語では「ゐざる（いざる）」といいます。「ゐざり出《い》づ」（座ったまま、膝で進み出る）、「ゐざり入《い》る」（座ったまま、膝で入る）、「ゐざり寄る」（座ったまま、膝で進み寄る）などの単語もありますよ。

原文

にげなきもの　下衆《げす》の家に雪の降りたる。また、月のさし入《い》りたるもくちをし。また老いたる女の、腹高くてありく。若き男持ちたるだに見苦しきに、こと人《ひと》のもとへ行きたるとて腹立つよ。老いたる男の寝惑《まど》ひたる。また、さやうに髭《ひげ》がちなる者の椎《しい》つみたる。歯もなき女の梅食ひて酸《す》がりたる。

現代語訳

似つかわしくないもの　身分の低い者の家に雪が降っているの。また、月が差しているのも残念だ。また、老いた女が、妊娠して歩き回る姿。（そんな女が）若い夫を持っているのさえみっともないのに、（その夫が）他の女の元に通っているといって腹を立てているとは。年老いた男が寝ぼけている姿。また、そのように老いた髭だらけの男が、椎の実をつまんでいる姿。歯がない老女が梅を食べて酸っぱく感じている顔。

ワンポイントレッスン

「こと人」とは

「こと＋体言（名詞）」の「こと」は「異」で、「他の・別の」の意味。よって、「こと人」は「異人」で、「別の人・他の人」のことです。

九二 かたはらいたきもの

超現代語訳

いたたまれないもの。

●お客さんと話しているときに、奥の方でお客さんには聞かせられない内輪話をしているのを、止めることができずに聞いている気持ち。

●傍にいて聞いているのを知らないで、その人の噂話をしたこと。

●才学がある人の前で、才能がない人が、いかにも知っている声で、史伝に出てくる古人の名前などを言っていること。

●特にいいとも思わない自分の歌を人に話したら、その人は褒めてくれたということを公言すること。

「かたはらいたし」＝「傍ら痛し」

「かたはらいたし」の原義は「傍《はた》で見ていて痛々しく見苦しい感じ」です。そういう状態に陥っている人を見ると「気の毒」ですね。もしくは、自分がその立場になったとしたら「恥ずかしくきまりが悪い」ですよね。

そういう、「いたたまれないもの・気の毒なもの・きまりが悪いもの」の中から、現代でも「あるある」なもの四つを抜粋して、ご紹介しました。

最初のは、「あーっ！　もうお願いだから黙っててーっ!!」って気が気じゃなく、相当きまりが悪いですよね。二つ目のは、職場で上司のモノマネをしていて、振り返ったらその上司がいた、のようなレベルであれば、まだ笑えますが、後々まで関係がこじれてしまいそうな場合はいたたまれないでしょう。

三つ目も、事実を知ったなら、物知り顔で話していた人は恥ずかしいでしょうね。

私の経験からですが、才学がある人は謙虚な方が多いので、もし、こういうことがあったとしても、自分からは言わず、黙って聞いてあげていることが多いはずです。自分が傍から見ている立場なら、「あちゃ～、あの人、やっちゃってるなぁ」ってなりますね。

最後のは、たいしていいとも思っていない歌を、見当違いで褒められたならきまりが悪いと感じるべきなのに、「褒められた」と自分で誰かに言うなんて、清少納言は堪えられないようです。「見当違いに褒められるのは決まりが悪い」というのと似ているのを、現代のビジネス書で読んだことがあります。「上辺でありきたりなことを褒めるのではなく、相手が褒めてほしいと思っているところをきちんと見つけて、そこを褒めるのが大事」だと書かれてありました。根本的に言っていることは同じですよね。さすが、清少納言。平安時代のキャリアウーマンですね。

原文

かたはらいたきもの　客人《まらうど》などに会ひて物言ふに、奥の方《かた》にうちとけごとなど言ふを、えは制せで聞く心地。聞きゐたりけるを知らで、人の上言ひたる。才《ざえ》ある人の前にて、才《ざえ》なき人の、物覚え声に、人の名など言ひたる。ことによしとも覚えぬわが歌を人に語りて、人の褒めなどしたるよし言ふも、かたはらいたし。

現代語訳

いたたまれないもの　客などに会って話をしている時に、奥の方で打ち解けた内輪話などをしているのを、制止することができずに聞く気持ち。聞いていたのを知らないで、その人のことを言うの。才学のある人の前で、才学のない人が、いかにも知っているような声で、歴史上の人物の名前などを語っているの。とりわけ良いとも思われない自分の歌を人に話して、人が褒めてくれたことを言うのも、いたたまれない。

ワンポイントレッスン

「え～打消」の訳し方

「え～打消」は「～できない」と訳します。「打消」は、たとえば「ず・じ・まじ・なし・で」などです。今回は「えは制せで」ですから、「制することができないで（止めることができないで）」ですね。

一〇五 見苦しきもの

超現代語訳

※注：不快な表現があるはずですが、原文に沿って訳しています。

見ていて不愉快なものは、ブサイクなカップルがイチャイチャしているの。

色黒で、醜く、つけ毛をしている女と、髭《ひげ》ボーボーでやつれて痩せている男が、夏に昼間っから共寝しているのは、本当に見苦しいわ。何の見栄えがあって、ブサイクのくせに昼間からそんなふうに寝ているのかしら。夜だったらまだわかるわよ。暗くて容貌もよく見えないし、まあ、夜にラブラブして寝るのは一般的だし、「自分はブサイクだから」って、夜に起きて座っておくわけにもいかないし、夜ならわかるのよ。それでも、夜は寝ても、翌朝は早く起きるのが、見苦しくないわ。

夏に昼寝なんかしちゃって起きたのは、立派な身分の人なら、ちょっとは風情があるわよ。だけど、ブサイクちゃんは、あぶらぎってテカテカして、寝て腫《は》れぼったくなっていて、最悪の場合、顔に寝た跡がついちゃってるときもあるでしょ。それで、起きて、お互いに顔を見交わしたときなんて、「生きてる価値なし！」状態じゃないかしら。

あと、やせていて、色黒の人が生絹《すずし》の単衣《ひとえ》を着ているのも、透けて見えちゃうから、すごく見苦しいわ。修学旅行にランジェリーとか持ってくるタイプよね、「それはないでしょ!?」ってやつ。

ブサイクは明るいところでイチャイチャするな!?

この段も「ひどいなぁ」と、訳していて、なんだかこっちが焦ってしまう段です。清少納言が、醜いものに対して、かなりの毒舌だったことがわかりますね。百歩譲って、「美男美女がイチャイチャしていても絵になる」という言い方に変えれば、まだ採用するのに抵抗はないですし、「それは、たしかにそうかもな」と思えます。

かなりボロクソに書いていますが、原文に近い訳ですので、お許しを。

ちなみに、「つけ毛をしている女」を醜いと言っていますが、清少納言は自分もそうでしたよね。だから、「自分は醜い」というコンプレックスがあるからこそ、余計に「醜いものが嫌い」という思いが強く、そう思うものに対して口も悪くなっていたのかもしれません……。一応、口の悪い清少納言のフォローです。

原文

見苦しきもの　色黒う、にくげなる女のかづらしたると、鬚《ひげ》がちにかじけやせやせなる男と、夏、昼寝したるこそ、いと見苦しけれ。何の見る甲斐にてさて臥《ふ》いたるならむ。夜などはかたちも見えず、また、皆おしなべてさる事となりにたれば、我はにくげなりとて、起きゐるべきにもあらずかし。さてつとめてはとく起きぬる、いと目やすしかし。夏、昼寝して起きたるは、よき人こそ、今すこしをかしかなれ、えせかたちは、つやめき寝腫《ねは》れて、ようせずは、頬《ほほ》ゆがみもしぬべし。かたみにうち見かはしたらむほどの、生ける甲斐なさや。やせ、色黒き人の、生絹《すずし》の単衣《ひとえ》着たる、いと見苦しかし。

現代語訳

見苦しいもの　色黒で、醜い女でつけ毛をした女と、髭《ひげ》が多くてやつれて痩せた男が、夏に、昼寝（＝ここでは「共寝」を指す）をしているのは、とても見苦しい。どんな見る意味があって、そのように横になっているのだろう。夜などは容貌も見えず、また皆が一般に寝ることになっているので、自分が醜いからといって、夜に起きて座っているはずでもないのだ。そうして翌朝は早く起きるのが、ひどく見苦しくないというものだ。夏、昼寝して起きたのは、高貴な人は、まだ少し風情があるだろうが、醜い容貌では、油ぎって寝てはれぼったくて、悪くすると、頬が寝跡で歪んでいるということもあるだろう。お互いに見交わしたときの、生きがいのなさといったら。痩せて、色黒な人が、生絹《すずし》の単衣《ひとえ》を着ているのも、とても見苦しいものだ。

ワンポイントレッスン

「こそ〜已然形、……」の訳し方

「こそ〜已然形。」であれば、普通に訳せばよいです。

（例）花こそ咲け。➡花が咲く。

ただし、「こそ〜已然形、…」のように、文中にあれば、「已然形、」の部分の最後に「逆接」を入れて訳します。

（例）花こそ咲け、…➡花は咲くが、…

「逆接」は「解釈」する上で、ヒントにできる大事な情報です。

原文の「よき人こそ、今すこしをかしかなれ、…」の部分。「高貴な人だと、まだ少しは風情があるけれど、…」ということは、「高貴じゃない人は、風情がないのだろうな」と予測できるのです。

三三

はしたなきもの

超現代語訳

中途半端で間が悪いもの。

●他の人を呼んだのに、自分だと思って顔を出しちゃったとき。しかも、「ちょうどよかった!」と思って、相手にプレゼントを渡そうと持って行ってたら、よりいっそう間が悪いわよね。

●誰かの噂話をして悪口を言ったのを、ちっちゃい子が聞いていて、噂の張本人がいたときに、その子がその悪口を言っちゃったとき。

●人が泣いて話していて、「本当にすごくかわいそうだな」と思って聞いているのに、涙がさっと出てこないとき。

泣き顔を作って、悲しそうな感じを演出してみても、肝心な涙が出ないときの間の悪さったら、どうしようもないわよね。

子どもの失言、肝心な時に出ない涙……背中から冷や汗！「間の悪いもの」

一つ目は「相手に物を渡す」という解釈と、「相手が自分に物をくれる」という解釈の場合があります。原文は「物など取らする」で、この「する」は、「使役」の意味の助動詞です。「物などを取らせる」＝「物などを与える」ですね。私は前者の解釈としましたが、「私に取らせる」なら後者となります。

二つ目は、今でもありがちなのでは。

たとえば、ママ友同士で、幼い子供がいる前で、Aママのことを「あの人、若作りに必死よね～」とか言っていたとして、後日、そのAママがいるときに、子供が無邪気にAママを指さして「あ！　若作りだ！」って言ったりするわけです。この場合、ちっちゃい子には何の罪もありませんよね。焦って、その子のママが、「こらっ、○○ちゃん！　なんてこと言うの!!」と怒ったとしても、幼い子が「若作り」の意味なんてわかっているとは思えませんので、Ａママには「これは親が私のことをそう言ってるな」と、すぐにわかりますよね。陰口が、ちっちゃい子によってバレた瞬間です。まあ、間が悪いでしょうね。

分別がつかないような幼い子供の前で、悪口を言ってはいけないのです。というか、そもそも悪口を言うこと自体があまりよろしくないですよね。

とはいえ、やはり、幼い子の前での会話には、細心の注意が必要です。

最後のは、個人的には「涙が出ないなら、出そうとしなくてもよいのに」と思います。本当に悲しんで聞いていれば、「そういう表情を作らなきゃ」とかわざわざ思わないはず。表情を作ろうなんてしている時点で、「だから涙も出ないのでは？」と思ってしまいます。

原文

はしたなきもの　こと人を呼ぶに、わがぞとさし出《い》でたる。物など取らするをりはいとど。おのづから人の上などうち言ひ、そしりたるに、幼き子どもの聞き取りて、その人のあるに言い出《い》でたる。

あはれなる事など、人の言ひ出《い》でうち泣きなどするに、げにいとあはれなりなど聞きながら、涙のつと出《い》で来《こ》ぬ、いとはしたなし。泣き顔作り、けしきことになせど、いとかひなし。

現代語訳

中途半端で間の悪いもの　他の人を呼んだのに、自分だと思って顔を出した時。何か物などを与える時には、よりいっそう。たまたま人の噂話をして、悪口を言ったのを、幼い子どもが耳にしていて、その人がいる前で言ってしまった時。
悲しい事などを、人が話して泣いたりしている時に、本当にとても可哀想なことだと聞きながら、涙がすぐに出てこないのは、とても間が悪い。泣き顔を作って、悲しそうな雰囲気を装っても、全く意味がない。

ワンポイントレッスン

「いとど」の意味

「いとど」は「いと＋いと」でできた言葉です。

「いと」は「とても・たいそう」の意味。「いとをかし」などと聞いたことがある人も多いと思われます。「とても趣がある」という意味ですね。その「いと」です。

「いとど」は「とても＋とても」ですから、「ますます、いっそう」の意味です。

たとえば、「とても元気」より、「とても、とーっても元気」➡「よりいっそう元気」ということですね。

一四四 胸つぶるるもの

超現代語訳

不安や心配でドキッと胸がつぶれそうになるもの。

親が「気分が悪い」といって、普段と違う様子だったり、まだ話ができない赤ちゃんが、ミルクも飲まないで、抱いても泣き止んでくれなくて、ずっと泣き続けていたり……。

あとね、つき合っていることを周りには内緒にしている恋人がいて、普段いる場所ではない所なのに、その人の声が聞こえてきたとき、本当にドキッとするわよね。あと、誰かがその人の噂話をしだしたときとかも！

そして、昨夜はじめて部屋に来てくれて、そういう関係になった人からの後朝《きぬぎぬ》の文《ふみ》が遅いのも……。わ、私じゃないわよ、他のコのこと！　それでも胸がつぶれるわ。

疫病から恋愛まで、胸がドキッとするもの！

最初の親の話、原文では続きがあり、「疫病が流行している頃は、心配で他のことが考えられなくなる」とあります。現代でも、まさにそうですね。世界全体で「新型コロナウイルス」が猛威を振るった最初の頃は、高齢者の方が重症化しやすい傾向があると、よく報道されていました。自分がかかるより、高齢の親がかかるほうが心配だという方、たくさんいらっしゃったはずです。普段でも体調が悪そうだと心配になるとは思いますが、こういう状況下で体調が悪そうだったり、咳をちょっとしたりするだけでも、きっとドキッとしてしまいますよね。

そして、話ができない赤ちゃん。赤ちゃんだけではなく、話せないペットも同じように、具合が悪そうなとき、どこがどう痛いのか、不調なのかが聞き取れない分、本当に胸がドキッとして、心配で胸がつぶれますよね。

どちらもすごくわかりますし、そういう深刻な内容の段なのかと思いきや、残りは恋愛もので、最初とテンションが全然違っていて、フッと肩の力が抜けてしまう、でも、たしかに胸はドキッとするだろうな、と納得してしまう段です。

つき合いたての恋人の声が聞こえてくるだけでドキッとするとか、とても初々しいですよね。「後朝《きぬぎぬ》の文」は第2章の一三〇段（236ページ）で触れた通り、なるべく早く出すのがマナーなのです。遅いと「来ないのかな……」と、不安で仕方がなかったでしょうね。後朝の文が来ないことは、女性からしたら侮辱に他ならないのです。

原文

胸つぶるるもの　親などの心地あしとて、例ならぬけしきなる。まして、世の中など騒がしと聞こゆるころは、よろづの事おぼえず。また、物言はぬちごの泣き入りて、乳《ち》も飲まず、乳母《めのと》の抱《いだ》くにもやまで久しき。

例の所ならぬ所にて、ことにまだいちしるからぬ人の声聞きつけたるはことわり、異人《ことひと》などのその上など言ふにも、まづこそつぶるれ。昨夜《よべ》来はじめたる人の、今朝の文《ふみ》の遅きは、人のためにさへつぶる。

現代語訳

胸がドキッとつぶれそうになるもの　親などが気分が悪いと言って、いつもとは違った様子の時。まして、世間に疫病が流行っている頃は、他に何も考えられない。また、話ができない赤ちゃんが泣いて、乳も飲まず、乳母が抱いても泣き止まないで、ずっと泣き続けているとき。

普段いる所ではない所で、まだ表沙汰になっていない恋人の声を聞きつけたときにどきどきするのは当然だが、他の人などがその人のことを話題にしても、まずドキッとする。

昨夜、はじめて通ってきた男の、後朝《きぬぎぬ》の手紙が遅いのは、他人のことでも胸がつぶれる。

ワンポイントレッスン

「世の中騒がし」とは

「疫病」のことです。他に「世の中心地《なかごこち》」も「疫病」を意味します。「心地」に「病気」の意味があり、「世間が病気」➡「疫病」です。

一四九

むつかしげなるもの

超現代語訳

むさくるしくて、うっとうしいもの。

●刺繍《ししゅう》の裏。

●猫の耳の中。

●どうってことない人が、子供がたくさんいてお世話をしていること。

●たいして深くも愛していない妻が体調不良で長く闘病しているのも、男性にとってはうっとうしいでしょうね。

刺繍の裏、猫の耳の中……「あ〜、うっとうしい！」

個人的には、特に間の二つが共感できません。「猫の耳の中」は、私はハッキリ見たことがないので調べてみましたが、やはり、むさくるしいとは思いませんでした。「むさくるしいもの」と考えて、このチョイスが出てくることは、「視点として面白いな」とは思いますが。

そして、子沢山でお世話しているのは、逆に素晴らしいとすら思います。清少納言が不妊症で、それを見るのが辛かったのなら、わからなくはないのですが、前に述べた通り、清少納言、子供生んでいますからね。まあ、これは、その前の条件文である「どうってことない人が」というのが、ポイントですね。清少納言のいつもの「美しくないもの」に対する毒舌でしょうね。よって、まったく共感できません。

最後のは、悲しいですが、そうなのかもしれませんね。現在でも、体調が悪くて寝込んでいるのに、その心配ではなく、自分のご飯の心配をする旦那様が中にはいるようです。そういう男性にとっては、奥様の病気が長引けば長引くほど、病気の心配ではなく、自分のお世話をしてもらえないことに不満を抱くのだろうと思います。もちろん、そんな男性ばかりではなく、奥様を大切にする旦那様だってたくさんいらっしゃるはず。ですが、悲しい現実として、そう考える男性もいるのでしょうね。

原文

むつかしげなるもの　縫ひ物の裏。猫の耳の中。ことなる事なき人の、子など、あまた持《も》てあつかひたる。いと深うしも心ざしなき妻《め》の心地《ここち》あしうして久しう悩みたるも、男の心地はむつかしかるべし。

現代語訳

むさくるしくてうっとうしいもの　刺繍の裏。猫の耳の中。たいしたことがない人が、子などを、たくさん持って世話をしているの。たいして深くも愛していない妻が具合が悪くなって長く病気でいるのも、男の気持ちとしてはうっとうしいだろう。

ワンポイントレッスン

「悩む」とは

「病気になる」という意味。現代でも悩み過ぎると、心身に不調をきたし、病気になりますよね。ですが、古語では「なやむ」＝既に「病気」なのです。

一五二 苦しげなるもの

超現代語訳

苦しそうなもの

●恋人を二人持って、両方から嫉妬されている男。

●手ごわい物《もの》の怪《け》の調伏《ちょうぶく》に関わっている修験者《しゅげんじゃ》。

●ものすごく疑い深い男に、とっても愛されている女。

●いつもいらいらしている人。

苦しそうなもの
いつもイライラしている人
イライラ イライラ イライライライラ
あんたこそ
はなしなさいよ
恋人に嫉妬されている男

いつの世も変わらない……

「二股男」も「物の怪退治」も ホント、大変！

これらは納得！　ですが、最初のは自業自得ですよね。「二股するヤツが悪いわ！」と。ただし、それは現代人の感覚です。当時は一夫多妻ですから、愛人がいて当たり前の世界。複数とつき合っていても、何ら男性は悪くないのです。ですから、純粋に「あらあら、本気で好きな子が二人いるみたいだけど、よりによって、どちらも嫉妬しちゃう女の子で苦しんでいるみたいね、お気の毒♪」みたいな感じでしょうか。

二つ目の「物《もの》の怪《け》」とは、死霊や生霊

のことです。「修験者《しゅげんじゃ》」は、物の怪などを退散させる〔＝調伏《ちょうぶく》する〕ための祈禱《きとう》〔＝お祈り〕をする人。手ごわい物の怪が相手なら、苦しみますよね。

三つ目。疑い深い男性に愛されたら、大変そうですね。女友達と会っていても、「他の男と会っていただろ」とか言ってくるような人。「そのほうが愛されていると思えるから良い」という人もいるかもしれませんが、私は無理ですね～。ご勘弁願いたい。

最後のはそのままですね。人間なので、いらいらすることはあるでしょうが、いつもいらいらしていると、本当に余計苦しくなってしまうはず。何か自分なりの（人に迷惑をかけない）解消法が見つかることを祈ります。

原文

苦しげなるもの　思ふ人二人持ちて、こなたかなたふすべらるる男。こはき物《もの》の怪《け》にあづかりたる験者《げんざ》。

わりなく物疑ひする男に、いみじう思はれたる女。心いられしたる人。

現代語訳

苦しそうなもの　愛する女性を二人持って、両方から嫉妬されている男。手ごわい物の怪の調伏に関わっている修験者《しゅげんじゃ》。

むやみに疑ってくる男に、とても愛されている女。心がいつもイライラしている人。

ワンポイントレッスン

「物の怪《け》」とは

解説中にも書いたように、「死霊・生霊」のことですが、これらが人間にとりついて、病気にさせたり、難産にさせていると考えられていました。よって、病気やお産のときには、物の怪を退散させるために修験者がお祈りをしました。それを「加持祈禱《かじきとう》」といいます。これらは、大学入試にも必要な古文常識です。

二四六 せめておそろしきもの

超現代語訳

とても恐ろしいもの。

●夜鳴る雷。

●近所に盗人が入ったとき。自宅に入った場合は、わけがわからないくらい怖いわね。

●近所の火事。

ことわざ「地震・雷・火事・親父」とは無関係です

「地震・雷・火事・親父」とは、世間で怖いと思われているものを順番に並べている言葉で、江戸時代の頃から使われていると言われています（が、江戸時代の古い時代にはあまり用例はないようです）。ですから、平安時代中期に成立している『枕草子』の頃にはない言葉ですが、清少納言も「とても恐ろしいもの」として、その四つの中から半分同じものを挙げていることが、面白いですね。

現代でも、外にいて避難する場所がなく、落雷の危険があれば、やはり怖いですよね。私も、外にいるときの雷は苦手です。昔だと、よりいっそう怖いものだったことは、簡単に想像できますね。火事も、現代でも恐ろしい災害ですが、昔に比べると、消防技術はめざましい発展をとげていますよね。それでも、とても危険ですから、昔だと尋常ではない恐ろしさだったはずです。

ですから、同じものが挙がることは不思議ではありませんが、平安時代から同じなんだな、と、これらの恐ろしさを、ひしひしと感じます。

ことわざには「盗人」は入っていませんが、これも、現代でもわかります。近所に強盗が押し入ったり、強盗でなくても何か犯罪があって、犯人がまだ捕まっていなければ、それはそれは恐ろしいですよね。こういう感覚は、昔だろうが現在だろうが、人間変わらないのです。

原文

せめておそろしきもの　夜鳴る神。近き隣に盗人《ぬすびと》の入《い》りたる。わが住む所に来たるは、物もおぼえねば、何とも知らず。近き火、またおそろし。

現代語訳

とても恐ろしいもの　夜に鳴る雷。近い隣に盗人が入った時。自分が住んでいる所に来たときは、何も考えられないので、何ともわからない。近くの火事は、また恐ろしい。

ワンポイントレッスン

「神」とは

「雷」のことです。「雷神」という言葉もありますね。このように、「雷」と「神」を関連付けて考えるのは、日本だけではなく、古来世界中にあったようです。ギリシャ神話、ローマ神話、他にも様々な神話に見られます。

二七

心ときめきするもの

超現代語訳

胸がどきどきするもの。たとえば、雀《すずめ》の子を飼うこと。まだ巣立ちの時期じゃないのに、たぶん飛ぶ練習をしていて巣から落ちてしまったのね。放っておけなくて飼うことにしたの。でも、急変してしまうことも多いから、ちゃんと育ってくれるかどうか、不安と期待で本当にドキドキするわ。

え？　何？「野鳥の子を拾っちゃダメ！」ですって？　へ〜、現代ではそうなのね……。私たちの頃は、そんなのなかったので大目に見てね！

あとは、髪を洗い、化粧をして、香《こう》がしみている服を着ているときもドキドキするわ♪　見ている人が特にいない所でも、自分の心の中がとても気持ちがいいの。

他にもいくつかあるんだけど、なんてったってコレよね。彼が部屋に来ることになっている夜、雨の音や、風が吹いてガタっと音がするたびに、「あっ！　彼が来た！」

ってドキッとするの！　ウフフ、私ったら恋をしたての少女のようだわ。

「彼が来たかも！」雨の音、風の音にもドキッとしちゃう！

『枕草子』に「〜もの」シリーズはたくさんあります。ここまでは、マイナス系のものを紹介してきましたので、清少納言＝つねにグチグチ文句や不満を言ったり、ネガティブなことばかり考えている人物というイメージがついてしまったかもしれませんが、当然ながら、それだけではありません。プラスに感じるもの、かわいらしい一面だってあるのです。

雀の子に関しては、不安のドキドキもありますが、「育ちますように」という期待・希望のドキドキもあるでしょう。ちなみに、原文には「雀の子を飼うこと」しか書いていません。飛ぶ練習やら、急変しちゃうやらは、全部私が勝手に追加していきます。きっとこんな気持ちだったのでは、という妄想ではありますが、なぜドキドキしたかが、より伝われば嬉しいです。

次を見ましょう。他人を意識するわけではなく、自分がオシャレをすることによって、自身がワクワクドキドキできてハッピーになるとのこと。「自分で自分を幸せにする」という姿勢が、とても前向きで素敵だな、と好きな部分です。

雨音や風の音を、彼氏の来訪の音と勘違いしてドキッとするのも、かわいらしいですよね。

原文

心ときめきするもの　雀の子《こ》飼《がい》。頭《かしら》洗ひ化粧《けそう》じて、香《こう》ばしうしみたる衣《きぬ》など着たる。ことに見る人なき所にても、心のうちは、なほいとをかし。待つ人などのある夜、雨の音、風の吹きゆるがすも、ふと驚かる。

現代語訳

胸がどきどきするもの　雀の子を飼うこと。髪を洗って化粧をして、香が焚き染められている着物などを着た時。（その時）特に見ている人がいない所でも、心の中は、やはりとても楽しい。来るのを待つ男などがいる夜、雨の音や、風が揺らがすような音も、（男が来たのかと驚き嬉しくて）胸がドキドキする。

ワンポイントレッスン

「香」

平安時代、お香は必須アイテムです。現代でも、香水やアロマなど香りを楽しむアイテムがありますが、その感覚とはちょっと違います。平安時代にお香を使用していたのは、何を隠そう「体臭をごまかすため」です。一応、サウナ的なお風呂があったり、お湯で体を拭いたりはしていたようですが、貴族は占いによって行動するため、お風呂に入ってOKな日にしか入りません。しかも、着物もたくさん着こんでいますし、かなり臭かったのでは。

そこで、「伏《ふ》せ籠《ご》」（＝香炉《こうろ》などを中に置いて伏せて、その上に衣服をかけるかご）で着物に香を染み込ませたりしていました。

七二 ありがたきもの

超現代語訳

めったにないもの。

●舅《しゅうと》に褒められる婿。また、姑《しゅうとめ》にかわいがられる嫁。

●主人の悪口を言わない従者。

●カップルは言うまでもなく、女同士の深い約束をしている親しい友達が、ずーっと仲がいいこと。

姑に好かれる嫁、上司の悪口を言わない部下……存在しない？

現代でも、舅と婿、そして、もっと耳にするのは「嫁姑問題」ですよね。約千年前から全然変わっていないのです。ただし、千年前の多さは逆だったはず。結婚しても、男性が女性の家に通う「通い婚」の形が普通だった当時は、「舅と婿の問題」が、今よりも多かったでしょう。逆に、「嫁と姑」が顔を合わせるパターンは、それよりも少ないはずです。現代と同じように、結婚後、男性が自宅に女性を迎える場合もまれにありましたので、そのときに「嫁姑問題」が勃発したのでしょう。

「主人の悪口を言わない従者」は、今だと「上司の悪口を言わない部下」ですね。部下だけで飲みに行けば、盛り上がるのは上司の悪口。なんてことが、多そうですよね。

さらに、「女性の友情は続かない」というのは、現代もよく耳にします。女性は、既婚か独身か、また、子供の有無などによって、頻繁に連絡を取る相手が変わりやすいと言われていますね。

たしかに、その通りかもしれません。連絡頻度は変わってくるでしょう。ですが、私は個人的には、連絡頻度は少なくなっても、大切な友人であるのは変わりなく、「友情は続かない」と言われていることに共感していませんが。

ただし、世間で言われていますから、そう感じる人が多いのも事実でしょう。「清少納言も同じように感じていたのだな」というのが面白いです。

原文

ありがたきもの　舅《しゅうと》に褒めらるる婿《むこ》。また、姑《しゅうとめ》に思はるる嫁の君。主《しゅう》そしらぬ従者《ずさ》。男女《おとこおんな》をば言はじ、女どちも、契《ちぎ》り深くて語らふ人の、末まで仲よき人難《かた》し。

現代語訳

めったにないもの　舅に褒められる婿。また、姑にかわいがられる嫁。主人の悪口を言わない従者。男と女の関係については言うまでもなく、女同士でも、深く約束して親しくしている人で、最後まで仲が良い人はめったにない。

ワンポイントレッスン

「ありがたし」の意味

「～がたし」の「がたし」＝「難し」です。「ありがたし」は「あることが難しい」➡「めったにない」の意味です。

二五八 うれしきもの

超現代語訳

私にだって「嬉しいもの」、いーっぱいあるのよ！　ザッとご紹介するわね。

●人が破り捨てた手紙を拾って、つなぎあわせてみたら、けっこうたくさん読めたとき。

●身分が高い人の御前に、たくさんの人々が伺候《しこう》している際、私を見て、目を合わせて話してくださったとき。もう最高！

●遠くにいる大切な人が病気だと聞いて、どうだろうと気がかりでいたときに、「快方に向かっている」という知らせを聞いたとき。

●自分の好きな人が、誰かに褒められて、とてつもなくすごい人までもが、彼のことを口に出して褒めてらっしゃること！

●みちのくに紙や、ただの紙でも、よい紙を手に入れたとき。

●すごく立派な人に、和歌の上の句や下の句を尋ねられた際に、さっと頭に思い浮かんだとき、我ながら嬉しいわ。

●急ぎで探していて見つけたとき。

●勝負に勝ったら嬉しくないわけがない！「自分が絶対勝つ」なんて思って、得意顔の人の自慢の鼻を折ったとき。女同士よりも、男に勝つほうがもっと嬉しいわ。「この仕返しは必ずする」と思うだろうな、と、いつも気を抜かずにいるのも面白いのに、相手は全然気にしてない感じで、無反応で過ごしているのも、また面白いわ。

●にくたらしい人が悪い目にあうのも、嬉しいわね。人の不幸を喜ぶなんて仏罰を受けるだろうとはわかってるけど、それでも嬉しく思っちゃうの。

●数日間、数か月と目立った病状で、病気で伏せっていたのが、全快したとき。それ

人が破り捨てた手紙をつなげてみたら、なんとか読めた！

が自分ではなく、好きな人のことだったら、もっともっと嬉しいわ。

『枕草子』の根底に流れる「清少納言の嬉しいもの」

「紙」、やっぱり好きなのですね。

その他にも、和歌の上の句や下の句を問われた際に、さっと答えることができたときの嬉しさや、好きな人が褒められているのを聞く嬉しさ、高貴な人が自分を気にかけてくれていると感じたときの嬉しさ、そして、男性とやりあって勝ったときの嬉しさなど、この段を読んでいるだけでも、『枕草子』の総まとめのような感じですね。

「たくさんいる中で自分の目を見てくれた」というのが、コンサートなどに行き、「アイドルと目が合った～!!」と喜んでいる人と同じニオイがしますが、やっぱり、そう感じて嬉しいと思ってしまうものですよね。

自分が嫌いな人がよくない目にあっているのを、喜んでしまっていることも、人間臭さをとても感じます。仏罰を受ける、よくないことだとわかっていてもそう思い、それを認めて書いていることに潔さすら感じます。
急ぎの探し物や病気の件は、とても共感できます。
ただ、人が破った手紙を拾って、つなぎあわせて読むのは、「おいおい」と思ってしまいますが。プライベートな覗き根性だと共感はできませんが、たとえば、大人気ドラマ『半●直樹』のような、不正を暴く証拠の書類を見つけて、それが読めたとき、とかだと、大興奮で嬉しいでしょうね。

原文

うれしきもの　人の破《や》り捨《す》てたる文《ふみ》を継ぎて見るに、同じ続きをあまたくだり見続けたる。

よき人の御前に、人々あまた候《さぶろ》ふ折、昔ありける事にもあれ、今聞こしめし、世に言ひける事にもあれ、語らせ給ふを、我に御覧じ合はせて、のたまはせたる、いとうれし。

遠き所はさらなり、同じ都の内ながらも隔たりて、身にやむごとなく思ふ人の悩むを聞きて、いかにいかにとおぼつかなき事を嘆くに、おこたりたるよし消息《しょうそこ》聞くも、いとうれし。

思ふ人の、人に褒められ、やむごとなき人などの、くちをしからぬものにおぼしのたまふ。

みちのくに紙、ただのも、よき得《え》たる。

恥づかしき人の、歌の本末《もとすえ》問ひたるに、ふとおぼえたる、我ながらうれし。

とみにて求むる物見出でたる。

物合《ものあわ》せ、何くれといどむ事に勝ちたる、いかでかはうれしからざらむ。また、我はなど思ひて、したり顔《がお》なる人、はかり得《え》たる。女どちよりも、男はまさりてうれし。これが答《とう》は必ずせむと思ふらむと、常に心づかひせらるるもをかしきに、いとつれなく何とも思ひたらぬさまにて、たゆめ過《す》ぐすもまたをかし。

にくき者のあしき目見るも、罪や得《う》らむと思ひながらまたうれし。

日ごろ月ごろしるき事ありて、悩みわたるがおこたりぬるもうれし。思ふ人の上は、わが身よりもまさりてうれし。

現代語訳

うれしいもの　人の破り捨てた手紙を継いで見ると、合わさった文の続きを何行も続けて読めたとき。

身分の高い人の御前に、人々がたくさん伺候しているとき、昔あった事であれ、今お聞きになった事、世間で言われている事であれ、話しなさるときに、私に目を合わせて、おっしゃったのが、とても嬉しい。

遠い所は言うまでもなく、同じ都の中でも離れていて、自分にとって大切な人が病気なのを聞いて、どうだろうかと不安に思い嘆いているときに、良くなっていると知らせを聞くのも、とても嬉しい。

好きな人が、人に褒められ、とても高貴な方などが、まんざらではないとお思いになり口にだしておっしゃったとき。

陸奥紙、普通の紙でも、良い紙を手に入れたとき。

立派な人に、歌の上の句や下の句を問われて、さっと思い浮かんだときは、我ながら嬉しい。

急いで求めている物を見つけ出したとき。

物合せや、何やかやとの勝負に勝つのは、どうして嬉しくないだろうか。また、我こそはと思って、得意顔になっている人を、やり込めたとき。女同士よりも、男のほうがいっそう嬉しい。この仕返しをきっとしてやると思っているだろうと、常に気を配っているのも面白いのに、たいそう素知らぬふりをして何とも思っていない様子で、こちらを油断させて過ごしているのも、また面白い。

憎たらしい人が悪い目に遭うのも、仏罰を受けるだろうと思いながらまた嬉しい。

数日も数カ月も目立った病状があり、病気だったが治ったのも嬉しい。愛する人のときには、自分自身よりももっと嬉しい。

ワンポイントレッスン

「したり顔」とは

「得意顔」のこと。いわゆる「ドヤ顔」ですね。してやったり顔です。

六九 たとしへなきもの

超現代語訳

「比べようがないくらい違っているもの」ってあるでしょ？

たとえば、夏と冬。夜と昼。雨の日と晴れの日。笑うのと腹立つの。白と黒。好きな人と嫌いな人。ま、きっと、もういいかしらね。

そんな中で、私が特に言いたいのはコレよ。

同じ人なのに、愛情があるときと変わってしまったときは、本当に別人じゃないかと思うくらい違うわよね。ホント、びっくりするわ。

うわー、そこまで変わる!?

あんなに優しかったのにまるで別人!?

【超現代語訳】で「私が特に言いたいのはコレ」と書きましたが、本当のところはどうなのかわかりません。私の勝手な思い込みです。最初は単純に、ポンポンとテンポよく書いていますよね。それに比べると、同じ人が、愛情があるときと変わってしまったときに関しては、少し長めに説明しているので、きっとここが言いたかったのだろうな、と感じてしまうのです。

この段を最初から読んでいても、「そうね、そうね」とサラサラ読んでいけるのですが、この部分にきて「あ〜、たしかに!! 別人級の人いるだろうな。納得〜!」と強く頷けるのです。

よって、独断と偏見で「清少納言も、きっとここが主張したかったはず!」と、勝手に決めつけました。

原文では、最後に、カラスに関する話が長めに書いてあるのですが、「別の段ではないか」という説があることと、何よりも、「別人級」を紹介したくてこの段を採用したので、カラスの部分は心置きなくカットしました、悪しからず。

原文

たとしへなきもの　夏と冬と。夜と昼と。雨降る日と照る日と。人の笑ふと腹立つと。老いたると若きと。白きと黒きと。思ふ人と憎む人と。同じ人ながらも、心ざしあるをりとかはりたるをりは、まことにこと人とぞおぼゆる。

現代語訳

比べようがないほど正反対のもの　夏と冬と。夜と昼と。雨降る日と太陽の照る日と。

人が笑うのと腹を立てるのと。老いたのと若いのと。白いのと黒いのと。愛す人と憎む人と。同じ人でありながら、愛情がある時と心変わりしてしまった時とでは、本当に別人のように思われる。

ワンポイントレッスン

「心ざし」の意味

「意向」の意味もありますが、「愛情」「贈り物」などの意味もあります。ここでは「愛情」の意味です。大学入試でも知っておくべき単語です。

二五 あはれなるもの

超現代語訳

「しみじみと感じるもの」は、「身分のよい若い男が、御《み》嶽精進《たけしょうじん》していること」などかしら。「御嶽精進」は、吉野の金峰《きんぷ》山《せん》に詣でるための精進のことよ。

他にもいろいろと挙げてみたんだけど、皆さんには、宣孝《のぶたか》の話を紹介するわね。あ、その前に一つだけ。参詣《さんけい》するときの格好について言っておくと、烏帽子《えぼし》とかは少し体裁が悪くて、やっぱり身分が高い方でも、格別に質素な身なりで参詣するのが通例なの。私はそう聞いているわ。

なのに、宣孝は「つまらないことだな。ただ清潔な着物を着て参詣したら、どういう悪いことがあろうか、いや、ないね。御《み》嶽《たけ》の蔵《ざ》王権現《おうごんげん》が、まさか『みすぼらしい姿で参詣せよ』とは、絶対おっしゃらないだろう」と言って、三月末に、紫のとても濃い指貫《さしぬき》に白い狩衣《かりぎぬ》、山吹色のすごく仰々しい派手な色の着物を着て、息子の隆光《たかみつ》には、青色の狩衣、紅色の袿《うちき》、まだら模様の水干《すいかん》という袴《はかま》を着せて、一緒に参詣したらしいの！

御嶽から帰る人も、今から参詣する人も、珍しく奇妙なことだと思ったようよ。

「昔から、この山にこんな姿をした人なんて、一切見たことがない」と、驚きあきれていたわ。

たしかにそんな派手な格好、おかしいわよね。みんながびっくりしたり、あきれたりしても無理ないわ。

それがね、もっとびっくりすることが起こったの！

六月十日頃に、筑前《ちくぜん》の守《かみ》が辞任して、宣孝が後任として任官したのよ！

「本当に、宣孝が言っていたことって、間違いはなかったんだ」と大評判!!

ちなみに、この話は「しみじみしたこと」ではないんだけど、「御嶽精進」の話をしたから、思い出しちゃったのよね。だから、ついでに書いちゃった。

* * *

紫式部をキレさせた「御《み》嶽《たけ》精進《しょうじん》の話」

この宣孝《のぶたか》というのは、紫式部の夫・藤原宣孝です。この話の頃はまだ結婚しておらず、隆光は紫式部の子ではありません。

この段では、宣孝と隆光が、参詣する格好が派手過ぎて、世間からあきれられたということが書かれています。

この段を読んだ紫式部が、「旦那の悪口を書いている」とキレて、清少納言のことをボロクソ言ったり、嫌ったようだ、ということが言われており、本当にそうだったのかもしれませんが、もし、それが真実であれば、紫式部はちゃんと読んでいないのでは、と思ってしまいます。

たしかに、通例では質素な格好で参詣するので、派手な格好で行ったことを、「そんな人は見たことがない」というように書いています。ただし、その後を読んでいくと、宣孝が筑前の守になれたことが書かれており、「宣孝の言った通りだった」と評判になったとすら書いています。

ちゃんと読めば、清少納言は、決して宣孝のことをディスっているわけではなく、逆に「言った通りですね、すごーい！」と評価しているのではないでしょうか。

よって、紫式部が清少納言を嫌った原因が、これを読んだことだったとしたら、途中まで読んでいて「旦那の悪口が書いてある！」と思い、「ムキーッ！」となってしまい、その後がもう冷静に読めていなかったのでしょう。

完全に思い込みの逆ギレ状態ですよね。紫式部も、身内や好きな人の悪口を言われると、冷静ではいられなかったのか……。

ただ、これを読んだことが原因ではなく、以前お伝えした定子と彰子との関係（152ページ）や、『枕草子』が全体的に「自慢話」のようなものが多いことなどから、性格の不一致が原因で生理的に受けつけなかったのならば、別に逆ギレではありませんが。個人的にはそのほうが現実的かと思っています。

そうそう、この宣孝の話は、全然しみじみしていませんよね。最初、読んでいて不思議だった方もいらっしゃるかもしれません。清少納言本人もそれは承知で、自分で「しみじみしたことではなく、御嶽《みたけ》のついでだ」と書いています。この「ついで」の話が面白いので、そこをご紹介しました。

原文

あはれなるもの　よき男の若きが、御嶽精進《みたけそうじ》したる。詣《もう》づるほどのありさま、烏帽子《えぼし》のさまなどぞ、少し人わろき。なほいみじき人と聞こゆれど、こよなくやつれてこそ詣づと知りたれ。

右衛門佐宣孝《えもんのすけのぶたか》といひたる人は、「あぢきなき事なり。ただ清き衣《きぬ》を着て詣でむに、なでふ事かあらむ。必ずよも『あやしうて詣でよ』と御嶽《みたけ》さらにのたまはじ」とて、三月つごもりに、紫のいと濃き指貫《さしぬき》、白き襖《あお》、山吹《やまぶき》のいみじうおどろおどろしきなど着て、隆光《たかみつ》が主殿亮《とのもりのすけ》なるには、青色の襖《あお》、紅《くれない》の衣《きぬ》、摺《す》りもどろかしたる水干《すいかん》という袴《はかま》を着せて、うち続き詣でたりけるを、帰る人も今詣づるも、珍しうあやしき事に、「すべて昔よりこの山にかかる姿の人見えざりつ」と、あさましがりしを、四月ついたちに帰りて、六月十日のほどに、筑前守《ちくぜんのかみ》の辞《じ》せしになりたりしこそ、「げに言ひけるに違《たが》はずも」と聞こえしか。これはあはれなる事にはあらねど、御嶽《みたけ》のついでなり。

現代語訳

しみじみと感じるもの　身分が高い若い男が、御嶽精進《みたけしょうじん》をしていること。参詣するときの有様として、烏帽子の様子などは、少し体裁が悪い。やはり身分の高い人と申し上げても、格別に粗末な身なりで参詣するのが通例だと私は聞いている。

右衛門《えもん》の佐宣孝《すけのぶたか》という人は、「つまらない事だ。ただ清浄な衣を着て参詣すれば、どうして悪いことがあろうか。まさか『粗末な身なりで参詣せよ』と御嶽の蔵王権現《ざおうごんげん》は決しておっしゃらないだろう」と言って、三月末に、紫のとても濃い指貫に、白い狩衣、山吹色のとても派手で仰々しい衣などを着て、隆光《たかみつ》の主殿《とのもり》の亮《すけ》には、青色の狩衣、紅の袿《うちき》、まだら模様を摺った水干《すいかん》という袴《はかま》を着せて、連れて参詣したのを、（御嶽から）帰る人も、今から参詣する人も、珍しくて奇妙な恰好だとして、「まったく昔からこの山にこんな（派手な）姿の人は見たことがなかった」と、驚き呆れていたのだが、四月一日に御嶽から帰って、六月十日頃に、筑前《ちくぜん》の守《かみ》が辞任して（その後任として宣孝が）任官したのは、「本当に（宣孝が）言った言葉に間違いはなかった」と評判だった。これは、しみじみと感じるものではないが、御嶽の話のついでである。

ワンポイントレッスン

「指貫《さしぬき》」とは

袴《はかま》の一種で、裾の周りに紐を通してしばり、くるぶしの上でくくる服です。簡単に言ってしまうと「ズボン」です。「指貫」は男性の衣装。

同じく、「直衣《のうし》」（歴史的仮名遣いだと「なほし」）、「狩衣《かりぎぬ》」「直垂《ひたたれ》」なども男性の衣装。「十二単《じゅうにひとえ》」や「裳《も》」は女性の衣装。

服飾品の名前で性別が判定できると、読解する際、主語把握で便利ですよ！

一六〇 近うて遠きもの
一六一 遠くて近きもの

超現代語訳

近くて遠いもの。
●情愛がない兄弟姉妹や、親族の仲。
●十二月三十一日と正月一日。

遠くて近いもの。
●極楽。
●舟の道中。
●男女の仲。

二つ合わせて鑑賞しましょう！

隣り合わせのこの段、一緒に鑑賞するほうが面白いですね。「近うて遠きもの」には、原文には他にもありますが、パッとわかりやすい二つを抜粋しました。

「遠くの親戚より近くの他人」と言いますよね。情愛がなければ、たとえ同居していたとしても兄弟姉妹ですら、遠く感じるのです。血の繋がりではなく、精神で支え合える存在は素晴らしいですね。（うまくいっている）男女の仲は、まさにそうですね。

「遠くて近いもの」です。

「極楽」が、「遠くて近い」というのは、「人間、いつも死と隣り合わせ」のような意味に取りそうですが、そうではなく、極楽は、十万億土の遠くにあると『阿弥陀経《あみだきよう》』には書かれています。ですが、仏を念じていれば近くにあるのだ、ということです。

「舟の道」は、「遠くに見えていても、舟で直行すると意外と近いよね」ということです。が、現代だと、新幹線や飛行機などのほうが舟より速いので、文明の進化を感じる一文です。清少納言が現代を見たら、本当にびっくりするでしょうね。『枕草子』も、SNSで書いて発信していたかもしれませんね。

原文

〔一六〇〕近うて遠きもの　宮のべの祭。思はぬはらから、親族《しぞく》の仲。鞍馬《くらま》のつづらをりといふ道。師走《しわす》のつごもりの日、正月《むつき》のついたちの日のほど。

〔一六一〕遠くて近きもの　極楽。舟の道。人の仲。

現代語訳

〔一六〇〕近くて遠いもの　宮のめの祭（＝長寿・家内安全・立身出世を祈る俗祭。年をまたいだ近日に行われるものなので「近くて遠いもの」ということ）。情愛のない兄弟姉妹や、親族の仲。鞍馬のつづら折という道。十二月の大晦日と、正月の一日との間。

〔一六一〕遠くて近いもの　極楽。舟の道中。男女の仲。

ワンポイントレッスン

「季節と月の異名」

一月〜十二月までの別名です。

〈春　一月〜三月〉睦月《むつき》・如月《きさらぎ》・弥生《やよい》
〈夏　四月〜六月〉卯月《うづき》・皐月《さつき》・水無月《みなづき》
〈秋　七月〜九月〉文月《ふみづき》（「ふづき」とも）・葉月《はづき》・長月《ながつき》
〈冬　十月〜十二月〉神無月《かんなづき》・霜月《しもつき》・師走《しわす》

季節が、現代と少しズレているのがポイントです。
たとえば、年賀状に「新春」や「迎春」と書かれているのを見たことがあると思います。また、八月十五日の名月を「中秋の名月」と言いますね。八月は「秋」の真ん中です。現代でも、このように昔の名残が少し残っています。

二八五

見ならひするもの

超現代語訳

見ていてまねをするもの。
あくび。幼児たち。

『枕草子』の中で、最も短い段です

「まねをする」というよりは、「勝手にうつってしまう」という感じです。「あくびがうつる」。こんな昔から言われているのだなぁ、と、とっても面白いですね。小さい子も、大人がすることをよく見ていて、深い意味はわからずマネをしてしまうものです。子供の前で危ないことは決してしないように、気をつけましょう。

原文

見ならひするもの　欠伸《あくび》。ちごども。

現代語訳

見ていてまねをするもの　あくび。幼児たち。

ワンポイントレッスン

「ども」とは

「体言（名詞）＋ども」の「ども」は、複数を表します。現代でも「野郎ども」と残っていますね。

ちなみに、「已然形＋ども」の「ども」は、逆接の接続助詞です。現代の「けれども」（が・のに・けど）と同じです。

第四章

感性が光る文章を味わう！

清少納言の「美意識」と「心意気」

二 ころは

超現代語訳

季節で「いいな」って思う月を挙げるわね。
正月、三月、四月、五月、七、八、九月、十一、十二月。
すべて、そのときに応じて、一年中趣があるわ。

「どないやねん！」

「そんなに挙げるの!?」とツッコみたくなりませんか？
ほぼ全部じゃないですか、ねえ。
そして、二月、六月、十月は何がダメだったのでしょうか？　ほとんどの月が好きなのに、逆に気になるところです。

挙句の果てに、「一年中、趣がある」ですからね。

最初からそれでいいじゃん、と。

すごく短い段で、特別面白いことが書いてあるわけでもないのに、なぜか心にひっかかってしまう段です（ツッコみ根性があるだけかも……）。

原文

ころは、正月、三月、四月、五月、七、八、九月、十一、二月、すべてをりにつけつつ、一年《ひととせ》ながらをかし。

現代語訳

時期は、正月、三月、四月、五月、七、八、九月、十一月、二月（＝十二月）、すべてその時々に応じて、一年中情趣がある。

ワンポイントレッスン

「ながら」の訳し方

現代でも使っている「〜（し）ながら」や、「やると言いながら、やっていない」＝「やると言ったのに、やっていない」のように、逆接「のに」の訳があります。

ですが、大学入試ではそれだけではなく、「〜のまま」、「全部・〜中」の訳が大事です。

特に「数量＋ながら」の場合、「全部・〜中」で訳すことが多いです。

原文の「一年《ひととせ》ながら」は「数量＋ながら」⬇「一年中」と訳します。

他に、「京ながら」（＝京都中）や「目ながら」（＝目いっぱいに）など数量以外にもありますので、受験生は気をつけましょうね。

三一 説教の講師は

超現代語訳

経文《きょうもん》の講義をする僧は、イケメンに限る!!

イケメン講師の顔をじっと見つめていると、その人が説《と》くことの尊さも感じられるってものよね。そうじゃないと、よそ見しちゃいそうだし、聞いても忘れちゃいそうよ。だから、ブサイクな講師だと、結局、説教を忘れてしまう私が仏罰を受けてしまうことになるでしょ、勘弁してほしいわよね。

こういうことは書かないほうがいいわね。まだ若い頃なら、若気の至りということで許されるかもしれないし、こういう仏罰を受けるようなことも気にせずどんどん書いただろうけど、もうそんな年齢はとっくに過ぎてるし、仏罰を受けるのは、やっぱり怖いからやめとくわ。ま、もう書いちゃったけど。

「法師は絶対、イケメンがいい！」

けっこうヒドイこと書いていますよね。本当に、清少納言の美しくないものに対する毒舌は相当です。ブサイクなら集中できないし、言ってたことも忘れてしまう、とか。自分が不謹慎で酷いことを書いていることは、理解しているようですね。

ただし、書くのをやめる理由は、「人の容貌で判断するなんてことを言ったら、イケメン以外の人に申し訳ないわよね」という反省ではなく、「仏罰を受けるのが怖いから」だそうです。反省の色はなしです。

百歩譲って、「イケメンだと嬉しい」という気持ちはわかりますよ。そりゃ、そのほうが聞いていて楽しいでしょう。テンションも上がるのでしょう。なんなら、私は映像授業で講師をしており、ネット配信されているのですが、匿名アンケートで「どうせなら、もっと美人に教えてほしかった」と書かれた張本人です。だから、聞いている側からしたら、美女やイケメンのほうがよいだろうことは理解しています。

清少納言にブサイクだと言われた講師の方々、ともに頑張ってまいりましょう……。

原文

説経《せきょう》の講師《こうじ》は、顔よき。講師の顔をつとまもらへたるこそ、その説《と》くことの尊さも覚ゆれ。ひが目しつれば、ふと忘るるに、にくげなるは、罪や得《う》らむと覚ゆ。このことはとどむべし。少し年などのよろしきほどは、かやうの罪得方《えがた》のことは書き出《い》でけめ、今は罪、いと恐ろし。

現代語訳

説経《せっきょう》の講師は、顔が良いのがいい。講師の顔をじっと見守っていればこそ、その説き聞かせる尊さも感じるのだ。よそ見していると、(聞いたことを)すぐに忘れてしまうので、顔の悪い講師の説法を聞くと、(説法をちゃんと聞けずに)仏罰を受けてしまうだろうと感じる。このことは書かないでおくべきだ。もう少し年が若い頃は、このような仏罰を受けそうなことも書いただろうけど、(年をとった)今では仏罰を得るのは、とても恐ろしい。

ワンポイントレッスン

「まもる」の意味

「じっと見つめる」という意味です。「まもる」の原義は「目守《まも》る」です。「目で守るためには、じっと見つめておく」と覚えておくとよいですね。大学入試にも必要な重要単語です。

六一

暁《あかつき》に帰らむ人は

超現代語訳

私の部屋で彼と夜一緒に過ごして、彼が朝帰ってしまうとき、服や烏帽子《えぼし》をバッチリ整えて出て行かないでほしいって思うのは、私だけかしら？

そうね、こんな感じが理想的♡

まだ私と過ごしたそうな感じで、どうしようもなく起きにくそうなのを、私が無理やりにでも「ねえ、起きて。もう夜明けが過ぎたわよ。んもう、起きてったら♡」なんて起こすの。そう言われた彼は、嘆いて辛そうな感じで。ズボンを座ったままはき終えないで、また私のところに寄ってきて、昨晩話していたことの続きとかを、耳元でささやいてくるの。どうにか着替えた後、窓を開けて、玄関のところまで一緒に私を連れて行って、「昼間、君に会えなくてさみしいよ」なんて言いながら、ソッと出て行くの。私も、その後ろ姿をそっと見送っている……なーんて、超いいと思わない!?

ま、こんなのは妄想でしかないわね。

他の女がいるんでしょうけど、たいそうサッと起きて、あちこち動き回って身支度をして、パリッと整えて、枕元に置いてあった扇や畳紙《たとうがみ》、あ、「畳紙」って懐紙《ふところがみ》のことなんだけど、わかりにくいわよね。現代風に「扇や畳紙」を「携帯と財布」に変えちゃうわね。で、その枕元の携帯や財布などが散らばってしまったのを、暗い中「どこだ？　どこだ!?」なんて探し回って、ようやく見つけて、携帯を見ながら、財布を鞄に入れて、慌ただしく「じゃ、また」って出て行くのが現実よね。あ～あ。

女性が一度は妄想する？「理想の恋愛シチュエーション」

男性が、夜、女性のもとに通ってきて、一晩幸せに過ごし、「暁《あかつき》に帰るときの別れの振舞い方」についての理想と現実です。

まだ、鳥が鳴きだすか鳴きださないかくらいの頃から、「さ、もう起きなきゃ」とか言って、さっさとベッドから出て行き、帰り支度をテキパキされて、自分の持ち物だけをバババっとかき集めてから、最後の最後に、一応、形式的に「じゃ、またね」と一言だけ挨拶されて出て行かれるのは、やっぱり悲しいですよね。

「まだもうちょっと一緒に寝てようよ～」なんて言いながら、服を着替えるのすら途中でやめて、またちょっと一緒にいるかい？かけてきて、イチャイチャ過ごし、出て行くのもやっと、みたいなのが、清少納言は理想だと書いています。

う～ん……、私はどちらかと言えば、イラっとしそうです。


カットしましたが、原文では、「（朝帰りの男性が）すごくだらしなく、見苦しい感じで、服もゆがんで着ているとしても、誰が見て笑ったり、悪口言うかしら」のようなことまで書いています。

それぐらいゆっくりしたくて、結局きちんと着替える時間すらなかったんだなってわかるでしょ？　ということですが、自分の部屋から、そんなだらしない姿の恋人や夫が出て行くのは、私はイヤですね。部屋でくつろいでくれるのはまったくかまいませんが、出て行くときは最低限はちゃんとしてほしいです。

理想も人それぞれ、ですね。

原文

暁《あかつき》に帰らむ人は、装束《しようぞく》などいみじううるはしう、烏帽子《えぼし》の緒《お》元結《もとゆい》かためずともありなむとこそ覚ゆれ。いみじくしどけなく、かたくなしく、直衣《のうし》、狩衣《かりぎぬ》などゆがめたりとも、誰か見知りて笑ひそしりもせむ。

人は、なほ暁の有様こそ、をかしうもあるべけれ。わりなくしぶしぶに起き難《がた》げなるを、強《し》ひてそのかし、「明け過ぎぬ。あな見苦し」など言はれて、うち嘆く気色《けしき》も、げに飽かず、物憂《ものう》くもあらむかしと見ゆ。指貫《さしぬき》なども、居ながら着もやらず、まづさし寄りて、夜言ひつることの名残、女の耳に言ひ入れて、何わざすともなきやうなれど、帯など結《ゆ》ふやうなり。格子《こうし》押し上げ、妻戸《つまど》ある所は、やがてもろともに率て行きて、昼の程《ほど》のおぼつかなからむ事なども、言ひ出《い》でにすべり出でなむは、見送られて名残もをかしかりなむ。

思ひ出《で》所ありて、いときはやかに起きて、ひろめき立ちて、指貫の腰こそこそとかはは結ひ、直衣、うへの衣《きぬ》も、狩衣も、袖かいまくりて、よろとさし入れ、帯いとしたたかに結ひ果てて、つい居て、烏帽子の緒きと強げに結ひ入れて、かい据うる音して、扇、畳紙《たとうがみ》など、昨夜《よべ》枕上《まくらがみ》に置きしかど、おのづから引かれ散りにけるを求むるに、暗ければ、いかでかは見えむ、「いづらいづら」と、叩きわたし見出でて、扇ふたふたと使ひ、懐紙《ふところがみ》さし入れて、「まかりなむ」とばかりこそ言ふらめ。

現代語訳

明け方に（女性の所から）帰ろうとする人は、服装などをたいそうきちんとして、烏帽子《えぼし》の緒や元結をしっかりと結ばなくても良いだろうと思う。たいそうだらしがなくて、見苦しく、直衣《のうし》や狩衣《かりぎぬ》などがゆがんでいても、誰がそれを見つけて笑ったり非難したりするだろうか。

男性は、やはり明け方の（別れ際の）様子が、風情があってほしいのだ。やむを得ずに渋々と起きにくいようにしているのを、（女性が）無理にその気にして、（女性から）「夜が明けてしまった。ああ見苦しい」などと言われて、（男性が）嘆いている様子も、本当に満ち足りない気持ちで、辛いのだろうよと見える。指貫なども、座ったままではき終えないで、まず女に近寄って、夜に言ったことの残りを、女の耳にささやいて、別に何をするようでもないけれど、帯などを結ぶようだ。格子を押し上げ、妻戸のある所では、そのまま一緒に連れて行って、昼間に会えないでいる間の気がかりであることなども、言いながらそっと出て行くのは、つい見送らないではいられず逢瀬の名残も風情があるだろう。
思い出すところがあって、とてもスッキリと起きて、身支度のためにあちこち動き回って、指貫の腰紐をごそごそと結んで、直衣、袍、狩衣も、袖をまくって、几帳面に腕を差し入れ、帯をとても固く結び終えてから、少し座って、烏帽子の緒をきゅっときつく結び入れて、きちんとかぶり直す音がして、扇や畳紙《たとうがみ》など、昨夜枕元に置いたが、自然にあちこちに散らばってしまったのを探すけれど、暗いので、どうして見つけることができるだろうか、「どこだどこだ」と、手でそこら辺を叩き回って見つけて、扇をパタパタと使い、懐紙《ふところがみ》を懐に差し入れて、「失礼します」とだけ言うのだろう。

ワンポイントレッスン

「暁《あかつき》」の意味

「夜明け前」の意味。「あけぼの」よりも早い時間。「ゆふべ（夕方）⬇よひ⬇よなか⬇暁（夜明け前）⬇あけぼの（明け方）⬇あした（朝）」です。

七一 懸想人《けそうびと》にて来たるは

超現代語訳

誰かを使う立場にある人に、伝えておきたいことがあるわ。

どんな人間を使うかって、思っている以上に大事なことよ。

ちょっと親しく話したり、たまたま来たりした男性が、簾《すだれ》の中の女房がたくさんおしゃべりしているのに割り込んできて、会話に花が咲いて、すぐには帰りそうじゃなくなったとするでしょ？　それを、お供の家来や童《わらわ》とかが、すごく不快そうにしているの。「ふわ～あ」となっがい欠伸《あくび》までしちゃって、「ああ、いやだ。最悪だな。これは絶対夜中になっちゃうだろうなあ」と、コッソリ言っているつもりなんだろうけど、聞こえてるから、それ。まあ、もともと身分が低いような人間だし、こんな不満を言ってようが今さらどうとも思わないけど、主人の男性を素敵だな、と思っていた気持ちまでもが消え失せてしまいそうになるわ。

はっきり文句を言ってるわけではないけど、「あ〜」と聞こえるように言ったりしているのも、不満がひしひし伝わってきて、気の毒に思うでしょ。「あぁ、雨が降ってきそうだよ」とか聞こえよがしに言っているのも、すごく憎らしいわ。

すごく身分の高い人のお供は、絶対にそんなことはしないわよ。その子息たちのお供も悪くはないわ。それよりも下の身分の人のお供は、大体そんな感じよ。家来はたくさんいるだろうけど、その中でも、性格をちゃんと見きわめて連れ歩くべきね。

平安流「人を使う立場の人の心得」

経営者の方や店長など、人を使う立場にある人には、今でも大切なことですね。そこで働いている人全員が、会社やお店の顔となります。

たとえば、レストランのホールの店員が、眠たそうに欠伸《あくび》をしながら突っ立っていたら、たとえ素敵なシェフがいるとしても、そのレストラン自体の印象が悪くなりますよね。

超高級店のレストランだと、ホールの教育も行き届いているでしょうから、そんなことはないはずですが、そうでないお店で、あまりやる気のない人とかでしたら、ありえます。面接のときに、見抜くことは難しいのかもしれませんが、それでもやはり、ちゃんと見極めた上で採用したいものですよね。

どんな人を使うかは、今も昔もとても大事なことですね。

原文

懸《け》想人《そうびと》にて来たるは、言ふべきにもあらず、ただうち語らふも、またさしもあらねど、おのづから来《き》などもする人の、簾《す》の内《うち》に、人々あまたありて物など言ふに居入りて、とみも帰りげもなきを、供《とも》なるをのこ、童《わらわ》など、とかくさしのぞき、けしき見るに、いとむつかしかめれば、長やかにうちあくびて、みそかにと思ひて言ふらめど、「あなわびし。夜は夜中になりぬらむかし」と言ひたる、いみじう心づきなし。かの言ふ者は、ともかくもおぼえず、このゐたる人こそ、をかしと見え聞こえつる事も失《う》するやうにおぼゆれ。

また、さいと色に出でてはえ言はず、「あな」と高やかにうち言ひ、うめきたるも、いとほし。立蔀《たてじとみ》、透垣《すいがい》などのもとにて、「雨降りぬべし」など聞こえごつも、いとにくし。

いとよき人の、御供人《ともびと》などはさもなし。君達《きんだち》などのほどはよろし。それより下《くだ》れる際《きわ》は皆さやうにぞある。あまたあらむ中にも、心ばへ見てぞ率てありかまほしき。

現代語訳

恋人として来ているのは、言うまでもないが、ただちょっと親しく話をしたり、またそうではないが、たまたま訪ねて来た男性などが、簾の内に、女房が沢山いて話しているので座り込んで、すぐには帰りそうもないのを、お供の家来や、童子などが、あれこれ覗いて、（主人の）様子を見ると、（帰れそうにないので）たいそう不快なようで、長々とあくびをして、密かに言っているようなのだが、「あぁ辛い。今はもうきっと夜中になってしまっているだろうよ」と言っているのは、たいそう気に入らない。こんなことを言う家来のことは、何とも思わないのだが、座っている男（＝主人）を、風情があると思って見たり聞いたりしたことも、消えて無くなるように思われる。

また、それほどはっきり表面に出して言えず、「ああ」と声高で言って、うめいたのも、気の毒だ。立蔀《たてじとみ》や、透垣《すいがい》などの所で、「雨がきっと降るだろう」などと聞こえよがしに言うのも、とても憎らしい。

とても身分の高い人の、お供をしている人などはそうではない。若君などの従者は悪くはない。それより身分の低い者の従者は皆そのようである。（従者は）大勢いる中でも、性格を見極めて連れてまわってほしい。

ワンポイントレッスン

「雨降りぬべし」の「ぬ」は

強意の助動詞です。助動詞「ぬ」には「完了（〜た）」と「強意（きっと〜）」の意味がありますが、真下が推量系の意味の場合は、強意になることが多いです。「べし」は推量の助動詞なので、この「ぬ」は強意。「雨が降った」のではなく、「きっと雨が降るだろう」です。

二五〇 男こそ、なほいとありがたく

超現代語訳

男って本当に意味不明よね。女の私から見たら、不可解過ぎてわけわかんないわ。どうして、あんな超きれいな人を捨てて、あんな憎たらしそうな女を妻に選んだのかしら。まったく意味がわからない。宮中で働いたり、高貴な家の二世なんだったら、女性は周りにたっくさんいるんだから、その中から素敵な女性を選んで愛したらいいのに。手が届きそうもないくらいのご令嬢でさえ、自分の理想にピッタリの素晴らしい女性だと思うのなら、死にそうなくらい恋い焦がれたらいいのに。

大事にされている娘や、まだ見たことがないコなどでも、「いい女だよ」と耳にすると、なんとかして手に入れたいと思うらしいのね。それなのに、その一方で、女の私から見ても「だめでしょ」と思うような女を愛するなんて、どういうことなの!?

ホントわっかんないなぁ……。

「かわいい子紹介して！」男女で食い違う〝かわいいの定義〟

「男性のことが理解できない」と書いていますが、おそらく、これを読んだ男性の方も、「女のほうが意味わかんねえよ」と思ってらっしゃるかもしれないですね。

私が中・高生や学生時代の頃、男性の友人からよく耳にしたのは、「女の言う『〇〇ちゃん）かわいい』は信用できない」とのことでした。「すごくかわいいとか言うから期待したら、たいしてかわいくない」という毒舌までいただきました。ただ、女性が嘘をついているのかというと、少なくとも私の場合は、本当にかわいいと思った子のことを「かわいい」と言っていましたので、「女性のかわいいと男性のかわいいは違うのかな」と思ったことを覚えています。ですから、清少納言はボロクソに言っていますが、男性にとっては、その清少納言がキレイという女性よりも、憎たらしそうな女性のほうが、本気で魅力的に見えているのかもしれません。

でも、もっと言えば、個人の好みなんぞ人それぞれです。ですから、男女関係なく、どういう人を素敵だと思うかは、わからなくても当然ですね。

第2章（177ページ）でも触れたように、脳科学的にも「男性脳」と「女性脳」で違いもあるようですし、男女がわかりあえないのは、永遠のテーマなのかもしれませんね。

性別など関係なしに、相手を理解して尊重できるとよいですね。

原文

男こそ、なほいとありがたくあやしき心地したるものはあれ。いと清げなる人を捨てて、にくげなる人を持《も》たるもあやしかし。おほやけ所に入り立ちたる男、家の子などは、あるが中によからむをこそは選《え》りて思ひ給はめ。およぶまじからむ際《きわ》をだに、めでたしと思はむを、死ぬばかりも思ひかかれかし。

人の女《むすめ》、まだ見ぬ人などをも、よしと聞くをこそは、いかでとも思ふなれ。かつ女の目にもわろしと思ふを思ふは、いかなる事にかあらむ。

現代語訳

男というのは、やはりとてもめったにないほど奇妙な心を持ったものである。とても綺麗な女を捨てて、憎らしげな女を妻に持っているのも不思議よね。宮中に入って勤めている男や、名門の子弟などは、たくさんいる女の中で良い女を選んで愛しなさったらよいのに。手が届きそうにない身分の女性でさえ、素敵だと思う女を、死ぬほどに思い焦がれよ。人の娘や、まだ見たこともない女などでも、よいと聞く女を、どうにかして妻にと思うようだ。一方で女の目から見てもよくないと思う女を愛するのは、どういうことなのだろうか。

ワンポイントレッスン

「噂も大事」

当時、貴族の女性は部屋の中で過ごしており、男性は夜な夜な女性の家を覗いて(「垣間見《かいまみ》」といいます)好みの女性を探します。女性が弾く琴の音色の美しさにつられて覗いたり、「どうやら美女らしい」という噂を聞きつけて覗きに行ったりしていました。噂は、出会いの大事な情報源です。

一八六 ふと心おとりとかするものは

超現代語訳

一瞬で幻滅を感じるものってある？　私は言葉づかい！　男女関係なく、会話で下品な言葉づかいをすることよ。何よりも一番みっともないわ。

使う言葉一つで、不思議なことなんだけど、上品にも下品にもなるわよね。

ただね、じゃあ、私が完璧なのかというと、そうでもなくって……。言葉って難しいから、どれを良い、悪いと判断したらよいのかわからないもの。そうだとしても、他人のことはいいけど、ただ私自身としてそう感じちゃうのよね。

下品な言葉もみっともない言葉も、ちゃんと下品だってわかっていて、わざとあえて使っているなら、悪くはないわ。

でも、正しくない言葉や下品な言葉を、いい大人が遠慮もしないで使っているのを、若者はみっともないと思っているはずよ。

そうそう、ママ友同士の会話でも、言葉づかいってかなり重要らしいわよ。下品すぎると敬遠されるらしいから、やっぱり言葉は大事よね。

エッセイスト清少納言の「言葉へのこだわり」

言葉づかい、本当に大事です。いくら美男美女であっても、言葉づかいが汚いと一瞬で幻滅しそうです。丁寧すぎるのも肩が凝りそうな感じで堅苦しいかもしれませんが、やはり、ちょっとした言葉一つで、本当に印象は変わってくるものです。

ちなみに、清少納言は、二四四段でも「手紙の言葉が失礼な人は、本当に憎らしい。かといって、親しい人のもとに、あまりにもかしこまって書いているのも、おかしいことだ」と書いています。『枕草子』を書いている清少納言ですから、言葉に対しては並々ならぬ思いがあるようですね。

私もできる限り、話している相手が不快にならないような言葉づかいをしたいとは心がけています。「誰に、いつ、どういう場面で話すのか」が大事だと思って、自分なりには気をつけているつもりです。特に、現代ですと、SNSなどで、会ったことがない人と（コメント上で）会話をする場合もありますので、清少納言の頃よりも複雑になったのでは、とも思います。

以前、SNS上でのやり取りで、相手が高校生だと思い込み、親しみもこめて「一緒に頑張っていこうね！」などと何度かやり取りしているうちに、「社会人なので、平日は夜しか勉強できませんが、学び直すためにこれからも頑張っていきます」とのお返事が。「やってしまったーっ!!」と冷や汗ものです。

決して高校生を下に見ているわけでも、社会人の方に親しみがないわけでもありません。社会人ですと、敬語に慣れていると思われます。ですが、高校生に丁寧すぎるのも堅苦しく思わせてしまうかも、と、敬語と普通の言葉が混じったような言葉づかいになることが多いです。毎週、対面授業で直接会っている生徒さんからのコメントや、よくコメントをくれる方で、ノリがよさそうな方であれば、ラフに返すこともあります。わかっていて、ラフに返しています。

かといって、ノリを完全に若い方と同じにして、いい年をした私が流行言葉だらけでSNSに投稿すれば、ドン引きされるでしょうね。

清少納言の書いていること、とてもよくわかり、共感しています。

原文

ふと心おとりとかするものは　男も女も言葉の文字いやしう使ひたるこそよろづの事よりまさりてわろけれ。ただ文字一つに、あやしう、あてにもいやしうもなるは、いかなるにかあらむ。さるは、かう思ふ人、ことにすぐれてもあらじかし。いづれをよしあしと知るにかは。されど、人をば知らじ、ただ心地にさおぼゆるなり。

いやしきこともわろきことも、さと知りながらことさらに言ひたるは、あしうもあらず。我もてつけたるを、つつみなく言ひたるは、あさましきわざなり。また、さもあるまじき老いたる人、男などの、わざとつくろひひなびたるはにくし。まさなきこともあやしきことも、大人なるは、まのもなく言ひたるを、若き人はいみじうかたはらいたきことに、消え入りたるこそ、さるべきことなれ。

現代語訳

急に幻滅とかを感じるものは、男も女も会話に下品な言葉づかいをすることで、何よりもまさってみっともない。ただ言葉一つで、不思議なことに、上品にも下品にもなるのは、どういうことなのだろうか。そうはいっても、このように思う人（＝私）が、格別に優れているというわけでもあるまいよ。どれを良い、悪いと判断できるのだろうか。しかし、人のことは知らないが、ただ私の心でそう思ってしまうのである。

下品な言葉もみっともない言葉も、そうと知っていながらわざと言うのは、悪くもない。自分の癖になっている言葉を、隠さずに言うのは、あきれることである。また、そんな言葉づかいをすべきではない老人や、男などが、わざと取りつくろって田舎びた言葉をしたのは憎い。正しくない言葉でも下品な言葉でも、年配の女房が、遠慮もせずに言うのを、若い女房はとても恥ずかしく思って、消え入りそうな様子は、当然のことである。

ワンポイントレッスン

「心おとり」の意味

相手のことを、自分が思っていたよりも劣っているように思うことです。要は「期待はずれ」ですね。

二九〇　をかしと思ふ歌を

超現代語訳

私、「面白いわぁ」って感じた歌を、ノートに書き留めているのね。そしたら、お話にもならないゲスな女が、その歌を軽く口ずさんでいたの！　ほんっと気分悪いわ！　憂鬱《ゆううつ》……。

「身分が低い人」にも手厳しい……

「ゲス」、数年前に世間をにぎわした言葉ですね。『枕草子』でも「げす」と本当に原文に書いているのです。漢字で「下衆」。「身分の低い者」「しもべ」の意味です。最近ではカタカナ表記のイメージが強いと思いますので、あえて「ゲスな女」と訳しました。

清少納言は、お気に入りの歌を帳面に書きつけていたようですね。その書き留めた歌と同じ歌を、身分が低い女が口ずさんでいるのを聞いて、「あんな女と好みが一緒なんて!!」と不快に思ったようです。そこには、「身分が低い人間が、和歌の良さや風流なことなんて理解できないはず」という偏見が溢れていますよね。

美しくないものに対して毒舌ですが、身分が低い者にも容赦がありません。次の二九一段でも、「身分が高い男性をゲス女が褒めたら、そのままその男を軽蔑するようになるに違いない」と書いています。「ゲスに褒められるなんて、よくないこと」だと。

現代でも、照れ隠しで「お前に褒められても嬉しくない」のようなセリフを耳にすることもありますが、清少納言のこれは、本気です。ひどい……。まあ、ゲスを落とすことによって、身分の高い人が、いかに素晴らしいかを言いたかったのかもしれませんが、それはちょっと屈折してしまっているように感じます。何かを落とさなくても、素晴らしいものは素晴らしいですからね。

原文

をかしと思ふ歌を草子《そうし》などに書きておきたるに、言ふかひなき下衆《げす》のうち歌ひたるこそ、いと心憂《こころう》けれ。

現代語訳

面白いと思った歌を帳面などに書いておいたのに、言うまでもない下衆女がその歌を軽く口ずさんだのは、とても嫌だ。

ワンポイントレッスン

「草子」とは

紙を重ねて糸で綴《と》じた「綴じ本」です。

二二七 社《やしろ》は

超現代語訳

今回は、蟻通明神《ありとおしみょうじん》という神社のお話をするわね。

この明神の前で、紀貫之《きのつらゆき》の馬が病気になったことがあったの。この神がそうなさっているとのことで、貫之が歌を詠んで奉納したら、治ったという話がある神社よ。とても面白いわよね。

それにしても「蟻通」って、変わった名前だと思わない？

本当かわからないんだけど、こんな由来があるの。

昔のある帝が、若い子ばっかりかわいがって、四〇歳になった人を殺させていたのね。そんなの勘弁してほしいわよね。だから、初老が近づいた人は、地方の遠い所に行って隠れて過ごしたようよ。それで、都にはお年寄りが全然いなかったんだって。

その時代の、中将だった人が、とても重用されていて、心も素晴らしい人で、七〇歳近くのご両親がご健在だったようなの。でも、四〇歳の人を殺す決まりもできるし、そのご両親が「こんなふうに四〇歳でも決まりがあるのに、七〇歳の自分たちなんて、ましてや生きていられるわけがない。恐ろしい」と怖がって恐れていたのね。

遠くに逃げて、隠れて住むしかないけど、中将はとっても親孝行な人間だったから、遠い所には住ませたくなかったみたいなの。一日に一度も両親の顔を見ないなんて、耐えられそうもないって。それで、どうしたと思う？ こっそりと家の中の土を掘って、その中に建物を立てて、中に入れて、そこでお世話していたの！ そして、周りの人や朝廷には、行方不明届を出しておいたんだって。

それにしても、帝もどうしてそんなことなさったのかしらね。いやな時代よね。

◎「年の功」で中国皇帝の無理難題を次々解決！

その頃、中国の皇帝が、この帝をなんとかしてだまして、日本を奪おうとしていたらしいの。それで、皇帝からいつも知恵試しや、難題を出してきて、帝は脅威を感じていらっしゃったとか。

あるとき、つやつやと丸くてかわいらしげに削っている、約六〇センチくらいの木を帝に献上してきて、「これの根もと側と先側はどっち？」と聞いてきたんですって。まったくわからず、帝は困ってしまったの。だから、中将は気の毒に思って、親のところに行って事の次第を伝えたところ、「流れの速い川に、川岸に立ったまま横向きに木を投げ入れて、逆にまわって流れたならば、そっちを先だとして中国に送り返せばよい」と教えてくれたんですって！　中将は参内して、いかにも自分が知っていたかのように「試してみましょう」と言って、ご両親の教え通りやったらしいわ。それで、中国に遣わしたところ、大正解！

また、中国から帝に、六〇センチくらいのまったく同じ長さの蛇を二匹献上してきて、「どっちがオス？　メス？」と聞いてきたらしいの。みんなお手上げ状態だったんだけど、いつものように中将が親に聞くと、「二匹を並べて、尾のほうに細い若い枝を寄せた時に、尾が動かないほうがメスよ」とのこと。

宮中でやってみると、本当に一匹は動かず、もう一匹は動いたので、それで印をつけて中国に遣わしたの。もちろん正解よ！

アリに
糸をつけて
蜜
出口に蜜を
ぬると糸が通るよ

だから、「蟻通」明神に

その後、だいぶ経ってから、中国から帝にまた献上物があったのね。今度は、七曲《ななまが》りにくねくね曲がっている小さい玉。中心には穴が通っていて、左右に口が開いてるの。「これに糸を通していただきましょう。我が国ではみんな知っていることですよ」と言ってきたらしいのね。またまた挑戦状ってとこよね。みんなが「こんな小さい穴で曲がっていれば、どんな細工の名人でもお手上げだ」と言うので、中将がまた親のところに行って聞いてみると、「大きなアリをつかまえて、二匹くらいの腰に細い糸をつけて、また、それにもうちょっと太い糸をつないで、あちら側の口に蜜を塗ってみなさい」と教えてくれたの。中将が帝に申し上げて、アリを入れたところ、蜜の匂いを嗅いで、本当に即、向こう側の口に出たんですって！

そうして、糸が通った玉を遣わしたところ、皇帝が、「やはり日本は賢い国なんだな」と言って、その後はそういうことはしなくなったらしいの。

帝が中将を素晴らしいと思って、「このご褒美に、どんな官位を与えたらよいか」とおっしゃったときに、中将は「官位などはまったくいりません。ただ、行方不明になっている年老いた両親を探し出して、都に住ませることをお許しください」と言ったそうよ。「お安い御用だ」とお許しになって、たくさんの人の親がこれを聞いて大喜びだったとか。さらに、中将は、上達部から大臣に出世したらしいわよ。

その後、中将のご両親は神になったのかしらね。その明神に参詣していた人の夢に、神が現れて詠んだという和歌はこれよ。

「七曲《ななわだ》にまがれる玉の緒《お》をぬきてありとほしとは知らずやあるらむ」（＝七曲りに曲がっている玉の糸を貫《つらぬ》いて、アリを通した蟻通明神《ありとおしみょうじん》だとは知らないのだろうか）

長くなっちゃったけど、これが、蟻通明神の由来よ。人から教えてもらったの。

『枕草子』ではめずらしい長編ストーリー

蟻通《ありとおし》神社《じんじゃ》は、大阪府泉佐野市長滝にあります。

紀貫之の話は『貫之集』に収録されている説話です。貫之が紀州に行った帰り道に、蟻通神社の前を通りかかった際、馬に乗ったまま通り過ぎようとして、突然、馬が病気で倒れるのです。神様のしわざに違いないということでしたが、奉納する御幣《ごへい》（＝神に捧げる贈物）もなく、手を洗って清めて、神様の名前を伺い、歌を奉納したのです。その歌は、「**かきくもりあやめも知らぬ大空に在りと星をば思ふべしやは**」（＝あたり一面が暗くなり、見分けもつかないような大空に、星があるともわからなかったように、蟻通明神のお社があるなんて思いもしなかった）です。「在りと星」に「蟻通」を掛けています。この貫之の話や和歌は、大学入試で取り上げられることもある題材です。

さて、若い人を大切にして、四〇歳になったら殺させるなどという恐ろしい帝の話がありましたが、「四〇歳なんて、まだまだ働き盛りなのにっ!!」というのは、現代人の感覚です。当時、四〇歳は初老です。だとしても、殺させるなんてひどいですね。

中将のご両親は、幸い七〇歳近くでご健在でしたので、その決まりが出たときには怖かったでしょうね。ですが、結局、このご両親の知恵のおかげで、中国の皇帝が日本を奪うことを諦めたのですから、ご年配の方を大切にすべきだという教訓もこめて、清少納言はこの説話を取り上げたのかもしれませんね。

『枕草子』の中では、こんなに長い説話は珍しいのですが、面白い話ですし、入試にも取り上げられる題材ですのでご紹介しました。

現在であれば、知りたいことを検索すれば、ポンっとすぐに出てくる便利な世の中ではありますが、ご年配の方や昔からある知恵から学べることも、たくさんあるはずです。お年寄りを大切に敬いましょう。

原文

蟻通《ありとおし》の明神《みょうじん》、貫之が馬のわづらひけるに、この明神の病《や》ませ給ふとて、歌詠みて奉りけむ、いとをかし。この蟻通とつけけるは、まことにやありけむ、「昔、おはしましける帝の、ただ若き人をのみ思《おぼ》しめして、四十になりぬるをば失《うしな》はせ給ひければ、人の国の遠きに行《ゆ》き隠れなどして、さらに都のうちにさる者のなかりけるに、中将なりける人の、いみじう時の人にて心なども賢かりけるが、七十近き親二人を持《も》たるに、『かう四十をだに制することに、まいて恐ろし』とおぢ騒ぐに、いみじく孝《こう》なる人にて、遠き所に住ませじ、一日に一度《ひとたび》見ではえあるまじとて、みそかに家のうちの土を掘りて、そのうちに屋を建てて、籠《こ》め据ゑて、行きつつ見る。人にも、公《おおやけ》にも、失《う》せ隠れにたるよしを知らせてあり。などか、家に入り居たらむ人をば知らでもおはせかし。うたてありける世にこそ。

唐土《もろこし》の帝《みかど》、この国の帝をいかではかりて、この国打ち取らむとて、常にこころみ事をし、あらがひ事をして、おそり給ひけるに、つやつやと丸《まろ》に美しげに削りたる木の二尺ばかりあるを、『これが本末《もとすえ》いづ方』と問ひに奉れたるに、すべて知るべきやうなければ、帝思しわづらひたるに、いとほしくて、親のもとに行きて、『かうかうの事なむある』と言へば、『ただ早からむ川に、立ちながら横ざまに投げ入れて、返りて流れむ方《かた》を末《すえ》と記してつかはせ』と教《おし》ふ。参りて、我知り顔に、『さてこころみ侍らむ』とて、人と具して投げ入れたるに、先にして行《い》く方《かた》に、印をつけてつかはしたれば、まことにさなりけり。

また、二尺ばかりなる蛇《くちなわ》の、ただ同じ長さなるを、『これはいづれか、男、女』とて奉れり。また、さらに人え見知らず。例の中将来て問へば、『二つを並べて、尾の方《かた》に細きすばえをしてさし寄せむに、尾はたらかざらむを、女《め》と知れ」と言ひける。やがてそれは、内裏のうちにてさしけるに、まことに一つは動かず、一つは動かしければ、また、さる印つけてつかはしけり。

ほど久しくて、七曲《ななわだ》にわだかまりたる玉の、中通りて、左右《ひだりみぎ》に口あきたるが、小さきを、奉りて、『これに緒《お》通して給はらむ。この国に皆し侍る事なり』とて、奉りたるに、『いみじからむ物の上手《じょうず》不用《ふよう》なり』と、そこらの上達部《かんだちめ》、殿上人《てんじょうびと》、世にありとある人言ふに、また行きて、『かくなむ』と言へば、『大きなる蟻を捕へて、二つばかりが腰に細き糸をつけて、また、それに今少し太きをつけて、あなたの口に蜜を塗りてみよ』と言ひければ、さ申して、蟻を入れたるに、蜜の香《か》を嗅ぎて、まことにいととく、あなたの口より出《い》でにけり。さて、その糸の貫《つらぬ》かれたるをつかはしてける後《のち》になむ、『なほ日本《ひのもと》の国は賢かりけり』とて、後にはさる事もせざりける。

この中将をいみじき人に思しめして、『何わざをし、いかなる官《つかさ》、位《くらい》をか給ふべき」と仰せられければ、『さらに官もかうぶりも給はらじ。ただ老いたる父母の隠れ失せて侍る、尋ねて、都に住まする事を許させ給へ』と申しければ、『いみじうやすき事』とて、許されければ、よろづの人の親これを聞きてよろこぶ事いみじかりけり。中将は、上達部、大臣になさせ給ひてなむありける。

さて、その人の神になりたるにやあらむ、その神の御もとに詣《もう》でたりける人に、夜現れてのたまへりける、

『七曲《ななわだ》にまがれる玉の緒《お》をぬきてありとほしとは知らずやあるらむ』

とのたまへりける」と、人の語りし。

現代語訳

蟻通《ありとおし》の明神は、紀貫之《きのつらゆき》の馬が病気になったときに、この明神が病気にさせなさったといって、歌を詠んで奉ったとかいうことが、とても面白い。この蟻通という名前をつけたのは、本当だろうか、「昔、いらっしゃった帝が、ただ若い人だけをかわいがりなさり、四〇歳になった人を殺させなさったので、遠い地方の国に行って身を隠したりなどして、都の中にそういう（年老いた）者はまったくいなくなったが、中将であった人で、とても帝から重用されて心も賢かった人が、七〇歳に近い両親がいたのだが、『このように四〇歳

でさえ処罰されるというのに、まして（こんな七〇歳近くなんて）恐ろしい』と怖がっていたが、（中将は）とても親孝行な人で、（両親を）遠い所には住ませまい、一日に一度は顔を見ないではいられないと思って、ひそかに家の中の土を掘って、その中に小屋を建てて、隠しておいて、行っては会う。世間にも、朝廷にも、行方不明になったことを知らせている。どうして（帝はこんなことをなさるのだろう）、家の中に引きこもっているような人のことは、知らないでいらっしゃればよいのに。嫌な時代であった。

中国の皇帝が、この日本国の帝をどうにかしてだまして、この国を奪おうと思って、いつも知恵を試して、論争を仕掛け、（帝は）脅威を感じなさったが、つやつやと丸くかわいらしく削った木で二尺ほどの長さのものを、『これの根元と先はどちらか』と問うて献上したが、まったく知る方法がないので、帝は困っておられたが、（中将は）気の毒で、親の所に行って、『これこれの事がある』と言うと、『ただ流れの速い川に、川岸に立ちながら（木を）横向きに投げ入れて、逆にまわって流れていくほうを先だと書いて送り返せ』と教えた。（中将は）参内して、自分が知っていた顔をして、「さぁ試してみましょう」と言って、人々を連れて投げ入れてみると、先になった方に、（先の）印をつけて返したところ、本当にその通りであった。

また、二尺ほどの長さの蛇で、全く同じ長さであるものを、「これはどちらが、雄か、雌か」と献上してきた。また、まったく誰も見分けることができない。いつものように中将が（両親の元へ）行って聞くと、『二匹を並べて、尾の方に細い小枝を寄せた時、尾が動かないほうが、雌と識別せよ』と言った。そのままそれを、内裏でやってみると、本当に一匹は動かず、もう一匹は動かしたので、また、そういう印をつけて送り返した。

長い時間が経って、七曲がりにくねくね曲がった玉で、中に穴が通っていて、左右に口が開いた、小さい玉を、献上して、『これに糸を通していただきたい。我が国ではみんながそうしていることです』と言って、献上してきたので、『どんなに上手な職人であってもこれは無理だ』と、多くの上達部、殿上人など、ありとあらゆる人が言うので、また（中将は親の所に）行って、『こうだ』と言うと、『大きな蟻を捕まえて、二匹ほどの腰に細い糸をつけて、また、それにもう少し太い糸をつけて、向こう側の口に蜜を塗ってみよ』と言ったので、そう申し上げて、蟻を入れたところ、蜜の香りを嗅いで、本当にとても速く、もう一方の口から出てきた。そうして、その糸の貫かれた玉を送り返してから後は、『やはり日本の国は賢いなあ』と言って、その後はそのような事をしなくなった。

（帝は）この中将をとても素晴らしい人とお思いになって、『どのような恩賞をして、どんな官位をお与えになれば良いのか』とおっしゃったが、『官も爵位もまったくいただくまい。ただ老いた父母が行方不明ですので、探して、都に住ませることをお許しなさいませ』と申し上げると、『とても簡単なことだ』と言って、許しなさったので、たくさんの人の親がこれを聞いて喜ぶことは甚だしかった。（帝は）中将を、上達部から大臣にまでならせなさった。

さて、その親であった人が神様になったのであろうか、その神様のもとに参詣した人の夢に、夜現れておっしゃった、

『七曲に…＝七曲に曲がっている玉の糸を貫《つらぬ》いて、アリを通した蟻通明神《ありとおしみょうじん》だとは世間の人は知らないのだろうか』

とおっしゃった」と、ある人が語った。

ワンポイントレッスン

「馬から下りよ」

馬に乗っていて目上の方とすれ違う場合は、目下のものが馬から下りるのが当

時のマナーです。神社の前を馬に乗ったまま通り過ぎようとした貫之は、とても失礼にあたりますね。ですから、神様の祟りで馬が病気になったのです。ですが、気づかなかったという内容の工夫を凝らした和歌をすぐに詠んだことで、神様は許して、馬もすぐに治りました。

このように、上手な和歌のおかげで神仏の利益を得る話を「歌《か》徳《とく》説話」といいます。

一七五 村上の先帝の御時に

超現代語訳

これは、村上天皇の時代のお話よ。

雪がすごく降ったのを、食器に盛って、それに梅の花を挿しなさったの。その日の月はとても明るかったらしいわ。そして、村上天皇が女房の兵衛《ひょうえ》の蔵人《くろうど》に「これについて歌を詠め。どんな歌を詠むべきか」とお題としてお与えになったの。

兵衛の蔵人が「**雪月花の時**」と天皇に申し上げたら、天皇はたいそう素晴らしいと感動なさったようよ。「歌などを詠むのは、世間でありきたりの事だ。このような、その場にぴったりなことを言うのは難しいのだ」とおっしゃったんですって。

村上天皇が兵衛の蔵人をお供としていて、殿上の間に他には誰もお仕えしていなかったときのことよ。火鉢に煙が立ちのぼったらしいの。

「あれは何か見てこい」って村上天皇がおっしゃったので、蔵人が見て帰ってきて、こう申し上げたらしいわ。

「わたつ海の沖《み》に漕《こ》がるるもの見ればあまの釣《つり》して帰るなりけり」

これは、「海の沖に漕いでいるものを見ると、海士が釣をして帰るのだったよ」という意味なんだけど……本当に面白いわよね！

さて、皆さんは火鉢の煙の正体、わかったかしら？

正解は「蛙」！　蛙が火鉢に飛び込んで焼けていたの。

さっきの和歌の「沖」には「燠《おき》」（＝赤くおこった炭火）が、「漕がるる」には「焦がるる」が、「帰る」には「蛙」が掛かっているのよ。

だから、あの和歌をもう一つの意味で訳すと「赤い炭火で焦げたものを見ると、蛙でしたよ」となるわけ！　ね、面白いでしょ！

兵衛の蔵人も漢籍の知識アリ！

村上天皇は一条天皇のおじいちゃんです。

月がとても明るい夜に、食器に雪を盛って、梅の花を挿していますよね。思い浮かべてみてください。色が本当に綺麗ですよね。白い雪に赤い梅。そして、背景は月、夜。私は生け花のセンスなどは皆無ですが、これは想像すると、とても風情があるなぁ、と思えます。

さて、村上天皇から突然お題？を出された兵衛の蔵人ですが、「**雪月花の時**」と答えています。これは『白氏文集《はくしもんじゅう》』の「**雪月花の時に最も君を憶ふ**」によっています。「雪月花の時に、特に君のことを思う」という意味です。つまり、「**雪月花の時**」しか兵衛の蔵人は言っていませんが、そこには「あなたのことを思っています」という意味までが込められているのです。村上天皇はきちんとそこまで見抜いて絶賛しているのです。

兵衛の蔵人も、女性ながらにして漢籍の知識があったことがわかりますね。そして、「蛙」の和歌も、当意即妙に詠んでいて、相当センスのある女性だと思われます。清少納言と同年代であれば、きっと良きライバル友達になっていたでしょうね。

原文

村上の先帝《せんだい》の御時に、雪のいみじう降りたりけるを、様器《ようき》に盛らせ給ひて、梅の花をさして、月のいと明かきに、「これに歌詠め。いかが言ふべき」と、兵衛《ひょうえ》の蔵人《くろうど》に給はせたりければ、「雪月花の時」と奏したりけるをこそ、いみじうめでさせ給ひけれ。「歌など詠むは世の常なり。かく折にあひたる事なむ言ひ難き」とぞ仰せられける。

同じ人を御供にて、殿上に人候《さぶら》はざりけるほど、たたずませ給ひけるに、火櫃《ひびつ》に煙《けぶり》の立ちければ、「かれは何ぞと見よ」と仰せられければ、見て帰り参りて、

「わたつ海の沖に漕《こ》がるるもの見ればあまの釣《つり》して帰るなりけり」

と奏しけるこそをかしけれ。蛙《かえる》の飛び入りて焼くるなりけり。

現代語訳

村上天皇の御代《みよ》に、雪がとても降ったのを、食器に盛りなさって、梅の花を挿して、月がとても明るいときに、「これについて歌を詠め。どんなふうに詠めるか」と、兵衛の蔵人にお題を下されたところ、「雪月花の時」と申し上げたのを、たいそう称賛なさった。

「(こういうときに) 歌などを詠むのは世間でありきたりのことである。このように、そのときにぴったりと合っている事は言うのが難しい」とおっしゃった。

同じ兵衛の蔵人をお供にして、殿上の間に人が誰もお控えしていなかったとき、ぶらぶらとされていたところ、火鉢に煙が立っていたので、「あれは何か見てこい」とおっしゃったから、(兵衛の蔵人が) 見てきて帰ってお傍にきて、

「わたつ海の…=海の沖に漕いでいるものを見ると、海士が釣をして帰るのだったよ

(赤い炭火で焦げたものを見ると、蛙でしたよ)」

と申し上げたのは面白い。蛙が飛び込んで焼けたのだった。

ワンポイントレッスン

「かれ」の意味

古文で「かれ」とあれば「彼」だけではありません。

遠称「あれ」や他称「あの人」などの指示代名詞・人称代名詞です。

古文の「かれ」=物・人・動物などいろいろなものを指しますよ。

二六 月のいと明かきに

超現代語訳

月がとっても明るい夜に、牛車で川を渡っていると、牛が歩くのにつれて、水晶とかが割れたように、水がキラキラって飛び散るの。すごく綺麗。

清少納言が切り取った一瞬の情景「月明かりの宝石」にウットリ

頭の中に映像を思い浮かべてみてください。本当に美しいですよね。闇で静かな中、水しぶきが月の光に照らされて、キラキラ飛び散っている光景。とても短く、これしか書かれていないのですが、大好きな段です。この段は水しぶきですが、水面にキラキラ映る光の美しさ、格別ですよね。

昔、社員旅行で行った旅館の食堂のテラスから、海が見えていました。朝早くに一人で行くと、朝日がのぼってきて、その光が海に広がり、キラキラ輝いていました。本当にキレイで、けっこう長い時間一人でずーっと見ていたのですが、それを同じフロアで働いている人たちに見られていたらしく、旅行後「何か悩みがあるのではないか」と噂され心配されていた、ということを後々聞きました。
残念ながら、風流心がある人間とは思われなかったようです。心配していただけるだけありがたいことですね、紛らわしいことしてすみません、ありがとう。

原文

月のいと明かきに、川を渡れば、牛の歩《あゆ》むままに、水晶などのわれたるやうに、水の散りたるこそをかしけれ。

現代語訳

月がとても明るい夜、（牛車で）川を渡ると、牛が歩くのにつれて、水晶などが割れたように、水が散ったのは趣がある。

ワンポイントレッスン

「白玉《しらたま》」とは

古文で「白玉」とあれば「真珠」のことです。「玉」は「宝石」。「白く美しい玉」という意味から、「愛人」や「愛児」のたとえとして使う表現でもあります。この段には出てきませんが、「宝石」つながりでご紹介しました。

二三五 九月ばかり夜《よ》一夜《ひとよ》降り明かしつる雨の

超現代語訳

九月頃、一晩中降り続いた雨が、今朝やんで、朝日がパーッと差し込んできたときに、庭の植え込みの露が、こぼれそうなほど草や葉に濡れてあるの。露が朝日にキラキラ輝いていて、とっても風情があるわ。

垣根の上にある飾りや、軒の上には、張っていたクモの巣が破れ残っていて、そこに雨が降りかかっているのが、まるで真珠を貫いているかのように見えるのも、本当にしみじみして趣があるわよね。

少し日が高くなってくると、すごく重たそうな萩に露が落ちると、枝が動くの。人が手を触れたわけじゃないのに、さっと上にはねあがったのも、とても面白いわ……なんて私が言ってること、他の人にとっては全然面白くないんだろうなぁって思うのが、また面白いのよ。

ここまで、私の独り言にずっとつき合ってくれたこと、とっても嬉しく感謝感激よ。でも、きっと、ちっとも共感できなかったり、何言ってるのか意味わからないと思ったことも、たくさんあっただろうなぁってわかってるの。私、そう思われるのも面白いって思っちゃうのよね～。それが、私なの！

「アンチの意見も面白い！」私は書きたいことを書いただけ

月明かりの水しぶきが水晶ならば、朝日の光を受けた露は真珠です。クモの糸が、真珠を貫く糸なのです。「蜘蛛の糸にかかる露」を「真珠」に見立てたのは、清少納言だけではありません。

『古今和歌集《こきんわかしゅう》』に収録されている文屋朝康《ふんやのあさやす》の歌「**秋の野に置く白露は玉なれやつらぬきかくる蜘蛛の糸すぢ**」（＝秋の野に発生する露は真珠だろうか。貫いて通す蜘蛛の糸よ）もそうですね。

同じく文屋朝康の『百人一首』に取り上げられている歌「**白露に風の吹きしく秋**

の野はつらぬきとめぬ玉ぞ散りける」（＝草の葉の上にある露に、風がしきりと吹きつける秋の野は、紐で通してとめていない真珠が、散り乱れて飛んでいるようだなあ）も、「露」を「真珠」に見立てた和歌ですよね。空気の澄んだ秋の野原に風が吹いて、露が乱れ飛ぶ様子が、真珠が飛び散るような美しさなのです。この和歌も頭の中に映像を思い浮かべると、すごくキレイで、『百人一首』の中でとても好きな和歌です。

ただ、今回、この段を取り上げたのは、「露」を「真珠」に見立てる部分よりも、最後の部分が興味深いからです。「自分が言っていることが、他人の心には、ちっとも面白くないだろうな、と思うことが、面白い」という部分。はじめてここを読んだとき、時代も紙も超えて、心を読まれてしまった気がしました。この段自体を「全然面白くない」とは思っていません。最初の描写は私も好きな情景です。

ですが、『枕草子』全体を読んでいると、共感できない部分や、「結局どうなの？」と、わけがわからないと思ってしまうものもあります。きっと皆様も、共感できないと思われたこともあったことだと思われます。

清少納言は、そんなことはおかまいなしに、自分の考えや思っていることを『枕草子』にぶつけたのです。少なくとも自分の思考に関しては、人にどう思われようがよかったんだ、と、この一文を読んだときに感じました。

定子のことは華やかな印象のままで守れるように、そして、自分が個人的に思っていることは、素直に書き、同意が得られなくても、それすらが面白い、と思えていたのです。

「人にわかってもらえなくても、自分が面白いと思っているのだから、別にかまわない」という強さと、鋭い視点で情景を観察し、感動で心を震わせるほどの繊細さも兼ね備えている清少納言という人物の面白さが、この短い段の中で感じ取れるので、そういう点でも「面白い段だな」と思っています。

さて、ここまでたくさんご紹介してきた中で、様々な思いを持たれたかもしれませんが、清少納言は、それがアンチ意見でも、面白いのだそうです。思う存分、自由に感じていただけますと幸いです。と、お伝えして、第4章を締めくくらせていただきます。

原文

九月ばかり夜《よ》一夜《ひとよ》降り明かしつる雨の、今朝はやみて、朝日いとけざやかにさし出《い》でたるに、前栽《せんざい》の露はこぼるばかり濡れかかりたるも、いとをかし。透垣《すいがい》の羅紋《らんもん》、軒の上などはかいたる蜘蛛の巣のこぼれ残りたるに、雨のかかりたるが、白き玉を貫《つらぬ》きたるやうなるこそ、いみじうあはれにをかしけれ。

すこし日たけぬれば、萩《はぎ》などの、いと重げなるに、露の落つるに、枝うち動きて、人も手触れぬに、ふと上《かみ》ざまへあがりたるも、いみじうをかし。と言ひたる事どもの、人の心には、つゆをかしからじと思ふこそ、またをかしけれ。

現代語訳

九月頃、一晩中降り続いた雨が、今朝はやんで、朝日がとても鮮やかにさしてきた時に、庭の植え込みの露はこぼれるほどに濡れてあるのも、とても風情がある。透垣の羅紋や、軒の上などには張り巡らした蜘蛛の巣が破れて残っているところに、雨の降りかかったのが、白い真珠を貫いているようなのは、とてもしみじみと趣きがある。

少し日が高くなると、萩などで、とても重たそうなのが、露が落ちると、枝が動いて、人も手を触れないのに、さっと上の方へとはね上がったのも、とても面白い。と（私が）言っている様々なことも、他の人の心には、まったく面白くないだろうと思うことが、また面白い。

ワンポイントレッスン

「前栽」とは

「庭の植え込み」のことで、「せんざい」と読みます。「ぜんさい」ではなく「せんざい」です！

終わりに

この草子、目に見え心に思ふ事を

超現代語訳

この『枕草子』は、私が見て、思ったことを、「まさか誰も見ないだろう」と思って、退屈な里住まいのときに書いてまとめたものよ。つまらないことや、他人にとっては不快なことも多々あるでしょうから、うまく隠しておけたと思っていたのに、どこでどうしたことか、気づいたら世間に洩《も》れていたの。

伊周《これちか》様が、定子様に紙をたくさん献上なさったのね。それで、定子様が「これに何を書こうかしら。一条天皇は『史記』を書いてらっしゃるわ」とおっしゃったので、私は「『枕』でしょうね」と申し上げたの。そしたら、定子様が「それなら、そなたにあげよう」って、くださったの。つまり、私が何かを書けってことよ。「書き手」に指名されちゃったの！

「不思議なことをあれやこれやと、限りなく大量にある紙に書き尽くしてみせるわ！」と思って書いたので、わけわかんないこともかなり書いちゃったかも。

大体、世の中で面白いこと、人が素晴らしいと思うはずのことを、やはり選び出して、歌とか、木、草、鳥、虫のこととかも書き出したなら、「思ったよりよくないなぁ。作者の心の中が丸見えだね、この程度か」などと批判されるだろうけど、ただ、私の心だけで思っていることを、戯れ程度に書いてるだけよ？

そんなものが、他の本に入り混じって、人並みに扱われるような評判を聞くはずがないと思ってたの。それがね、「読んでるこっちが恥ずかしくなるくらい、素晴らしいね」などと、読んだ人たちが言ってくださるみたいなの。それも奇妙だわ。あ、私が以前、「たいしたことないものを人に褒めてもらったと公言するのは堪えられない」と言ったのは、あくまで「歌」よ。これは、歌じゃないからセーフっ！

人がにくむものを良いと言って、褒めるものをダメと言うような、一般人とは違う意見を言うと、私の心の浅さが読んでくれた人に見透かされるでしょう。

とにかく、私は、この草子を人に見られたことが癪《しゃく》なの！

源《みなもとの》経房《つねふさ》がまだ伊勢の守《かみ》だったとき、私の実家にいらっしゃったのね。そのときに、端のほうにあった畳を差し出したら、それにこの草子が載ってたのよ。あわてて取り入れたんだけど、そのまま経房が持って行っちゃって。だいぶ経ってから返してくれたんだけど、きっとそのときよね、これが世間に出回っちゃったのは……。

『枕草子』はどう広まった?

この段は『枕草子』の跋文《ばつぶん》〔=書物の終わりにある文章・あとがき〕と見られています。ですが、本文が異なるものがあったり、解釈もいろいろで、決まったものはありません。

この同じ段の中ですら、段落によって、言ってることが全然違いますしね。

最初の段落では、私的に書いていたものが、勝手に世間に出回ってしまったとありますが、次の段落では、定子から書けと言われて書いたものだと記されています。

このように、成立事情が私的なのか公的なのか、結局よくわかっていません。

ただ、第1章の九八段でも触れたように、「少しも書き洩らすなと言われたから、

『枕草子』を現代でも読めるのはこの人のおかげ!?

仕方なく書いている」（64ページ）とあることから、読む人がいること前提で書かれているような口ぶりでしたよね。最初の段落に書いていることと、明らかに矛盾していますので、公的の可能性のほうが高い、のかもしれません。

さて、第二段落の作者のセリフに「**枕にこそは侍らめ**」（＝「『枕』でしょうね」）とあります。この「枕」に関しても、『枕草子』の書名と関連しているかどうか、様々な説はありますが、どれも明確ではありません。「手控え」や「枕詞」、「寝具の枕」の意味だという説や、「史記」に対しての書名だという説などがあります（「枕」の枕詞が「しきたへの」➡「史記」と音のつながりからの連想説）。

そして、最後の段落の「源経房によって広まってしまった」というのも、本当かどうかはわかっていません。


このように、謎だらけの跋文なのですが、どんな成立事情で、どう広まったにせよ、清少納言という一人の女性の手によって書かれたこの『枕草子』で、約千年前の宮廷生活を覗き見でき、どんなことに関心があったのかがわかり、貴重な史料であることには変わりありません。

こうして残っていて、現代でも読むことができることが、奇跡なのです。

原文

この草子《そうし》、目に見え心に思ふ事を、人やは見むとすると思ひて、つれづれなる里居《さとい》のほどに、書き集めたるを、あいなう人のために便《びん》なき言ひ過ぐしもしつべき所々もあれば、よう隠し置きたりと思ひしを、心よりほかにこそ洩《も》り出《い》でにけれ。

宮の御前《おまえ》に、内《うち》の大臣《おとど》の奉り給へりけるを、「これに何を書かまし。上の御前には史記《しき》といふ文《ふみ》をなむ、書かせ給へる」などのたまはせしを、「枕にこそは侍《はべ》らめ」と申ししかば、「さは得《え》てよ」とて給はせたりしを、あやしきをこよや何やと、尽きせず多かる紙を書き尽くさむとせしに、いと物覚えぬ事ぞ多かるや。

おほかた、これは世の中にをかしき事、人のめでたしなど思ふべき、なほ選《え》り出《い》でて、歌などをも、木、草、鳥、虫をも言ひ出《い》だしたらばこそ、「思ふほどよりはわろし。心見えなり」とそしられめ、ただ心一つにおのづから思ふ事をたはぶれに書きつけたれば、物に立ちまじり、人並み並みなるべき耳をも聞くべきものかはと思ひしに、「恥づかしき」なんどもぞ、見る人はし給ふなれば、いとあやしうぞあるや。げに、そもことわり、人の憎むをよしと言ひ、ほむるをもあしと言ふ人は、心のほどこそ推し量らるれ。ただ、人に見えけむぞねたき。

左中将まだ伊勢守《いせのかみ》と聞こえし時、里におはしたりしに、端《はし》の方《かた》なりし畳をさし出《い》でしものは、この草子《そうし》載りて出《い》でにけり。まどひ取り入れしかど、やがて持ておはして、いと久しくありてぞ返りたりし。それよりありきそめたるなめり、とぞほんに。

現代語訳

この草子は、私の目に見え心に思うことを、まさか他人が見ないだろうと思って、退屈な里住まいをしていた頃に、書き集めたのを、つまらなく他人にとって不都合な言い過ぎをしたにちがいない箇所もあるため、うまく隠しておいたと思ったのに、心ならずも世間に洩れてしまった。

定子様に、内大臣（＝伊周様）が献上なさった紙を、（定子様が）「これに何を書こうかしら。一条天皇は『史記』という書物を、お書きになる」とおっしゃるので、（私が）「枕でございましょう」と申し上げたところ、「それならば取れ」とくださったのだが、不思議なことを何やかんやと、限りなくたくさんある紙を書き尽くそうとしたので、（書いたことの中には）本当にわけのわからないことが多くある。

大体、これは世の中の面白いことや、人が素晴らしいと思うだろうことを、やはり選び出して、歌などや、木、草、鳥、虫のことをも書いているのであれば、「思ったよりもよくない。作者の才能の程度が知れる」と批判もされるだろうが、ただ私の心に自然に浮かんだことをたわむれに書きつけたのだから、世間の書物と肩を並べて、同じような評判を聞くはずもないと思っていたのに、「こちらが恥ずかしくなるほど素晴らしい」などと、読んだ人がおっしゃるようなので、とても奇妙だ。なるほど、それも道理で、人が憎むことをよいと言い、褒めることを悪いと言う人は、心底がおしはかられる。ただ、人に見られたことが癪《しゃく》だ。

左中将〔＝源経房〕がまだ伊勢《いせ》の守《かみ》と申し上げていた時、私の家にいらっしゃった折に、端のほうにあった畳を差し出したところ、この草子がそれに載って出てしまった。あわてて取り入れたが、そのまま持っていらっしゃって、たいそう長く経ってから返ってきた。それから世間に流布《るふ》しはじめたようだ、と原本に書かれている。

ワンポイントレッスン

「ことわり」とは

漢字で「理」と書き、「道理」の意味です。
大学入試でも頻出の重要単語です。

（了）

〔参考文献〕
『新編　日本古典文学全集（18）枕草子』松尾聰、永井和子（翻訳）／小学館
『日本服飾史　女性編』井筒雅風／光村推古書院

本書は、本文庫のために書き下ろされたものです。

眠《ねむ》れないほど面白《おもしろ》い『枕草子《まくらのそうし》』

著者　岡本梨奈（おかもと・りな）
発行者　押鐘太陽
発行所　株式会社三笠書房
〒102-0072 東京都千代田区飯田橋3-3-1
電話　03-5226-5734（営業部）03-5226-5731（編集部）
https://www.mikasashobo.co.jp
印刷　誠宏印刷
製本　ナショナル製本

 ISBN978-4-8379-6957-0 C0195

王様文庫